# 魔游纪

异人列传

LEGEND OF THE MUTANTS

系列网络电影『魔游纪』同名小说

岳子坤 著

知识产权出版社

全国百佳图书出版单位

**图书在版编目（CIP）数据**

魔游纪 / 岳子坤著. — 北京：知识产权出版社,2017.12

ISBN 978-7-5130-5251-1

Ⅰ.①魔…　Ⅱ.①岳…　Ⅲ.①长篇小说 – 中国 – 当代　Ⅳ.①I247.5

中国版本图书馆CIP数据核字（2017）第269427号

**魔游纪**

MOYOUJI

岳子坤　著

| | | | |
|---|---|---|---|
| 出版发行：**知识产权出版社** 有限责任公司 | | 网　　址：http：// www.ipph.cn | |
| 电　　话：010 – 82004826 | | http：//www.laichushu.com | |
| 社　　址：北京市海淀区气象路50号院 | | 邮　　编：100081 | |
| 责编电话：010 – 82000860转8597 | | 责编邮箱：31964590@qq.com | |
| 发行电话：010 – 82000860转8101 | | 发行传真：010 – 82000893 | |
| 印　　刷：北京嘉恒彩色印刷有限责任公司 | | 经　　销：各大网上书店、新华书店及相关专业书店 | |
| 开　　本：720mm×1000mm　1/16 | | 印　　张：16 | |
| 版　　次：2017年12月第1版 | | 印　　次：2017年12月第1次印刷 | |
| 字　　数：210千字 | | 定　　价：38.00元 | |

ISBN 978 – 7 – 5130 – 5251 – 1

# 目　录

# 第一章

## (1)

魔历352年。

天都城。

这座天下最为繁华富庶的城池,即便是在暮色时分,依然是一派人群熙攘、车水马龙的繁荣景象。在这里,随处可见来自不同疆域、不同种族的商队和行人。每当夜幕降临,华灯初上之时,整座都城最为繁华的所在,莫过于城南的红绡馆。

红绡馆一直像一个谜一般的传奇,没有人能够说清它具体存在的时间,就像没有人能够知道它真正的主人和后台一样。五年前,一伙江湖人士来此寻衅滋事,第二天,他们的尸首便被发现悬挂于城门楼上;同样是五年前,一位朝中大将带领部下在此酒后撒野,大打出手,当天夜里,他便被御林军以贪赃枉法的罪名押解入狱。从此以后,再也没有人敢在红绡馆闹事,即便是身怀绝技的武林高手,或者是权高位重的皇亲贵胄。

此时的红绡馆一如往常一样,弥漫在一片歌舞升平的喜悦氛围之中。

这座由名贵楠木建造而成的两层精美阁楼里,无数娉婷佳人在轻歌曼舞,二楼的雅座内,也会不时传来优雅动听的琴瑟之声。这里不同于其他普通的风月场所那样艳俗,正如这里的佳人们虽琴棋书画才貌俱佳,却没有平常风尘女子的妖媚和世俗,所以,无数达官贵人不惜千金争相前来。

红绡馆二楼尽头的一处房间里,馆主端坐在薄如蝉翼的纱幔中,与外面的喧嚣热闹截然不同的是,这里显得异常素雅恬静,仿佛这扇房门有着某种魔力,能够将外面的一切隔绝在千里之外。透过浅红色的纱幔,可以隐约看见馆主仪态端庄的容貌,此时的她微闭双眼,慈眉善目间有着一种清新超凡的灵气和不容侵犯的浩然气场。

不知道过了多久,房门在外面被轻轻地叩响了。

馆主微微地动了一下纤细如玉的手指,房门随即徐徐开启。

一位亭亭玉立的妙龄少女走进房间,她优雅地欠身侧蹲在纱幔前施礼道:"启禀馆主,已经通知天诛焱、飓、偃流沙三人火速前去执行任务。"

馆主依然微闭双眼,漫不经心地点点头,然后轻启朱唇:"清蝉,你是不是心有疑虑,兹事体大,我为什么不亲自前去?"

"属下不敢。"清蝉旋即将头低下。

"福兮祸所伏,祸兮福所倚……"馆主缓缓地睁开眼睛,"你先退下吧。"

"是。"清蝉再次施礼后毕恭毕敬地退出房间。

关上房门,外面的欢歌笑语依旧,清蝉却一副心事重重的样子,当她走下楼梯的时候,门外刚刚进来的一对男女顿时让她愣在了原地。

虽然素未谋面,但是清蝉还是一眼就认出了这对气场十足的男女不是别人,正是莲刹殿下迦楼罗的左膀右臂,女的叫金角,男的叫银角,此二人高深莫测极少露面,一向神龙见首不见尾,所以就连清蝉在此之前也是只闻其名而不见真身。

红绡馆和莲刹虽然是天生的宿敌,但是从未有过真正意义上的正面较量,金角和银角突然出现在红绡馆,着实让清蝉始料不及,她心里清楚,一场必不可免的恶战一触即发。

金角和银角似乎也注意到了清蝉,这时金角停下脚步,对清蝉浅浅地嫣然一笑,在看到这个笑容之后,清蝉只觉时间仿佛突然在这一刻变得极其缓慢,就像是流动的液体在慢慢地固化一样,而此时金角的声音也显得极其缥缈:"早就听闻红绡馆头牌清蝉姑娘琴艺超群,在下冒昧前来,还望不吝赐教。"她笑盈盈地说着,然后不紧不慢地幻化出一张古朴的瑶琴。

这张古琴在金角面前飘浮,清蝉看见金角慢慢地抬起手,慢慢地将修长白皙的手指搭在琴弦上……金角蜻蜓点水地挑动了一下琴弦,一道幽蓝的光线便以迅雷之势直逼清蝉而来,反应过来的清蝉优雅地舞动了一下飘逸的长袖,一道红绡随之迅速飞出,红绡和蓝光在空中碰触,撞击出一小片耀眼的光环。

红绡馆的佳人们见状,急忙围拢过来,与此同时,金角身旁的银角也幻化出一对八棱乌金锤在手上。

人群顿时骚乱了起来,大家一边惊呼着:"快跑!有异人!"一边争先恐后地朝外面逃命。

"你们是什么人?胆敢来闯红绡馆!"这时一个不太起眼的舞女腾空而起,朝金角发起了进攻。

金角看着她的眼睛嫣然一笑,舞女便突然以进攻的姿态停滞在了半空中,时间好像被瞬间定格了一样。此情此景,让不少舞女露出了难以置信的惊恐表情。

"笑魔幻咒?难道……你们就是金角、银角?"一个穿着紫色丝绸的窈窕女子不太确定地问道。

"算你还有点见识。"金角说着,朝紫衣女子拨动琴弦,紫衣女子迅速侧身,灵巧地躲避开来,金角趁势飞身向她发起进攻,清蝉见状急忙上来助阵,三个人如同三道光影纠缠在一处,势均力敌,一时难分难解。

与此同时,其余的舞女们和银角也混战成了一团,十二个舞女迅速排成阵列将银角团团围住,她们舞动出无数的红绡缠绕着银角,银角在层层裹挟中奋力挥动起手中带着幽蓝火焰的双锤,很快,那些红绡便悉数断裂,甚至有的已经成为碎片,从空中飘落下来。

银角继续挥舞着手中的双锤,巨大的冲击波随之扑面而来,一个舞女倒了下来,又一个舞女倒了下了……当最后一个舞女口吐鲜血倒在地上的同时,银角飞身加入了金角和清蝉她们三人的鏖战中。

清蝉和紫衣女子此消彼长,竟让金角一时有些应接不暇,然而银角的突然助阵让战局很快变得明朗起来,十几个回合之后,招架不住的清蝉和紫衣女子倒在地上,鲜血也从她们的嘴角溢出。

金角看着地上的两人,极其妩媚不屑地一笑:"红绡馆?原来也不过如此嘛。"

"你们红绡馆三位护法和馆主都不在,我看今天谁能救得了你们。"银角说着朝地上的两人举起双锤……

"谁说我不在。"馆主空灵的声音传来,这声音听上去显得虚幻无比,像是来自遥远的疆域,又仿若近在咫尺。

金角和银角顿时一副惊慌诧异、难以置信的表情。

一道纯正的白光掠过,谁也没有看清到底发生了什么,金角和银角已经纷纷撞在栏杆上,跌落在地。

"看来迦楼罗为了达到目的,已经决定牺牲你们二人了。"馆主的声音飘荡在空气里。

金角和银角相互看了一眼,然后同时将手中的武器扔了出去,古琴和双锤在空中猛烈撞击,迸发出一团巨大的火球,火光和烟雾瞬间弥漫,与此同时,金角和银角像是原地蒸发了一样,早已不见影踪。

此时馆主飘然而至,一袭纯白色的纱衣如幻如影,即便她正面相对,也并没有人敢抬头窥视。

受伤的舞女们见到馆主现身,纷纷低头过来欠身施礼,清蝉和紫衣女子在最前面的位置。

"原来一切早在馆主意料之中。"是清蝉的声音。

"其实我并没有完全料到,"馆主如实道,"迦楼罗行事一向神鬼难测,总能让他的对手顾此失彼。但是现在看来,他一定是亲自前往金山寺了……"

## （2）

卒然天立镇中流,雄跨东南二百州。

这里就是名震天下的金山寺。

清晨,稀薄的烟雾缭绕群山,这座千年古刹在一片云气氤氲中显得异常庄严肃穆。

寺外湖畔,小和尚江流儿像往常一样来到岸边挑水。正当他弓身站在木桥上打水时,突然瞥见天空中一道黑影一掠而过,他心头猛然一惊,手中的木桶随之掉落在湖面,顿时激起水花四溅。

他迅敏地抬起头,发现那道疾驰而去的黑影隐没在远处的寺院……

此时的寺院里,众僧人正在排成阵列专心参禅打坐,如同每天的例行早课一样,并无新奇。突然间,一团黑影呼啸而至,打破了这份佛家净地独有的恬静。

从天而降的迦楼罗收起玄色的羽翼,幻化出威武凛凛的戎装,那是他只能在战场上才可一睹的尊容,杀气逼人,摄人心魄。

众僧人顿时大惊失色,为首的僧人大喊道:"是异人!"他说着握紧双拳,奋力冲向迦楼罗,试图与之一战,然而在数米开外,迦楼罗将手微微一抬,僧人瞬间便双脚离地,腾空而起,他挣扎着用双手护住脖子,如同被人死死地掐住了咽喉,表情显得异常痛苦。迦楼罗轻轻地将手一挥,悬在半空的僧人便重重地摔在地上,继而口吐鲜血,倒地不起。

其余众僧人见状,手持木棍大喊着一拥而上,迦楼罗再次抬手,动作与之前如出一辙,众僧人瞬间全部悬于空中,迦楼罗缓缓地转动手腕,众僧人个个脸上青筋直冒,如同将要窒息一般,双脚不停地在空中垂死挣扎……就在这时,一个中气十足的声音从身后的大殿里传来:"住手!"

此时的迦楼罗嘴角露出了一丝诡异的笑容,他松开手,奄奄一息的僧人们顿时齐刷刷地跌落在地上。迦楼罗转过身看着自己真正的目标,像是跟老熟人打招呼一样开口道："许久不见。"

方丈站在大殿的台阶上，神情自若地看向迦楼罗："你知道，我是不会把它交给你的，所以，放下你的执念吧。"

"执念？"迦楼罗脸上的表情突然变得愤懑起来，"你说的是整个异族的希望！"

"但你不是。"

迦楼罗面无表情地看着方丈："那就让你亲自来看看，我是或不是！"他说着率先发力，双脚猛然蹬地，身体前倾，以快速奔跑的姿势径直朝方丈发起攻击，与此同时，方丈也以同样的招式全力冲向对方，电光石火之间，一道红色和蓝色纹理的光环在空中猛烈地碰撞开来……

方丈先一步于迦楼罗落在地上，在他着地的时候，身体明显有些飘晃，而迦楼罗却显得气定神闲，就在迦楼罗的双脚即将触及地面之时，他出其不意地迅速使出了一招扫堂腿，还未来得及调整好的方丈条件反射般一跃而起，同时本能地调整攻守转换，在空中居高临下地向迦楼罗发出蓝色的冰元素进行攻击，迦楼罗急忙挥动带着火焰纹理的臂膀抵挡，但由于攻势猛烈以及不占地利之势，迦楼罗被震得退了半步。

一轮狂风骤雨般的攻击过后，方丈终于无力再续，落在了地上。迦楼罗收起招式，嘴角挤出一丝轻佻的笑容："大师功力渐增啊。"

方丈并不接话，由于刚才运功过猛，他已经明显有些气弱，此时他正暗暗调整气息，蓄力待发。但是迦楼罗并不会给他太多喘息的时间，他迅速地向方丈发起更加快速、强势的攻击，就在两人身体即将接触之际，方丈似乎拼尽全力，发出强大的冰川转守为攻，这股巨大的力量势不可挡，若是平常人，须臾间便可粉身碎骨，然而此时奋力抵挡的迦楼罗一声怒吼，半个身体随之变得通红，方丈瞬间被更加强大的冲击波震飞了出去，狠狠地撞到寺院的围墙上，继而又重重地跌落在地上。当他努力支撑起来的时候，嘴角已经渗出了一丝鲜血。

"现在我是也不是?"迦楼罗并不上前,以胜利者的姿态站在原地看着方丈道。

方丈深深地提了一口气,一脸不屈的表情回道:"不是!"

话音未落,迦楼罗便再次冲向对方,就在此时,门外一只木桶朝迦楼罗砸来,迦楼罗侧脸看清飞向自己之物,随手一挥,木桶瞬间变成粉末,纷纷扬扬地飘落在地上。站在门外的小和尚江流儿难以置信地瞪大双眼。然而就在迦楼罗分神之际,方丈快速地掏出石晶捏碎抛出,顿时,漫天的白色冰屑弥漫了迦楼罗的视线,当迦楼罗扫除障碍,方丈和江流儿已经消失不见了。

迦楼罗更加轻蔑地一笑,自语道:"哼,就这种小伎俩,也敢自诩名门正派。还想逃? 我看你今天能逃到哪儿去。"


此时,方丈和江流儿正在寺院密室的通道里奔跑,师徒二人逃进一处石室,方丈急忙关闭密室的机关大门,就在石门被关上的瞬间,方丈顺势靠着石墙瘫坐在了地上,同时嘴角又一道鲜血溢出,片刻后,方丈缓缓地闭上了眼睛。

江流儿从未见过师父这般,急忙拉着方丈的胳膊用力摇晃着:"师父,师父你怎么了? 师父你醒醒啊!"

"……别晃,别晃了,为师五脏俱损,再晃就成一锅粥了……"方丈的声音异常虚弱。

江流儿急忙住手,脸上充满了自责、无助,以及无限的伤感。

方丈抬起手摸了摸江流儿的光头,勉强微笑道:"师父老了,不行了,这一劫注定是躲不过了……"

江流儿流着泪打断方丈:"不! 不会的师父,不会的……"

"生必有灭,无须悲泣……"方丈嘴角流出一道鲜血,江流儿边为方丈擦拭鲜血,边悲泣地阻止道:"师父别说了,师父……"

与此同时，密室外面传来了断断续续的砸墙声，这声音由远及近，由弱及强，很快，密室的墙壁上便开始有大小不一的石块掉落下来……

方丈努力提起最后的真气，盘腿禅坐，他用伤口流血的手指在地上娴熟地画出了一个符号，就在符号完成之际，整个密室的地面瞬间透亮了起来，同时散发出了一片耀眼虚幻的白光，在白光的包裹中，一颗泛着蓝色幽光的丹药缓缓地飘浮起来……江流儿被眼前的景象完全惊呆了，他不知道师父所画出的符号代表着什么，也不知道这颗温润如玉的丹药是什么，更不知道师父的心里到底隐藏了多少不为人知的秘密。

江流儿目不转睛地看着眼前悬浮在空中的这颗泛着幽光的丹药，疑惑地问道："师父，这……这是什么？"

方丈看着尚且年幼的江流儿，慈祥的眼神中流露出一丝犹豫，但是墙上的裂缝越来越大，眼看迦楼罗就要破墙而入，最终他还是坚定了眼神，他看着江流儿纯真无邪的眼睛，开口道："江流儿，你需切记，一切力量皆离不开慈悲之心，一念慈悲，万物皆善。"

"师父……"江流儿刚一开口，方丈便趁势将手掌一推，那颗悬浮在空中的丹药快速地飞入了江流儿的口中。

吞下丹药的江流儿顿时觉得浑身炙热难当，脸色异常赤红，额头上的血管暴显出来，他的身体好像眼看就要被某种强大的力量撑爆了一样……

看着在痛苦中煎熬的江流儿，方丈无限留恋地喃喃道："江流儿，师父只能陪你到这儿了，今后的路要靠你自己了……"话音未落，迦楼罗就已经破墙而入，然而，还没有站稳脚跟的他看着眼前异样的江流儿，心中愤恨得咬牙暗怒道："可恶！"

迦楼罗说着朝江流儿发起攻势，然而，数米开外的江流儿突然双眼怒瞪，射出两道刺眼的白光，随着他全力爆发的一声狂吼，一个巨大的冲击波以他为原点向周遭迅猛地扩散开来……迦楼罗见状，旋即放弃进攻，同时本能地慌忙将右手往后一挥,幻化出一个如同漩涡一般飞速旋转的黑洞,迦楼罗以迅雷之势遁入开启的黑洞里,迅速逃离,消失不见。

(3)

金山寺外。

三个逆着霞光的身影正朝着寺院方向走来。

略显不修边幅、留着络腮胡的偃流沙大大咧咧地走在最后面,他不时地冲前面戴着篷帽的飓和穿着性感短裙的天诛焱喊话:"喂!我说你俩能不能慢点啊!"

一贯冷峻的飓继续半低着头朝前走去,似乎并没有抬头看一眼偃流沙的意思,而天诛焱则好像压根就没有听见他说话一样,自觉没趣的偃流沙无奈地加紧步伐追赶上来,然而这时,天诛焱突然停下了脚步。

飓和偃流沙同时看向天诛焱。

天诛焱俊美的脸上流露出一丝难以分辨的表情:"我好像有一种不好的预感。"

"不好!"飓似乎也预感到了什么,与此同时,三个人猛然感觉到整个大地剧烈地震动了一下,紧接着,一个巨大的冲击波伴随着刺眼的光芒,以前面的寺院为中心,迅速地扩散至方圆十余公里的范围……

"我嘞个去!"偃流沙急忙转过身,用手臂遮挡了一下刺眼的光芒。

"是金山寺方向!"飓看向前面的寺院。

此时天诛焱已经快速朝寺院方向跑去,飓和偃流沙相视一眼,急忙加快速度跟上天诛焱。

三个人几乎同时进入了寺院的山门,然而,眼前一片狼藉的景象让他们三人同时停下了脚步。

目所能及的地方,满目疮痍、横尸遍地。

"看来咱们还是来晚一步啊！"偃流沙看着遍地的尸体，"完了，这次白跑了这么远的路不说，银子也拿不到了。"

"就知道银子。"天诛焱鄙视地瞥了一眼偃流沙。

偃流沙理直气壮地嚷道："咱们干的本来就是拿人钱财替人消灾的买卖，再说了，这年头没有银子能行吗？没有银子咱们吃什么喝什么，路上不需要盘缠啊？"

天诛焱并不再搭理他，抬脚从一具尸体上跨了过去。

这时飐也跟了上去，他敏锐地观察了一下四周，然后俯身检查了几具尸体，凭借着尸体的受力方向及地上尘土的扩散形状，飐侧头朝偏殿的方向看去："那边。"

三个人鱼贯而入，通过狭长的地下通道来到了密室，此时的密室已然成为一片废墟，这里乱石满地、尘土漫天，三个人用力挥散开烟尘，发现不远处的地上竟躺着一个小和尚。

偃流沙走上前看着地上纹丝不动的江流儿，叹道："哎，可惜了，才这么大一点，估计连女人的手都没有碰过就挂了，真是白来这世间走一遭啊！"

"整天满脑子里想的都是什么！"天诛焱说着一脚踹向偃流沙，偃流沙急忙跳着躲开。对于天诛焱的暴脾气，偃流沙早就习以为常了，当然，习以为常的主要原因是惹不起，惹不起的主要原因是打不过。

这时飐蹲下来，伸出食指和中指搭在江流儿的脉搏上，但是很快他又抬起头看向天诛焱和偃流沙，有些出乎意料的语气道："他居然还活着！"

三个人面面相觑了片刻，天诛焱缓了一下神，像是喃喃自语地说："刚才怎么会有那么大的力量？"她说着不由自主地看向躺在地上的江流儿。

"看这个！"飐这时从江流儿身旁的废墟里捡起一段舍利子。

偃流沙闻讯上前，如获至宝地抢过来，拿在手里仔细打量："这是什么？看上去像是很值钱的宝贝啊。"

飏看着偃流沙，面无表情地说道："刚才，这密室里的人都被那股强大的冲击波击成了齑粉……"

偃流沙若有所思地听着，像是突然明白了什么，他瞪大眼睛看着自己手中的舍利子，然后急忙掸掉："我去！原来这是骨灰啊！"

"确切地说，是舍利子。"飏看着地上的那段舍利子，"如此难得一见的舍利子，定是出自某位得道高僧大德的……连这样的高僧都难逃此劫，看来刚才那股巨大的能量绝对非同小可。"

天诛焱再次看向地上的江流儿，眼神显得更加疑惑了："那他呢？他是怎么活下来的？如果说，刚才那股能量是来自他的话，那么，最先受到波及的应该是他才对啊。"她说着摇了摇头，"不可能，这样一个小和尚，怎么能迸发出如此强大的能量……"

飏若有所思地看了一眼天诛焱："……看来，现在只能把他带回去交差了。"

天诛焱对飏点点头，然后两个人很有默契地同时看向旁边的偃流沙，偃流沙急忙避开他们的目光，嚷嚷道："我……我觉得没有这个必要吧，这么大老远的带着他干嘛？一个毛头小和尚有什么用？"

"让你带你就带！哪来这么多废话！"天诛焱目露凶光打断偃流沙。

偃流沙别过头，一面不情愿地去搀扶地上的江流儿，一面不停地嘟囔着："哼！我就知道，这种出力气的活准是我没跑儿。"

"知道就好。"天诛焱说着，头也不回地朝外走去。

飏一副同情无奈的模样拍拍偃流沙的肩膀，然后一句话也没说，跟在天诛焱的身后走了出去。

三个人走出金山寺，决定按原路返回。烈日炎炎下，偃流沙满头大汗地背着昏迷中的江流儿，一脸怨气愤恨的表情。

两个时辰后，三人已行至一处荒沙连绵的地界，就在这时，不远处传来了人马嘶鸣的响声，他们停下脚步，看见前面一伙西域装扮的马匪跃马扬刀朝这边冲了过来……不消片刻,这伙来势汹汹的马匪就已经在他们面前拉开阵势,形成了一个包围圈,将他们团团围住。

为首的马匪勒住战马,扬起手中的弯刀,大喝道:"听着!识相的赶紧把身上值钱的都交出来,爷爷可以饶你们一条小命!否则的话,就留下你们的尸身给这千里黄沙施施肥,来年也好能长出点什么!"

"哈哈哈哈……哈哈哈哈……"头领说完,众喽啰们跟着起哄大笑起来,有一个因为笑得太猛,险些从马背上摔下去。

偃流沙看耍戏一样看着他们,然后放下江流儿,转头斜睨了飚一眼:"喂,我和你赌五十两,用不了半炷香,他们就得躺在这儿!"

飚扬了一下嘴角,充满讽刺的口气道:"你确定,你还有银子?"

头领被他俩激怒了:"喂!都什么时候了还有心思在这里谈笑!还把不把我们放在眼里了!我们可是这方圆百里最彪悍的马匪!"

偃流沙看着一脸横肉的马匪头领,忍不住哈哈大笑了起来。

"死到临头居然还笑得出来!给我杀!"头领顿时怒不可遏,大喝一声,弯刀一挥,左右两个马匪便冲了上去,其中一个马匪策马从天诛焱身边掠过时,舞动弯刀劈向天诛焱,天诛焱旋即幻化出一根金箍棒,顺势一挥,瞬间人仰马翻。

"是异人!"马匪们一片惊呼,马队随之慌乱了起来,战马也像是受到了某种惊吓,不受控制地跃蹄嘶鸣,两个马匪驾驭不住,狼狈地跌落马下。

这时马匪头领故作镇定地停顿了一下,然后兴奋地高声喊道:"慌什么!都别怕!道上悬赏一个异人就是万两白银,兄弟们,咱们扬名发家的机会来了,一起上!"

众马匪硬着头皮一拥而上,天诛焱抡起金箍棒将冲在最前面的几个马匪瞬间撂倒。

与此同时,侧翼的几个马匪朝飚和偃流沙冲杀过来,偃流沙没好气地抱怨道:"靠!这趟活儿真是亏大发了,银子没赚到不说,还落得这么多麻烦。"他说着迅速幻化出月牙铲,用力一震,摆出迎战的姿势。

几个马匪显得英勇无比,在马背上腾空而起,扑向偃流沙,偃流沙举起月牙铲往地上狠狠一砸,顿时一股强大的气浪将几个马匪凝固在半空中,时间仿佛在这一刻静止了一样,就在此时,飓一个箭步上去,同时手臂上幻化出钢爪,只见一道快如旋风的黑影瞬间穿过停滞在空中的几个马匪,随后几个马匪纷纷跌落在地上。

其余的马匪再次围攻上来,飓和偃流沙很有默契地并肩作战,正当他们战得正酣时,不远处的山坡上一支暗箭飞速朝飓而来,正面御敌的飓并没有察觉到来自身后的危险,就在千钧一发之际,偃流沙一把将飓推开,来不及躲闪,那支锋利无比的箭羽便狠狠地击中偃流沙的肩膀,当箭头刺进皮肉,撞击到骨头上时,发出了一声沉闷的声响。

## (4)

飓迅猛地横扫开周遭的马匪,回过头来看着为自己挡箭的偃流沙,看着他伤口渗出的鲜血,别有一番滋味涌上心头。他难得动容地上前扶住偃流沙,关切道:"老沙! 你没事吧?"

偃流沙冲他咧嘴笑了一下,硬生生将箭从身体里拔了出来,然后连眉头都不皱一下地说:"放心,区区一支小箭还伤不了我偃流沙。"他看着飓,"……不就是为你挡了一箭嘛,干嘛这样崇拜地看着我?"

飓见偃流沙并无大碍,撇了一下嘴角:"我是嫌你多管闲事。"

话音刚落,暗处又一支冷箭直朝偃流沙飞射过来,飓急忙挺身上前,顺势抓住疾驰而来箭羽,一把折为两段扔在了地上。

飓转身发现不远潜伏在山坡上的弓箭手。

此时弓箭手慌忙拈弓搭箭,再次射出一发,飓迎着箭飞身而上,在与箭擦身而过的同时,他轻巧地挥动了一下手上的钢爪,那支箭便应声折断，弓箭手见状，更加惊慌地再次搭箭弯弓，然而此时，飚已经飞落在了他的面前，弓箭手顿时惊恐万分地愣在了原地，飚快速地挥动手上的钢爪，弓箭手来不及呼喊，就已经血肉横飞，倒地身亡。

偎流沙不忍直视地紧锁眉头："有必要搞得这么血腥嘛！真是太残忍了！"他说着把脸转过去，恰好瞥见不远处天诛焱和其余的马匪们正在厮杀。只见天诛焱耍子一样抡圆了手中的金箍棒，马匪们瞬间倒下一大片，马匪头领和仅剩的两个喽啰战战兢兢不敢上前。

与此同时，一直处于昏迷状态的江流儿突然惊醒过来，他揉了揉眼睛，迷惑地看着周遭的一切，不知道自己身在何处，更不知道眼前这些到底是什么人，然而此情此景让他心里清楚，此地不宜久留，他必须马上逃命。

江流儿心里打定主意，趁所有人都没有注意到自己，悄悄地从地上爬起来，随后撒腿朝不远处的小山坡跑去。这时马匪头领瞥见了奔逃的江流儿，他像是看见了最后一根救命稻草一样，拔腿朝江流儿飞奔过去。

天诛焱发现马匪头领直冲小和尚而去，急忙回身营救，然而此时，马匪头领已经离江流儿仅一步之遥，有所察觉的江流儿急忙转过身，一脸惊恐地看着马匪头领，同时不由自主地后退着脚步。

马匪头领本意是想以江流儿为人质，换取自己一条小命，可是没想到，就在他试图拔刀架在江流儿的脖子上时，惊慌失措的江流儿出于本能地撑开双手做出了一个保护自己的动作。所有人都没有意料到，就是这个简单到不堪一击的防护动作，却发挥出了惊人的威力，一个无形的空气盾瞬间形成，马匪头领手中的弯刀被猛地弹开，一股强大的力量震得他整个手臂不停地剧烈颤抖。

马匪头领无比诧异地看着江流儿，天诛焱等人也愣住了。

"你……"马匪头领颤巍巍地伸手指向江流儿，眼神里充满了惊恐。江流儿异常迷惑地看着自己的双手，他也不知道自己什么时候居然有了如此惊人的力量。

马匪头领无计可施,只能硬着头皮拼死一战,他大喊着举刀朝江流儿猛劈过来,这时天诛焱飞身上来挥出金箍棒,马匪头领被一棒子打飞出去,大叫着跌落在数十米开外的地方不再动弹。

江流儿与天诛焱对视了一眼,然后扭头就跑,天诛焱并没有急于追赶,倒是对面的偃流沙追出去一把抓住他:"小和尚,你跑什么?"偃流沙拽住他的胳膊:"没看出来,你小小年纪,内力可以啊。"

江流儿连踢带踹地反抗着,偃流沙一扭手腕反剪住了他的双手:"再乱动,你这条小胳膊可就要废了哈!"

江流儿依然闷不作声地倔强挣扎着,偃流沙牢牢地将其控制住:"哎呦,还挺倔。"

"放开我!你们这帮坏人!"

"坏人?"偃流沙气不打一处来地骂道,"好你个小崽子,刚才可是我们救了你,真是好心当成驴肝肺啊。"

江流儿怒目圆睁地瞪着偃流沙:"你们害死了我师父!"他说着在偃流沙的手臂上狠狠地咬了一口,偃流沙疼得咬牙切齿,抢起胳膊准备教训教训这个不识好歹的小和尚。

"够了!都给我住手!"天诛焱大声地怒吼道。

偃流沙和江流儿像是被天诛焱的怒吼震住了一样,顿时都安静了下来。

天诛焱走到江流儿面前,平复了一下情绪说:"你师父不是我们杀的,我们到的时候就剩下你一个人了。"

"骗子!"江流儿后退一步,"你们,你们都是异人。"

天诛焱和偃流沙都不说话了,这时飀走过来,看着江流儿:"对,我们是异人,可是并不是所有的异人都是坏人,不是吗?"

偃流沙在一旁帮腔道:"就是,再说了,我们如果想杀你简直易如反掌,还用等到现在?"

"我们原本是奉命前去营救你们的,"天诛焱看着江流儿的眼睛,"只可惜晚到了一步。"

江流儿不再说话,他半信半疑地看着眼前这三个人。

飚这时俯身看了一眼江流儿,问道:"你师父是怎么遇害的?"

"对啊,"偃流沙接过话茬,"到底是什么人干的? 死的那么彻底,连尸骨都不剩,真是太惨绝人寰了!"

江流儿依然不说话,他的眼神里充满了无限的感伤和满溢的愤恨。金山寺的突然覆灭和师父的陡然离世对他来说是一场灭顶之灾,这猝不及防的巨变让他茫然失措,他不知道自己今后该何去何从,他甚至不能确定眼前这三个人是否有什么不为人知的预谋。但是他心里明白,无论如何他要活着,除了要为师父报仇以外,他似乎还隐约地感觉到,自己身上已经背负着某种他还说不清道不明的使命,他需要完成它,并且找到那个答案。

这时天诛焱看了一眼沉默中的江流儿,转头对飚和偃流沙说:"算了,还是先带他去见馆主再说吧。"

江流儿略有所思地看着天诛焱,天诛焱故作视而不见地朝前走去。

偃流沙上前一步,对江流儿毫不客气地说:"喂! 小和尚,你是打算让我把你绑起来扛着走呢还是自己走呢?"

江流儿看着偃流沙,眼神开始渐渐变得柔和了一些……


与此同时,远在千里之遥的莲刹殿里,迦楼罗背对着他威严的宝座而立,看不出他脸上的表情,不多时,慌忙逃来的金角、银角上前复命。

金角和银角双双单膝跪地抱拳道:"主上。"金角接着禀报,"属下未能完成任务,请主上处置。"

迦楼罗依然沉默地背对着他们而立,似乎心里在盘算着什么事情。

时间一分一秒地过去,金角和银角低下头如坐针毡地等待着迦楼罗发话。

"起来吧。"迦楼罗缓缓地转过身来。

金角和银角相视一眼,然后起身退到一旁。

"如果我没有记错的话,这还是你们二人第一次铩羽而归吧。"

"属下该死。"金角和银角诚惶诚恐地再次跪在地上。

"你们岂是红绡馆主的对手,是我低估了她们。"迦楼罗微微地皱了一下眉头,"现在看来,事情比我原本想象的要复杂多了。"

金角和银角低头站在一旁不敢多言,迦楼罗思索了片刻,然后看了他们一眼,说:"你们暂且先退下疗伤吧。"

"多谢主上。"两人说着正欲退下,迦楼罗再次开口道:"派人去找到白骨姬,让她速来见我。"

"遵命!"金角和银角异口同声道。对于他们来说,迦楼罗不予追究,已经够他们感恩戴德的了,身为莲刹的人,他们从来都是只能认命听命,因为他们心里十分清楚,如果迦楼罗想置他们于死地,他们根本没有还手的机会,即便是逃到天涯海角,迦楼罗也会有办法除掉他们。

## (5)

天色渐渐暗了下来,暮色四合,华灯初上之时,这一行四人悄然地进入天都城。

此时的天都城繁华如旧,夜市灯火如昼的街道上行人络绎不绝,从未见过如此繁荣景象的江流儿不停地东张西望着,似乎对眼前的一切都充满了好奇和向往。

"怎么样?这里可比你们山上好多了吧。"偃流沙看着身旁的江流儿,一副自豪得意的神情道,"这里就是大名鼎鼎的天下第一都城——天都城。"

江流儿故作不屑地白了偃流沙一眼,一副懒得搭理他的模样。这时路旁一位老者用狐疑的眼神看向他们,老者身后的墙上赫然贴着几张通缉告示。飑警惕地将篷帽压低,同时用眼神示意偃流沙和天诛焱注意隐蔽。

天诛焱会意,旋即将篷帽戴上,偃流沙嘴里低声骂骂咧咧极不情愿地也将篷帽戴上,三个人同江流儿加快脚步走出人群,待到人迹稀少的地方,偃流沙摘掉篷帽,愤愤不平道:"靠!这是什么世道!老子天天豁了命替他们惩奸除恶,结果连个脸都不能露!"

江流儿看着他们,心里再次犯起了嘀咕,刚才他也注意到了城墙上的通缉告示,虽然那些画像一贯地差强人意不易分辨,可是仔细对比的话还是能够看得出来,他们三个人应该都在其中。

"你们……为什么会被通缉啊?"江流儿小心谨慎地问道。

"为什么?世态炎凉呗!"偃流沙有些激愤地说:"你听过一句话嘛,叫,好人都被逼坏了!这年头不是所有的好人都能有好报的,就像你师父,一辈子行善积德与人为善,到头来……"

"行了!就你话多!"天诛焱斩钉截铁地打断偃流沙,狠狠地瞪了他一眼。

江流儿抿着嘴不说话了,这一路接触下来,虽然只有短短的一天时间,可是他能够感觉到他们好像真的不是什么坏人,尽管他们看上去或多或少都有些奇怪。

一行四人转过两条街后,远远地便可以看到灯火辉煌的红绡馆。这时江流儿却突然停下了脚步,紧挨着他的偃流沙转过脸看向他:"怎么不走了?"

"你们这是要带我去什么地方?"

偃流沙一脸不耐烦地说:"到了你不就知道了,赶紧的,我们可是一天一夜都没有休息了……"

江流儿倔强地看着偃流沙:"你们到底要带我去哪儿?"他的神情好像在说,你们若不说明白我便不走了一样。

憋着一肚子气的偃流沙刚想说什么,天诛焱回过头来道:"红绡馆。"

江流儿看向天诛焱:"红绡馆? 那是什么地方?"

"连红绡馆都没有听说过? 真是的!"偃流沙一想到马上就要到达红绡馆了,脸上的神色变得陶醉起来,"那可是一个……极乐世界啊。"

天诛焱看着偃流沙一脸欠揍的表情,很想上去踹他一脚。

"极乐世界? ……真的吗?"江流儿一副满怀向往的样子。

"你俩废话可真多!"天诛焱耐着性子没好气地说道。

江流儿扬起下巴:"嫌我话多你们就别带我啊。"他说着像是小孩子赌气似的自顾自朝前走去。

不消多时,四人便已经来到了红绡馆内,此时的红绡馆仍旧是一派歌舞升平的气象,丝毫看不出来昨晚这里刚刚上演过一场恶斗,那些舞女们也好像从来就毫发无损,一如往常地盈盈含笑着代客接人。

偃流沙一进门就显得十分亢奋,他将斗篷一把甩给上来迎接的小二,冲着众舞女们愉悦地喊道:"姑娘们,沙爷我回来了!"

几个姑娘闻声笑盈盈地过来,偃流沙张开双臂做出准备左拥右抱的姿势,这时天诛焱在背后狠狠地踹了他一脚,偃流沙一个踉跄险些摔了个五体投地,他转过头正要发怒,看见天诛焱趾高气扬地瞪了他一眼,然后大摇大摆地从他面前走过。偃流沙又气又恼却又不敢冲天诛焱叫嚣,张嘴结舌地杵在原地好不无奈,几个姑娘看着偃流沙的窘样,在一旁捂着嘴偷笑。

"哎哟,这是哪来的小和尚啊?"这时一个蓝衣舞女走到江流儿面前好奇地打量着他,江流儿被她的目光注视得感觉浑身都不自然了起来,他看着香肩半露的蓝衣舞女靠得他越来越近,急忙双手合十闭上眼睛,蓝衣女子见状"扑哧"一声笑了出来,这时偃流沙一脸坏笑地上前道:"行啊小和尚,没看出来你这女人缘还挺好啊。"

飚走上来瞥了一眼偃流沙,说:"行了老沙,别带坏小孩子。"

偃流沙刚想要还嘴,这时从二楼楼梯上走出一位落落大方的紫衣女子,她面带微笑地看着天诛焱等人,说:"诸位楼上请,馆主已经恭候多时了。"

天诛焱和飚朝紫衣女子点头示意,然后一前一后走上楼梯,偃流沙见状,急忙拉了一把还在紧闭双眼双手合十的江流儿说:"好了好了,别念经了,快走了。"

四个人在紫衣女子的带领下进入馆主的房间,随后紫衣女子缓缓退下,在外面轻手轻脚地掩上房门。

"这里好静啊。"这样的静谧似乎可以让江流儿能够极其清晰地听到他自己和旁边人的心跳,他喘了一口气接着道,"师父曾说过,只有极少数绝世高人,才能通过气场营造出这种……"

"闭嘴!"天诛焱怒斥他的同时,飚也向他投来了凛冽的眼神,江流儿早就感觉出一向少言寡语的飚其实才是最不好惹的主儿,于是他急忙用手捂住嘴巴,生怕发出半点声响。

这时他们前面的纱幔微微地飘动了一下,来不及看清楚什么,馆主便已经出现在他们面前,天诛焱、飚、偃流沙三人急忙低头施礼,唯有江流儿站在原地看着相貌端庄脱俗的馆主,竟一时缓不过神来。

天诛焱急忙拉了拉江流儿的衣角示意他不得无礼,而江流儿却像是魔怔了一样呆呆地看着慈眉善目的馆主,他觉得能被这样的目光注视片刻,足以胜过任何盛大的加持,就如同沐浴在佛光普照中一样,这份奇妙美好而又稍纵即逝的感觉仿佛让他体会到了什么叫幸福。

馆主看着江流儿:"你叫什么名字?"

"江流儿。"江流儿看着馆主的眼睛,像是瞬间放下了所有的戒备。

"你师父可是法明长老？"

"是。"江流儿缓缓地点头道。

"我和你师父是故交，"馆主走近江流儿，"昨天我得知有人要去金山寺行凶，便派他们三人连夜前去营救，没想到还是晚了一步。"

"这下你该相信我们了吧。"偃流沙扭头看向江流儿。

江流儿抿着嘴向偃流沙点点头，然后急切地问馆主道："去寺院行凶的到底是什么人？他为什么要杀害我师父？"

"他是莲刹的迦楼罗，他害你师父，是为了得到盘古之心。"

"盘古之心?!"天诛焱和飏异口同声地惊讶道。

"对，正是盘古之心。"馆主说着转过身走进纱幔，禅坐在云床上。

"盘古之心？那是什么？"江流儿迷惑地问道。他虽然并不知道盘古之心到底是什么，但是看到天诛焱和飏刚才的神情，又联想到师父宁愿为此牺牲自己的性命，甚至不惜放弃整个金山寺，他心里便已经清楚，这盘古之心绝非等闲之物。

## (6)

馆主思虑了片刻，轻启朱唇道："相传盘古开天之后，形神俱损，其双眼化为日月，血液化为江河，肌肤化为大地，四肢分别化为大地的南、北、东、西四极，而灵气却化为一颗灵丹，后世称之为盘古之心。据说得此丹者，可得洪荒之力，辨别异能，知晓善恶，然而，若不得其法，必将后患无穷，给三界生灵带来灭顶之灾。"

四个人怔怔地听完，偃流沙缓了缓神道："有这样的宝物您也不早说，这么危险的差事……是要加钱的。"他说着露出憨态可掬的笑容。

馆主看着偃流沙，浅笑道："银子自然少不了你们的，都在桌子上。"

偃流沙闻言看向旁边的桌子，发现上面果然放着三个鼓鼓囊囊的钱袋子,他上前拿过三个袋子掂了掂分量,喜笑颜开地说:"嘿嘿,还是馆主仗义。"

偎流沙收下钱袋,朝天诛焱和飑得意地挤挤眼。

这时江流儿看着纱幔里的馆主,一副忧心忡忡的模样问道:"……这么说,如果盘古之心落到坏人手里,岂不是会祸害苍生!"

馆主欣慰地看着江流儿:"你小小年纪就能心怀苍生,实属难得,想必你师父也能安心往生了。"

江流儿闻言双手合十恭敬地对馆主施礼致谢。这时天诛焱心存疑惑地问道:"馆主,那么盘古之心现在……"

馆主轻咳了一声打断天诛焱,然后微闭起双眼:"你们一路辛劳,暂且退下休息吧,有什么事情明日再议。"

"是。"天诛焱说着后退两步然后转身朝外走去,其余三人也跟着退下,走在最后面的飑轻手将房门带上。

四人走到拐角的一处房间,天诛焱停下来对江流儿说:"今晚你就住在这个房间,别到处乱跑,知道吗?"

江流儿冲天诛焱友善地笑道:"知道了,多谢姐姐。"

"你刚才叫我什么?"天诛焱说着皱起了眉头。

"姐姐啊。"江流儿孩子一样天真地笑着。

"以后不准这么叫我!"

"为什么啊?"

"哪来这么多为什么! 我说不准叫就不准叫!"天诛焱不客气地说完,推门走进了隔壁的客房。

江流儿不高兴地撅着嘴,偎流沙过来摸了摸他的头,说:"别跟她一般见识,她就这脾气。干嘛这么愁眉苦脸的……要不然我陪你下去找点乐子喝两杯?"

"阿弥托佛,阿弥陀佛。"江流儿吓得急忙跑进客房关上房门,偎流沙乐得忍不住哈哈大笑了起来。正在这时,清蝉姑娘款款地来到了楼上,偓流沙看见清蝉,兴奋不已地迎了上来。

"清蝉,"偓流沙一见到清蝉,连语气都变得柔软了起来,"最近还好吗?"他说着上前两步,顿时感觉空气里似乎都飘散着清蝉淡淡的体香,他深吸一口,像是已然陶醉其中。

清蝉微微向偓流沙点点头,算是打了招呼也算是回答了他,然后绕过偓流沙,走到他身后飑的身边停下……

"飑公子,一别数月,别来无恙啊。"清蝉柔声说完,含情脉脉地看了飑一眼,继而微低下头,不经意间流露出无限的温柔。

飑冲清蝉点点头:"还好,多劳清蝉姑娘挂念了。"

"我看公子都有些消瘦了,定是近来繁忙劳累所致吧。"清蝉脸上不觉泛起了淡淡的红晕,"清蝉房里备下了泉都新来的碧螺春,不知可否有幸为飑公子亲手烹煮?"

飑看着清蝉,正要开口,这时站在几步之外早已气得捶胸顿足的偓流沙再也不能视若无睹地上前道:"等等等等!你们这是什么意思啊?!你们俩……"他无比气愤地怒视着飑,"什么情况啊!你难道不想跟我解释解释吗?"

"有什么好解释的。"飑轻描淡写地回道。他本来是想婉拒清蝉的,可此时见偓流沙这般,不知道是不是想故意气气偓流沙,竟微笑着对清蝉道,"既然清蝉姑娘如此美意,那就有劳了。"

清蝉会心地笑了:"公子请。"

偓流沙在后面气得怒发冲冠咬牙切齿,清蝉为了顾及他的感受,招呼其他舞女道:"姐妹们,沙大人一路辛劳,你们一定要好好招待。"

旁边几个舞女闻言上来围绕着偓流沙,偓流沙瞬间被牵绊住手脚,一脸不甘地眼睁睁看着清蝉和飑离开。

"清蝉……我……不是,你等等……"偓流沙边试图摆脱舞女们的牵绊边朝清蝉语无伦次地喊话，然而清蝉像是完全没有听见一样紧跟在飀的身后朝前走去。

"清蝉姐姐走了，不是还有我们嘛。"

"就是，沙大爷真是越来越偏心了。"

"好啦好啦，都少说两句吧。沙大爷，我们早就为你准备好了酒菜接风，你可不能不赏脸哦……"

几个舞女七嘴八舌连拉带拥地将偃流沙引进了斜对面一处雅座内，与此同时，飀和清蝉也进入走廊深处清蝉的雅间。

清蝉的雅间里装潢考究，温馨中透着一丝淡雅，玄关处悬挂着两盏精致的宫灯，古色古香的茶案上摆放着一把古琴，古琴的旁边熏香袅袅，散发出一缕缕缥缈的清幽香气，旁边的窗台上饲养着一盆青翠欲滴的墨兰。清蝉走上前轻巧地推开百叶窗，柔和的月光洒落进来，别有一番意境。

飀走到茶座前，随意地拨弄了一下琴弦，悦耳的琴声缓缓流淌。

"转轴拨弦三两声，未成曲调先有情。"清蝉浅浅含笑道，"飀公子好琴艺，公子既有雅兴，何不坐下来弹奏一曲……"

飀犹豫了一下，然后席地而坐开始抚琴，清蝉在一旁一边欣赏一边煮茶。飀一曲终了，清蝉的茶也煮好了，她伸出纤纤玉指端起一盏茶递给飀，飀接过抿了一口放在案上，清蝉这时鼓足勇气屈膝在飀身旁坐下。她小心翼翼地将头一寸寸地偏向飀这边，终于轻靠在了他的肩膀上，飀并没有躲闪，清蝉一阵心跳加速脸蛋通红，语气也更加柔情似水："奴家仰慕公子的人品风度，不敢奢求与公子琴瑟和鸣，只求能与公子……"

与此同时，借机溜出来的偃流沙蹑手蹑脚地靠近一处房门，他把耳朵贴在门板上，屏气凝神地努力听着房间里的动静，然而他隐约听到的是却床板晃动的声响和耳鬓厮磨，他旋即用手指将窗户纸捅破，看见了那红绡帐里木床剧烈的摇晃……偃流沙顿时气得怒血喷张，二话不说一脚将房门踹开。

将头依在飗肩膀上的清蝉显得有些受宠若惊,正在她陶醉其中的时候,没想到飗突然站起身来道:"就这样弹琴品茶不好吗?如果清蝉姑娘不解高雅只想谈风月,那我下次就……"

清蝉慌忙打断道:"不不不,弹琴品茶就好弹琴品茶就好,只求公子千万不要再说这样的话……"她话音未落,隔壁房间就突然传来一声巨响,像是什么东西轰然倒塌了一样,紧接着,男子的怒骂和女子的惊慌尖叫铺天盖地地袭来……

清蝉和飗相视一眼,急忙推门出去。

隔壁房间门口,一个穿着粉色绣花肚兜的香艳女子一手护着自己的胸部,一手指着已经逃到走廊上的偃流沙,怒不可遏地大骂道:"偃流沙!你个王八蛋竟敢坏老娘的好事!"

偃流沙一脸尴尬,边往后退边连连道歉:"抱歉抱歉,误会误会,我,我还以为是清蝉的房间,我……我是……是在找我二哥,对,我是在找我二哥。"偃流沙都已经急得语无伦次,不知道自己在说什么了。

"你是在找我吗?"旁边房门口,斜倚着门框的飗似笑非笑地看着偃流沙。

偃流沙气急败坏地看着飗和他身旁的清蝉:"你!你们……"

"我们怎么了?"飗故作挑衅地看着偃流沙。

偃流沙苦不堪言,恨不得冲上去和飗大战几百回合方才解气。

这时,清蝉缓缓上前道:"沙大人,清蝉哪里得罪了您,让您发这么大的火?"

偃流沙气得支支吾吾却也无言以对,他恨恨地一跺脚,带着一肚子怒气转身走掉了。

飗冲着偃流沙的背影幸灾乐祸地喊道:"喂!砸坏红绡馆的东西是要陪银子的,你还不赶紧去拿银子来。"

看着偃流沙头也不回地走远，清蝉抿着嘴笑了，她知道飚和偃流沙感情最为要好，是一起出生入死的患难兄弟，但是这两个男人偶尔都会有些孩子气，拌嘴置气，甚至有时候也会一言不合就切磋一下武艺，但是很快又会重归于好。她一直很羡慕他们这种情谊，就像她一直很仰慕她的飚公子一样。

# 第二章

## （1）

迦楼罗最为得力的助手除了金角和银角以外，就是白骨姬了，甚至有时候他更加器重后者，因为金角和银角是他一手栽培的，而白骨姬则是他亲手缔造的。

在白骨姬还没有成为白骨姬之前，她并不知迦楼罗的存在对她究竟意味着什么，当然，如果一切可以重来，她宁愿永生永世都不要知道。

白骨姬虽然是莲刹的人，但是她是唯一一个在外面有自己领地的莲刹徒，这是迦楼罗授予她的特权，就如同她只受命于迦楼罗一人一样。

这时白骨姬单膝跪在迦楼罗的面前，她冷艳的脸上看不出丝毫血色，她仿佛自带一股刺骨的寒气，使得身体周围的空气都显得有些凛冽。

迦楼罗从宝座上下来，慢慢地走到白骨姬面前停下，白骨姬轻轻地抬起眼，勉强看到迦楼罗战袍的一角。

"起来吧。"迦楼罗话音未落，身体已经重新坐回了宝座上。

"多谢主上。"白骨姬起身，微低着头立在大殿中央。

"你的功力为何没有增进，反而还有所下降？气力不足，杀气也弱了。"迦楼罗刚才靠近白骨姬，实则就是在感应她的功力。

"启禀主上，属下近来正在闭关，主上突然派人前来召唤，圣命难违，不得不提前出关，所以强行中断，功力有所损耗。"

"难为你了。"迦楼罗说着将手一挥，一颗丹药便漂浮在白骨姬面前，"服下吧。"

"多谢主上！"白骨姬受宠若惊地叩谢后急忙服下丹药,因为她知道这颗莲斋丹不同寻常,足可以让她增长一成功力,若是普通人服下,不敢说即刻起死回生,起码也可以延年益寿。这样的丹药,三年才成一颗,迦楼罗从来不舍得赏赐任何人。

"不知主上召见属下前来所为何事?"白骨姬心里清楚,若不是万分紧急或者十分棘手的差事,迦楼罗是不会轻易唤她前来的,想来事关重大,才会召她前来当面吩咐。

"我需要你火速前去办好两件事情,第一……"迦楼罗将两项任务下达白骨姬。

白骨姬听完,双手抱拳道:"遵命! 属下这就去办!"

"如遇特殊情况,你可见机行事,万不可恋战误事。"迦楼罗叮嘱道。

"属下明白!"

迦楼罗微微地点了点头,示意她可以退下了,白骨姬会意,施礼后退出大殿。随着她走出去的脚步,巍峨庄严的大殿一寸寸地消隐在山峦之中,好像根本就没有存在过一样。

白骨姬走到外面停下脚步,她深深地吸了一口气,抬头看了一眼悬挂在天上的那一轮冷月。

与此同时,千里之遥的红绡馆内,熟睡中的江流儿像是陷入一个可怕的梦魇中,他努力地挣扎,却动弹不得,如同身体被某种魔力束缚,完全不受大脑的指挥。

被困在梦魇里的江流儿呼吸越来越困难,他感觉到自己的血液已经充胀到头顶,就在他觉得自己快要窒息的时候,突然,一阵平地而起的旋风将他裹挟了起来……

隔壁房间里,正在浴桶里闭目养神的天诛焱猛然感觉到面前的屏风晃动了一下,她睁开眼睛,看见四周的屏风开始加剧摇晃,一种不祥的预感瞬间袭来,来不及犹豫,天诛焱迅速地纵身跃起,在空中裹好了衣袍,匆忙向隔壁江流儿的房间奔去。

此时的江流儿正仰面漂浮在旋风的中央，天诛焱见状，急忙上去营救，然而，强烈的气流让她难以靠近，这股巨大的气流散发出一种烈焰般的灼热，稍一靠近，就会感受到被烧伤的剧烈疼痛。

天诛焱暗暗运气，咬紧牙关冲进了这股奇异的漩涡里。当她触碰到江流儿手指的一刹那，她突然惊愕地发现自己此时并不是在江流儿的房间，而是置身在一片盐湖之中。天诛焱旋即幻化出金箍棒，朝着虚空的旋风狠狠一击，顿时，一声极其尖锐刺耳的撞击声冲击了天诛焱的耳膜，随后，一道无比刺眼的白光铺天盖地而来，紧接着，天诛焱就感觉到自己的身体像是被一股巨大的力量重重地顶了出去……

当她再次看清楚周遭的一切时，发现自己又重新回到了江流儿的房间，而此时脸色惨白的江流儿正一动不动地躺在她的脚边。

天诛焱急忙蹲下来呼唤江流儿："醒醒！小和尚，快醒醒！"她边急切地喊着边用力摇晃着江流儿。

江流儿有气无力地抬了抬眼皮，似乎还没有完全从惊恐中缓过神来。

"你感觉怎么样？"天诛焱说着把江流儿扶坐起来，让他依靠着自己。

江流儿显得无比虚弱："姐姐，师父圆寂时，喂我吃了一颗丹药，会不会就是……盘古之心？"

天诛焱异常惊讶地看着江流儿，江流儿眼神里充满了忧伤："姐姐，我会不会死啊？"

天诛焱刚想说什么，这时闻声赶来的飓一进门就慌忙问道："发生什么事了？刚才那片遮天盖地的白光是怎么回事？"

天诛焱看了一眼飓，示意他先别着急，然后她又低头看向靠在自己身上的江流儿，像是在寻找答案。这时江流儿提了提气说："我……我也不知道，我刚才只是觉得，自己浑身像是要炸开了一样难受，于是我就运了一下力，然后就发现自己动弹不了了，再然后我就什么都不知道了……"

天诛焱和飑同时睁大双眼看着江流儿。

这时偬流沙醉眼迷离地推门进来："什么情况？"他看见飑，狠狠地瞪了他一眼，然后走过来迷惑地看着地上的天诛焱和江流儿，"你俩这又是唱的哪出啊？"

天诛焱根本没有心思搭理偬流沙，她小心地将江流儿搀扶起来。正在这时，馆主悄然而至，三个人急忙行礼，馆主先看了一眼江流儿，又看了看他们三个人，然后边转身走去边说："你们到我房间里来。"

天诛焱和飑搀扶着江流儿，偬流沙打着酒嗝昏昏沉沉地跟在他们后面走出了房间。

灯火通明的房间里，馆主禅坐在红绡帐后的云床上，天诛焱将刚才的突发情况一五一十地讲与他们。飑听完，无比惊讶地问道："你是说，刚才你在他的房间里去到了另一个空间？"

天诛焱点点头，飑不太确定地说道："难道这就是传说中的'一瞬'？可是据我所知，可以制造出'一瞬'空间的人，全天下不会超过三个。"他说完看向馆主，等待着解答。

"没错，那确实就是'一瞬'，只是江流儿还没有能力控制这种力量。"馆主说着忧心忡忡地看向江流儿，"盘古之心能量巨大，常人服下可暂获异人之力，但若能量失控，恐会元神耗尽，灰飞烟灭……"

"您的意思是……他可能随时会死？"天诛焱担忧地问道。

馆主点点头："不仅如此，因为盘古之心能量巨大，如果不能掌控，爆发之时，也会牵连周遭，伤害无辜。"

飑恍然大悟道："难怪我们在金山寺发现他时，周围的人都化为了灰烬。"

偬流沙愣愣地听完，酒立刻醒了大半，他慢慢地看向江流儿，像是在看一个随时可能爆炸的定时炸弹一样，然而此时的江流儿也像是被吓傻了一样不知所措。

"那现在该怎么办?"天诛焱看向馆主,等待着答案。

"现在唯一的办法就是将盘古之心从他体内取出。"馆主缓缓起身,"所以,现在需要你们三人协力去完成这项任务。"

三个人面面相觑了两秒后,偃流沙借着点酒胆说:"馆主,您是知道的,我……我们可不是那种赚钱不要命的人……"

"这个我自然知道。"馆主微笑着打断偃流沙,同时轻轻地挥了一下长袖,面前的纱幔轻盈飘起,露出了一车金光闪闪的金砖。

偃流沙当场惊呆了,他来从来没有见过这么多金子,那些金光仿佛把他的眼睛都要刺瞎了。他知道馆主不差钱,但是没想到馆主居然这么不差钱,这可是满满一车的金砖啊!

"只要能将盘古之心取出来,这些全部都是你们的。"

"此话当真?!"偃流沙激动不已,尽管馆主一向说一不二,但是他还是想确定一下,毕竟这可不是一笔小数目。

"当然。"馆主含笑道,"我想就算你们做一辈子的赏金异士,也未必能赚这么多吧。"虽然天诛焱、飒、偃流沙三人名义上是红绡馆的护法,但是他们的另一重身份便是赏金异士,在没有遇见馆主之前,他们就是四处奔命的赏金异士,在成为红绡馆护法后,馆主也并没有束缚他们,只是有重要任务的时候才会启用他们,他们既听命于馆主,也有权作出自己的选择。

偃流沙嬉笑着应道:"那是那是,馆主果然豪爽。"

"恐怕没有那么简单吧?"飒试探着向馆主问道。

"的确如此,这项任务异常艰险棘手并且危险重重,所以,你们一定要考虑清楚。"

"还考虑什么啊! 救人一命胜造七级浮屠,这是我们义不容辞的责任。"偃流沙正气凛然地拍着胸脯道。

馆主浅笑了一下,然后看向天诛焱和飒,等待着他们两人的回答。

天诛焱和飚相视一眼，然后像是下定了决心一样郑重地点了点头。

馆主脸上露出了无比欣慰的表情，她顿了顿，叮嘱道："你们需切记，假如江流儿因为无法控制能量而亡，盘古之心也会随之散去，你们的任务也就失败了。"

偃流沙闻言上前一把搂住仍呆愣在原地的江流儿："馆主放心，我待江流儿就像亲弟弟一样，无论如何我都不会让他死的。"

江流儿动容了一下，继而又一脸嫌弃地推开偃流沙："哼！要不是这一车金砖作祟，你会对我这么好？"

偃流沙顿时一脸尴尬，急忙赔笑道："……别，别说得这么直接嘛，亲兄弟明算账，咱们一码归一码，金砖是要拿的，你也是要救的，一举两得，何乐而不为呢，是不是？嘿嘿嘿……"

江流儿一副不太想搭理他的样子别过身去，这时天诛焱走到他面前，眼神坚定地看着他说："就算没有那些金砖，我们也不会袖手旁观的。"

江流儿看着天诛焱，以及她身旁的飚，眼神里充满了感激之情。

飚看向馆主："还请馆主明示，我们现在该怎么做？"

馆主思索了片刻，开口道："在莲刹教内，曾有一人专门负责此等研究，此人名为奎木狼，后来他迷途知返，冒着粉身碎骨的危险逃离莲刹，随后遭到了迦楼罗的追捕，是我设计帮他解围脱险，也算是有恩于他。你们可以先去找到他，看看有没有什么方法可行。"

偃流沙当即惊讶道："原来馆主也不知道取出盘古之心的方法？"

馆主微微闭起双眼："一切因果自有定数……"

"那么……奎木狼现在何处？"飚问道。

"奎木狼自从逃脱莲刹的追杀以后，便隐姓埋名，隐居在两界山一带，你们需要想办法尽快找到他……"

## （2）

两界山，因处于人族和异人两界之间而得名，相传这里是盘古开天地时，其肉体与灵魂之间的缝隙所形成的。这里山势奇险，险象环生，方圆百里人迹罕见，并且经常会有猛兽出没，所以无论是人族还是异人都极少到此。

此时，两界山的北端，遮天蔽日的丛林深处，奎木狼正拉着他的妻子百花羞的手拼命奔逃……

两个人跑到一处岔路口，气喘吁吁的百花羞停下来大口地喘着粗气，奎木狼也努力调整了一下气息让自己平复下来，这时，他依依不舍地看着娇艳迷人的百花羞，说："你先回家等我……如果我天黑之前还没有回去找你，你就赶快去找一个安全的地方躲起来。"

百花羞注视着自己的夫君，眼神里充满了不安和惊恐："木狼，到底发生了什么事？是不是莲刹的人发现我们了？"她说着潸然泪下，这些年他们一直东躲西藏，她不知道到底哪里才是安全的地方，或者换言之，她不知道对他们来说，这世上哪里还有安全的地方。

"没时间了，你快走！快走啊！"奎木狼十万火急地喊道。

然而此刻的百花羞忽然显得异常平静淡然："木狼，我不想逃了，这样躲躲藏藏、提心吊胆的日子终究不是办法……"她说着脸上露出了释然的笑容，"大不了就是一死，我要和你死在一起。"

奎木狼爱抚了一下百花羞俊俏的脸颊，稍作迟疑后狠下心道："听话！你先回去我才能安心。你放心，我不会就这么轻易死掉的，相信我！"

百花羞的泪水瞬间打落在奎木狼的手背上，她知道，奎木狼决定了的事情任何人都阻止不了。

"快走！"奎木狼说着推了一把百花羞，百花羞后退了两步，看着奎木狼坚定的眼神,最后终于抹着眼泪跑远了……奎木狼目送着百花羞消失在丛林深处,悬着的心才慢慢放了下来,然而就在这时,前面的树林中一道白影朝他疾驰而来……

奎木狼暗暗运气,做好了随时迎战的准备。

那道白影忽然放慢了速度,最后竟然是以一种气定神闲的姿态一步步地走到了奎木狼面前。就算奎木狼不用抬头也知道,来者正是白骨姬。

白骨姬悠然地走到奎木狼身边,轻笑了一下,开口道:"奎木狼,你知道我曾经是多么仰慕你吗?你知道你自己曾经有多么优秀,是多少人的榜样,让多少人望而生畏、望尘莫及吗?"白骨姬将奎木狼打量了一番,"啧啧,看到你现在变成这副模样,真是让人心疼啊。"

奎木狼面无表情地说:"我早已和莲刹没有任何关系了!"

白骨姬轻蔑一笑:"这话说得轻巧,莲刹岂是你说来就来说走就走的地方?"

两人瞬间怒目相对、剑拔弩张,仿佛随时就要开战,这时白骨姬的眼神突然平和了起来,"我真是好奇,到底是什么能让你做出逃离莲刹这种大逆不道的事情来?"

"大逆不道?"奎木狼笑了,"如果有一天你懂得了,万物生灵本应生而自由、死而平等,就不会这么认为了。"

白骨姬讪笑着摇摇头,继而眼神充满了杀气道:"你简直已经无药可救了!现在摆在你面前的只有两条路,要么跟我走,要么,死在这里!"她说着后退一步,做出大开杀戒的准备。

奎木狼这时双手一合,手掌中幻化出几柄飞刀。他先发制人,用力一甩,飞刀从四面八方同时飞向白骨姬,白骨姬闲庭信步地移动几下,轻巧躲开,飞刀刺入到白骨姬身后的大树上,有的已经穿透了树干。

白骨姬冲向奎木狼的同时,在空中幻化出一双骨锥,奎木狼赤手空拳抵挡,十余个回合之后,略占上风的白骨姬长驱直入,一双骨锥直朝奎木狼的心脏刺来,奎木狼以屈求伸,在白骨姬近身之际用力掷出一柄飞刀,白骨姬条件反射地将头一偏,飞刀穿过她的鬓发、擦着她的脖子而过……

白骨姬落在地上,用手摸了一下脖子上被飞刀掠过划出的浅浅伤口,眼神瞬间变得愤怒起来。这时奎木狼迅速地幻化出无数飞刀,这些大小不一的飞刀星罗棋布、铺天盖地地向白骨姬飞驰而来……片刻间,身上插满飞刀的白骨姬便倒在了地上。

奎木狼看着倒在地上的白骨姬,深深地舒了一口气。然而就在这时,地上的白骨姬却突然化成了一副骷髅,奎木狼顿时察觉大事不妙,可是一切为时已晚,他只觉得背后一阵刺骨寒气,紧接着尖利的骨锥就已经从后背刺穿了他的身体……

苍山似海、残阳如血,落日的余晖映照着整片湖面,远处的天际布满了耀眼的霞光,像是一幅巨大的画卷铺展开来,随着夕阳缓缓地沉入湖底,夜幕也随之悄然降临。


丛林的另一端,天诛焱、飏、偃流沙、江流儿相继走进树林,四人行至一处宽阔处,走在最前面的天诛焱突然停下了脚步,后面的偃流沙顿时一阵紧张:"有情况?"

天诛焱没好气地白了偃流沙一眼,然后对飏和江流儿说:"天色已晚,今天就在这里过夜吧。"

偃流沙长出一口气:"吓我一跳,你这一惊一乍的。"

"是你在一惊一乍才对啊。"江流儿说着从偃流沙身边走过,大摇大摆地打坐在前面的一块青石上。

"嘿,你这小和尚怎么说话呢?"偃流沙气哄哄地说,"大人们还没坐,你就先歇着了,还不快去拾些柴来生火。"

江流儿撇撇嘴,扬起头不理会他。

天诛焱边拾捡着脚边的枯枝边对江流儿道:"还不快过来帮忙,一会儿野兽来了看你怎么办。”

“这里还有野兽啊？”江流儿有些害怕，急忙跑过来。

“怕了吧。”偃流沙嘿嘿地笑道。

飗看着怯生生的江流儿，安慰道：“不用怕，所有的野兽都怕火，有了火野兽就不敢靠近了。”

江流儿闻言急忙弯下腰划拉脚下的枯叶，天诛焱看着他童真的模样笑了。

“叶子不经烧，多捡些树枝。”天诛焱吩咐道。

“好的，姐姐。”

“说了不许叫我姐姐！”天诛焱瞬间变脸道。

“……好吧，那我叫你什么呢？”

“天诛焱。”天诛焱回道。

“天诛焱？ 哦，难怪他们都叫你三火。”江流儿恍然大悟道。

天诛焱并没理会他，蹲下来用火镰打着火，江流儿走过来坐在她的身旁，一脸天真地笑着：“那我以后就叫你三火姐姐吧。”

天诛焱很想发火，但是看着江流儿清澈的眼睛，无奈道：“随便你吧。”

江流儿顿时像是找到了亲人一样乐开了花，虽然接触的时间并不长，但是他知道他们都是好人，尤其是天诛焱，让他有一种亲切感。从小在寺院里长大的他一早就懂得，佛最讲的就是一个“缘”字，有些缘是修来的，而有些缘则是与生俱来的，就像一切早已被注定。

这时江流儿看着飗，问道：“我听他们都叫你飗，我以后就叫你飗哥哥吧。”

飗冲江流儿不置可否地微笑了一下，江流儿开心地笑了。

“还有我呢，我叫偃流沙，他们都叫我老沙，你可以叫我沙大爷，或者沙叔叔也行。”偃流沙还没有说完，天诛焱和飗纷纷瞪向他，异口同声地骂道：“滚！”

偃流沙也不气恼，反而挠着头憨厚地笑道："哎呀，忘了忘了，这确实不太合适啊，哈哈哈。"

江流儿看着他们三个人，乐得前俯后仰。

天诛焱点燃篝火，四个人围在一起席地而坐。飔一边用树枝挑弄着火焰，一边问江流儿："按照馆主的说法，你现在也算是个异人了，你都有什么本事？给我们看看。"

"啊？我我我……什么叫我也算是个异人了？"江流儿像是被吓傻了一样。

"你拥有了异能，当然就算是异人了。"飔面无表情地道。

江流儿不说话了，他好像并不愿意接受这个事实，但是他内心清楚，这是他没有办法改变的。

"喂，小和尚，你到底有什么本事啊，除了随时可以爆炸以外？"偃流沙半开玩笑地追问道。

"说实话，我……我到现在都还不知道异人和异能到底是什么呢。"

天诛焱说道："按照馆主的说法，天、地、人三者本为一体，形虽已散，但仍有共鸣，其中空气中的称为气，大地中的称为尘，而我们异人则可以随意控制人体内的魂。"

江流儿愣愣地看着天诛焱，一副没有听懂的样子。

天诛焱看了一眼江流儿："这么说吧，举个例子，当我们用魂和尘共鸣时，就能通过大地上的尘土幻化出实体，也就是我们异人的武器……"天诛焱说着不紧不慢地抬起手，江流儿惊讶地看到地上的尘土慢慢地飘浮起来，聚集在天诛焱的手上，这些尘土在天诛焱的手上很快形成了一根棍子，江流儿顿时惊呆，张大了嘴巴。

## (3)

江流儿难以置信地伸出手来摸着天诛焱手上用尘土幻化而来的棍子，不禁感叹道："哇！好厉害啊！"

天诛焱笑了一下，把棍子仍在火堆上，拍了拍手说："有什么好大惊小怪的，这只是最基本的异能而已。"

"是吗？"江流儿猛然想起什么似的，急忙问道，"那气呢？也能变化出东西吗？"

"当然。"天诛焱说着微闭起双眼伸出手，不消多时，一小群萤火虫翩翩飞来，这些萤火虫绕着天诛焱旋转了一圈后落在了她的掌心里，这时天诛焱突然迅速地握紧拳头，一直在旁边目不转睛看着江流儿心里猛地一惊，只见天诛焱将手一挥，一小团火苗直冲面前的篝火而去，火苗在接触到篝火之时，瞬间窜出一人多高的火焰，吓得江流儿直接跳了起来。

被惊呆的江流儿像是过了好久方才缓过神来，他一脸崇拜地看着天诛焱。

"看到了吗？"天诛焱也起身道，"当魂和气共鸣时，就可以控制风、火、冰这些元素，不过我不太擅长，也就能点个火玩玩，据说有的异人通过修炼甚至可以改变气象。"

"改变气象？那……那岂不是神仙了？"

三个人看着一本正经的江流儿都忍不住笑了，江流儿眼珠子转了转，似乎觉得有什么地方不对："不对啊，你们既然什么都能变化，干嘛还用拾柴打火呀，直接变化出来多省事啊。"

天诛焱笑了一下没有回答，飓这时接话道："使用异能是需要消耗功力的。"

斜倚着大树的偃流沙打了个哈欠，说："当然，也不是想变化什么就能变化什么的，要是能变化出金子，我也不用大晚上坐在这儿了。"

江流儿恍然大悟地"哦"了一声。偃流沙站起来伸了个懒腰说："饿了,我去附近看看能不能找点什么吃的。"

"我和你一起去。"飔也起身道。

偃流沙和飔各自拿着一个火把朝身后的密林走去。

天诛焱这时好奇地看着江流儿说道："看你之前在红绡馆的状态,应该是更擅长与气共鸣……据说盘古之心威力巨大,你就先从魂开始吧。"

"怎么开始?"江流儿一头雾水地看着天诛焱,好像根本不明白她在说什么。

"你闭上眼睛,静下心来感应体内的力量……你试着控制一下你所感应到的能量,然后慢慢地将它发挥出来……"天诛焱看着紧锁眉头的江流儿,"别着急,既然你已经是异人了,这件事情就像是吃饭走路一样,不用紧张……"

江流儿慢慢感应到自己身体的变化,他感觉到自己的身体变得越来越轻盈,就像是一片飘浮在空中的云朵。天诛焱看到一小团带着幽光的旋风在江流儿的身边环绕,他周遭的空气慢慢汇聚,形成一个虚幻的空气盾,而这时的江流儿已经进入了入定状态,他的脑海种呈现出两个红色的影子在不停地游走,那正是不远处的飔和偃流沙。片刻之后,江流儿缓缓地睁开眼睛,转头看向旁边的天诛焱道："我,我好像看到有东西在他们的体内流动,应该就是你们所说的魂吧。"

天诛焱吃惊不小："你说你看到魂了?"

江流儿不太确定地点点头："应该是吧。他们两个人回来了。"

天诛焱闻言转过头,发现飔和偃流沙果然从密林里走了出来,偃流沙手里拎着一只野兔,飔的斗袍里兜裹着些什么。

两个人走过,偃流沙在江流儿面前抖了抖手上的野兔笑道："来来来,哥哥给你烤兔子吃。"

江流儿急忙转过头,双手合十嘴里一遍遍地念着"阿弥托佛",老沙见状哈哈大笑道："哈哈哈,逗你的,你二哥给你采了蘑菇,待会儿你多吃点……但是你也得控制着点,千万别爆了,哈哈哈!"

江流儿并不气恼,他知道偃流沙就喜欢开玩笑,用天诛焱的话说就是没心没肺,他都已经有些习惯了,可是一想到自己现在成了一个"危险品",心里还是有一种说不出的难过。

这时飓倒出斗袍里的新鲜蘑菇,瞥了偃流沙一眼,嘲讽道："你还真关心他!"

"嘿嘿,那是,我不关心他关心谁啊……"偃流沙说着开始着手准备他们的晚餐。

飓也将洗过的蘑菇串在干净的树枝上,随后他又拿出包袱里的馕饼一同在火上熏烤,不消多时,食物的香气便飘了出来,偃流沙一副口水直流的模样。

四个人围坐在篝火旁边吃边聊,不知不觉已经到了夜深人静时分,没过多久,江流儿便蜷缩在大树旁睡着了。飓见他缩成一团,脱下自己的斗篷轻手轻脚地帮他盖在身上。

三个人轮流着守了一夜,天蒙蒙亮的时候,天诛焱叫醒大家:"都醒醒了! 咱们该走了!"

飓率先睁开眼睛,他警惕地环视了一下周围,只是发现篝火已经化为灰烬,他旋即站起身活动了一下筋骨。这时江流儿也醒来了,他发现身上盖着飓的衣服,心里顿时觉得无比温暖。

"喂! 起来了!"天诛焱走到还在酣睡中的偃流沙的身边,用脚不轻不重地踢了他一下。

偃流沙猛然惊醒,睡眼惺忪地怒视着天诛焱:"你! 你知不知睡得正香时被叫醒有多痛苦!"偃流沙咬牙切齿,一副想豁出去跟天诛焱拼了的架势。

天诛焱并不理会他,转身朝前走去,飓安慰地看了看着老沙:"快走吧,我们还要尽快去完成任务。你不想要你的金砖了?"飕说完也朝前走去,偃流沙极不情愿地撑起身来,拍了拍裤子,慢悠悠地跟在他们的身后。

四个人走了一个时辰后,前面的树林越来越茂密,他们绕过布满荆棘的山坳,穿过灌木丛生的羊肠小道,却被一面怪石林立的峭壁挡住了去路。正在大家一筹莫展的时候,天诛焱突然发现了一处被杂草树枝遮挡起来的山洞,四个人弓着腰小心地钻进了这处极为隐秘的山洞。

当他们从这幽深的山洞钻出来以后,眼前出现了一片别有洞天的景色,这里四面环山,花草鲜艳,甚至还有果树和篱笆围起来的菜园。显然,一定有人在此居住。

偃流沙环顾着四周,感慨道:"这荒山野岭的,倒还真是个躲避仇家的好地方,谁能轻易找到这里来啊。"

"看,那边有间房子。"这时江流儿指着远处溪边的一间小木屋激动道。

四个人急忙加快脚步,来到木屋前,走在最前面的天诛焱推开木门进去,她环视了一下四周,墙上挂着弓弩、兽皮,旁边的书架上摆满了古籍。

"怎么没人啊?是间空房子啊。"偃流沙走进来说道。

飕和江流儿此时也进入了房间,飕走到书架前,随手抽出一本书翻了几页,偃流沙好奇地凑过来看:"什么书啊?"

飕将手上的书放回书架,又抽出另外一本随便翻了几页后说:"都是些药理和炼制方面的书,这里应该就是奎木狼的住所。"

江流儿此时也在房间里四处打量,他看到床上整齐地叠放着一摞洗干净的衣服,好奇地从里面拎出一件肚兜。他用两根手指捏着肚兜的线布:"三火姐姐,这是小孩子的衣服吧?"

天诛焱看到江流儿手上的肚兜,顿时尴尬得脸都红了,这时偃流沙和飕闻言看向这边,偃流沙瞬间哈哈大笑了起来。

"你,你笑什么啊?"江流儿不明白地看着偃流沙。

"哈哈哈哈,那是女人的衣服,哈哈哈……"偎流沙捂着肚子笑得很夸张。

　　"我才不信呢!女人的衣服怎么会这样小!"

　　"那是女人穿在里面的衣服,哈哈哈。"

　　江流儿似乎猛然明白了什么,急忙把肚兜扔在床上。

　　"行了!有什么好笑的。"飚拍了一下仍在大笑不止的偎流沙的肩膀,然后走到桌子前,打开上面的一个精致的首饰盒,拿起里面一块带有特殊图案的木牌,皱了一下眉头。

　　"这是什么啊?"偎流沙再次凑上来问道。

　　还没等飚回答,一个人影突然从窗前跑过,四个人同时发现了,偎流沙边喊着:"外面有人!"边身先士卒地冲了出去。

　　天诛焱和飚来不及多想,夺门而出,江流儿愣了一下,也慌忙跟着跑了出去。

(4)

　　四个人追到外面才发现,那个身影竟然是一个年轻的女子,此时她正逃命似的向山洞出口方向奔去。偎流沙和飚步步紧逼,眼看就要追上她时,女子突然转身将手臂上的强弩打开,向飚射了一箭,飚侧身躲过,女子趁机又"嗖嗖嗖"地连射几发,偎流沙冲上前的同时幻化出月牙铲将箭挡下,这时女子突然停下脚步,回身站定,迅速地端起手上的一个木匣子触动机关,木匣里瞬间发射出大量的短箭,飚和偎流沙游刃有余地躲避开,并以她来不及看清的速度一前一后地将其堵住。

　　女子腹背受敌,顿时显露出异常慌恐的神情。

　　"哈哈,没有箭了吧?我看你还有什么本事?"偎流沙迎面朝女子走来,"就这点皮毛功夫还想跟我们动手啊。"

女子慌忙拽下脖子上的项链,朝偃流沙甩了出去。偃流沙不但不躲避,反而抢起月牙铲准备抵挡,这时飚急忙飞身过去一把将偃流沙推开:"找死!"话音未落,女子甩出去的项链在空中爆炸,同时迸发出无数的钢珠。飚急忙撑开斗篷,将自己和偃流沙保护起来。

偃流沙看着飚斗篷上面密密麻麻的破洞,惊叹道:"我去!没看出来,还挺厉害啊。"

女子见他们毫发无伤,转身欲逃,没想到此时天诛焱已经站在了她的身后,天诛焱幻化出金箍棒,伸手一击,女子便捂着肩膀疼痛难当地倒在了地上。

女子看着他们将自己团团围住,终于放弃了抵抗,她绝望地低下头:"也罢,既然落到你们手里,这也是我的命,但是求你们让我临死前能够再见我夫君一面,我百花羞也就死而无憾了。"

天诛焱看着百花羞:"莫非你的夫君就是奎木狼?"

百花羞有些疑惑地看着天诛焱:"你……你们难道不是莲刹的人吗?"

"不。是红绡馆馆主派我们来的。"天诛焱斩钉截铁地回道。

"红绡馆?你们真的是红绡馆的人?"百花羞像是见到救星似的看着他们。

天诛焱和她对视一眼,郑重其事地点了点头。

百花羞脸上露出了动人的笑容,那是绝地逢生后发自内心的喜悦和感激。

……

木屋里,百花羞招呼他们四人入座,自己亲手烹茶,将茶盏一一奉上。

"刚才不知几位是红绡馆的人,多有得罪,还望海涵。"百花羞向他们欠身道。

"不用客气。"天诛焱起身道。

这时飚看向百花羞问道:"你是机巧族的吧?"

"你？你是怎么知道的？"百花羞无比惊讶，"机巧族"这三个字她太久没有听到过了，但那却是他们种族视如生命的全部。

飑随手拿起桌子上刻有图案的木牌，说："我之前机缘巧合与你们机巧族打过一些交道，所以认得你们的族徽。"

"哦，难怪。"百花羞点点头。

"机巧族？"天诛焱看向百花羞，"你们机巧族不是和异人势不两立吗？为什么你和奎木狼……"

百花羞苦笑了一下，打断道："如你所言，我们机巧族和异人本不可能通婚。我的家族也一直以狩猎异人的身份保护乡民。那年，木狼突然潜入我们的领地，我发现他是莲刹的人后，就一路穷追不舍，希望可以除暴安良……"百花羞笑着摇了摇头继续道，"我太高估了自己，我根本不是木狼的对手，可是，木狼并没有伤害我，他对我说，他来此是为了找寻一味草药，这种草药只有在我们机巧族的百花山上才有，所以他才冒险前来……后来我才知道，因为木狼想脱离莲刹，正面临着莲刹的追杀，然后……"

百花羞说着停了下来，天诛焱像是已然完全明白了一样道："然后你就收留了他？"

百花羞点点头。天诛焱追问道："那，奎木狼现在何处？"

"木狼……木狼他现在还生死未卜……"百花羞说着伤心地哭了起来。

偃流沙上前道："我最不能看女人哭了，到底是怎么回事，你倒是说啊。"

百花羞抽泣着将事情的详细经过说与他们："昨天晚上……"

四个人听完，天诛焱恨恨道："可恶！为什么莲刹总是比我们快一步！"

飑和偃流沙刚才也在想这个问题，可是他们谁也没有想明白问题到底出在了哪里。莲刹就像是对他们的行踪早已了如指掌一样，总能赶在他们的前面。

天诛焱看着哀痛欲绝的百花羞，宽慰道："莲刹的人应该还不至于对奎木狼痛下杀手,因为奎木狼对他们还有价值。"

百花羞擦拭了一下眼泪问道:"真的吗?"

天诛焱犹豫了一下,然后坚定地对百花羞点点头:"我们会想办法找到奎木狼的。"

"找? 去哪儿找? 怎么找?"老沙嚷嚷道,"这就如同大海捞针,谈何容易啊。"

百花羞闻言,眼泪又打湿了脸颊,天诛焱没好气地瞪了偃流沙一眼,然后转头安慰百花羞道:"你放心,我自有办法。"

"能有什么办法啊?"百花羞越想越痛心,哭得眼泪婆娑的。

天诛焱看向旁边的江流儿,对百花羞道:"这个小和尚可以感应到异人的魂……"

飚和偃流沙无比吃惊地看向江流儿。

偃流沙:"你是说,他能感应出我们的魂?"

"是的。我也是昨天晚上才知道的。"

"你的意思是……"飚看向天诛焱,"让他发动异能,感应奎木狼的踪迹,我们跟着就自然能找到奎木狼?"

"对。"

江流儿看着他们,不太自信地说:"我……我行吗?"

"你必须得行! 现在可全靠你了!"偃流沙上前道。

江流儿按照天诛焱的指示禅坐下来,像昨晚那样,他慢慢地感觉到了自己的身体变得轻盈起来……

"感应到了吗?"偃流沙略显焦急地问道。

"别说话!"天诛焱没好气地说,"让他静下心来感应。"

此时的江流儿再次入定,他虽然紧闭双眼,脑海中却慢慢地呈现出了一些模糊的画面……过了大概半炷香的时间,江流儿缓缓地睁开了眼睛。

"怎么样?"天诛焱蹲下来问江流儿道。

江流儿有些难为地皱眉道："我，我好像感应到了，可是又不太确定，应该是在一个山洞里。"

"山洞？"飓看了一下四周的山峦说，"这里应该有很多山洞吧。"

天诛焱对大家说："别着急，我们可以慢慢找。既然他能感应到奎木狼，那就证明他还活着，并且还在两界山的某一个地方。"

百花羞听完，激动地喜极而泣，对于她来说，只要奎木狼还活着，她就有了继续活下去的勇气和信念。

五个人走出木屋，天诛焱看向大家："我们分头去找，我和江流儿沿着这条路向西，飓，你和老沙向南去后山，找到了就随时发信号通知对方。"

飓、偃流沙、江流儿纷纷点头，百花羞问天诛焱道："那我呢？"

"你先留在这里等我们的消息。"

"不！我要和你们一起去，我不会给你们添麻烦的。"百花羞说着举起她手臂上的强弩。

天诛焱看着百花羞坚持的眼神，说："也好。"

"那你就跟着我们吧。"偃流沙对百花羞笑道。

百花羞对他点点头："我们快走吧。"她说着率先朝前走去，"这里的地势我比较熟悉，我可以带路。"

飓和偃流沙紧随其后跟上百花羞焦急的步伐，天诛焱和江流儿也朝西面的山谷走去。

与此同时，两界山的某一处山洞里，遍体鳞伤的奎木狼被一根长骨钉在山洞的岩壁上，那根让人毛骨悚然的长骨直接穿透了奎木狼的锁骨，让人不忍直视，不寒而栗，此时仍处于昏迷状态中的奎木狼低垂着头，几缕凌乱的、被鲜血侵湿的头发黏贴在他惨白的脸颊上。

洞口的一束日光不偏不倚地打落在奎木狼的身上，然而他感觉不到一丝暖意。

此时白骨姬不紧不慢地走到他面前，奎木狼听见动静，勉强挣扎着抬起眼皮看了一眼正对他冷笑的白骨姬。

"奎木狼,我们也算是旧相识了,你这又是何苦呢,只要你说出来,我保证绝对不会为难你。"

"你……你要我说什么。"奎木狼无比虚弱的声音。

"你就别装蒜了!"白骨姬像是没有了耐心,声音变得异常冰冷刺骨道。

奎木狼苦笑了一下,无奈地摇了摇头:"……凡人驾驭异人之丹,并无良策,你就算杀了我,也没有。"

## (5)

白骨姬的眼睛里瞬间结满了一层冰霜,这是她大开杀戒前的征兆,但是,那些冰霜很快就又慢慢消融了,取而代之的竟然是妩媚的笑容:"哦?是吗?既然这样,那我就只好把你的夫人百花羞请来聊聊了。"

奎木狼突然显得异常紧张:"她是无辜的!她什么都不知道!"

白骨姬捂着嘴迷人地笑了:"是吗?不问问怎么会知道,别紧张嘛,我这就去请你的夫人前来和你团聚。"她含笑说完,转身就走,奎木狼拼命挣扎,竟然试图让自己的身体穿过那根长骨走出来。

眼看奎木狼强忍着剧痛就要从那根长骨里一寸寸地穿出去的时候,白骨姬迅速转身,同时一根骨锥狠狠地将奎木狼的右手臂钉在了岩壁上。奎木狼咬紧牙关,鲜血瞬间从他的手臂流出。奎木狼还想继续挣扎,可是他发现自己的身体已经完全动弹不得。

"别白费力气了,没有几个人能挣脱我的骨锥。"白骨姬说完又朝洞口方向走去。

奎木狼的鲜血顺着手臂一滴滴地滴落在地上,他的额头上青筋直冒、布满冷汗,他努力地活动了一下手臂,掌中突然幻化出一柄飞刀,他拼尽全力将飞刀朝着白骨姬的背影甩出……

飞刀以迅雷不及掩耳之势击中了白骨姬的后背,被刺穿的白骨姬应声倒在地上,然而,与之前的情景如出一辙,地上的白骨姬骤然变成了一堆白骨,而真正的白骨姬已经化作一道白光猝不及防地来到了奎木狼的身边。

白骨姬咬牙切齿地看着近乎绝望的奎木狼:"你对我还真是毫不留情!哼!既然这样,那就别怪我不念旧情了!"她说着幻化出一把尖锐如刀的骨锥,然后硬生生地刺进了奎木狼的身体,奎木狼终于忍不住发出一声撕心裂肺的惨叫:"啊!"

山洞外面,飚和傀流沙毫无察觉地走过这个极其隐蔽的洞口。

傀流沙一边走一边抱怨道:"我也真是服了,小和尚说什么你们就信什么,我就没有听说过谁能感知到魂的,那岂不是比我们都还要厉害了,开什么玩笑。"

飚并不理会他,继续仔细地观察地形,搜寻着可能存在的山洞。

这时奎木狼的惨叫声隐约传来,飚和傀流沙同时猛然停住了脚步。

"二哥,你,你听见了吗?"

飚点点头,然后警觉地转过身望向声音发出的方向,他用眼神示意傀流沙上去看看,傀流沙蹑手蹑脚地向前,拨开密密麻麻的灌木丛,看见了石壁后面隐秘的山洞。

"应该就是这里。"飚说着拿出信号雷朝天空发射,信号雷在天空响亮地炸开,迸发出一团四射的火花。

两个人正准备进入山洞,这时急忙折返回来的百花羞毫不犹豫地抢在他们前面进入了山洞。

此时的山洞里,已经察觉有人闯入的白骨姬已经完全失去了耐心,她拔出奎木狼体内的骨锥,咬牙道:"我再最后给你一次机会,不然下次我可不确定我的骨锥会从哪里刺穿过去!"

白骨姬再次举起了骨锥,奎木狼闭上了眼睛,一副视死如归的表情。就在这时,一支强弩直朝白骨姬射来,白骨姬急忙躲闪,回头看见了远处洞口持弩冲进来的百花羞。

"放开我夫君!"百花羞奋不顾身地冲上来喊道。

白骨姬正要反击,看见了紧随其后而来的飑和偃流沙,白骨姬急忙握紧手中的骨锥,做出了迎战的姿势,偃流沙幻化出月牙铲向白骨姬发起进攻,两人对战了几个回合后,偃流沙便觉得有些吃力了,他一边举起月牙铲挡住白骨姬流星般的攻击,一边朝飑大喊:"喂!你就打算这样看下去啊?"

飑双手交叉在胸前,似乎想看看偃流沙到底有多少能耐,这时见偃流沙有些招架不住了,便飞身上来助他一臂之力,白骨姬以一敌二,很快有就有些招架不住了。这时,火速赶来的天诛焱和江流儿也进入了山洞,白骨姬见状,早已无心恋战,于是急忙卖了个破绽,转身逃之夭夭。

天诛焱和飑迅速追了出去,偃流沙本来也想追出去,飑拦了他一把:"老沙!你留在这里保护好江流儿。"

"好!"偃流沙说完,飑便飞速奔出了山洞。

很快,飑和天诛焱便一前一后挡住了白骨姬的去路。

白骨姬一时无路可逃,本能地做出防备的架势:"你们为什么要管这等闲事?"

"我们是奉红绡馆馆主之命,前来找奎木狼的。"天诛焱回道。

白骨姬亮出手里的骨锥:"既然如此,那就别费口舌了!"她说着腾空而起,扑向天诛焱,天诛焱幻化出金箍棒抵挡,同时飑在后面也发起了进攻。白骨姬哪里是两人的对手,勉强战了七八个回合,就已经败下阵来。天诛焱顺势一棒挥去,白骨姬应声飞了出去,飑和天诛焱急忙追过去,发现白骨姬不知何时已经不见踪影,地上只有她金蝉脱壳时留下的一堆白骨。

天诛焱和飑相视一眼:"可恨!还是让她逃了!白骨姬最擅长的就是

这招了。"

飚猛然想起什么，慌忙道："不好！这会不会是白骨姬的调虎离山之计，我们还是先去看看奎木狼他们吧。"

此时的山洞里，百花羞和奎木狼紧紧地依偎在一起，他的鲜血沾满了她的衣裙、她的双手，甚至弄脏了她清秀的脸颊，可是她丝毫不在意，她就这样抱着奄奄一息的奎木狼——她的夫君，泪水止不住地流了下来。

偃流沙看着奎木狼严重的伤势，叹气道："兄弟，你可真行，都伤成这样了还能挺得住。"

奎木狼似乎并没有听到偃流沙的话，此时的他瘫坐在地上，依靠在百花羞的怀里，满眼满脑子都是他深爱的妻子百花羞。

偃流沙不无羡慕地看着他们，一副惋惜的模样。

"你干嘛老盯着人家看？"江流儿走过来问道。

"你管得着吗？"偃流沙像是被什么触动了一样，"唉，这么好的媳妇，上哪儿才能找得到啊。"

江流儿撇了撇嘴："你上哪儿也找不到。"

偃流沙拍了一下江流儿的小脑袋："嘿！我说你是不是一天不跟我作对就难受！"

这时江流儿的神情突然变得极其不对劲，偃流沙还以为自己刚才下手重了，正要对江流儿赔不是，却听见江流儿惊恐地大喊："有异人！"

"哼，我就是异……"偃流沙还没说完，就瞥见一道白光飞速而来，不用想便知道，来者正是白骨姬。

杀气腾腾的白骨姬绕过偃流沙，直冲奎木狼而来，她冲过来的同时手里幻化出一柄锋利的骨刀，用力地朝瘫坐在地上的奎木狼扔去，百花羞见状急忙侧身用弓弩射向白骨姬。

弩箭与骨刀在空中交错而过，千钧一发之际，百花羞扑在奎木狼的身上试图为他挡住骨刀，就在这时，愣在一旁的江流儿急忙撑开双手做了一个抵挡的动作,一个空气盾瞬间形成,将骨刀弹了出去,并且将飞身上来的白骨姬一下震开,撞在了岩壁上。

"行啊!没看出来你居然这么厉害!"偓流沙惊喜道。

白骨姬知道大势已去,自己不是对手,故作一副不屑的模样说:"哼!一群烦人的苍蝇,下次再取你们的小命!"她说完又是一道白光快速消失。

这时天诛焱和飚风风火火地赶了过来,他们一进来,偓流沙就抱怨道:"你们两个怎么搞的,怎么还能把人给打回来了?"

天诛焱顾不上搭理他,急忙来到奎木狼的身边:"你怎么样了?"

奎木狼嘴角撇动了几下,可是发不出一点声音,百花羞见状顿时又梨花带雨地哭了起来。偓流沙在一旁摇头道:"他伤得太重了。"

天诛焱蹲在奎木狼面前:"我们是红绡馆的人,有要事……"

奎木狼艰难地抬起手打断她,然后伸出手指颤巍巍地指向江流儿:"……他,他就是服丹之人吧?"

"你怎么知道?"天诛焱觉得很是诧异。

"我专研此术多年,自然知晓。"奎木狼用异常嘶哑的声音道。

偓流沙急忙问道:"那你可有什么办法将此丹取出?"

"我这些年诸多付出,也都是镜中花水中月,很多时候答案看似就在眼前,却总是摸不到……"奎木狼万分遗憾的模样,"我确实帮不了你们什么,我自知大限已至……求诸位容我与妻子独处片刻好吗?"

偓流沙还想再问什么,天诛焱摆手示意不必了。

"走吧,我们先去外边吧。"天诛焱说着,迈开脚步朝外走去。

他们还没有走出山洞,奎木狼便不停地咳嗽起来,咳得鲜血直流,百花羞急忙伸出手帮他擦血,而此时的奎木狼已经含着笑闭上了眼睛,很快,他的整个身体也随之松软了下来,一直拉着百花羞的手也不由自主地松开了……

百花羞泪流满面地摇晃着奎木狼:"木狼,你别抛下我,我们说好了要白头到老的！你不能就这样抛下我啊，木狼……"

然而，奎木狼已经没有了任何回应，他们曾经发誓要一起白头到老，可是他知道自己要食言了。弥留之际，他在心里对她说："来世我们做一对普通人，一起白头到老。"

翌日清晨，奎木狼的墓碑前，五个人一言不发表情凝重地站在那里。不知道过了多久，天诛焱看着身旁的百花羞，有些自责："或许我们早来一步，奎木狼就不会惨死。"

"不。如果不是你们，我恐怕连木狼的最后一面都见不到了，可能我也会遭到白骨姬的毒手。谢谢你们。"百花羞发自肺腑地说道。

"那你，今后有什么打算？"

"杀夫之仇不共戴天！我就是走找到天涯海角也要找到白骨姬报仇！"百花羞咬牙说完，对他们拱手道，"各位，告辞了。"

四个人目送着百花羞孤单的身影渐行渐远，偃流沙叹了口气道："找白骨姬报仇？就她现在的功力，最好还是别让她找到白骨姬为好，找到了就等于是送死。"

"要不你跟她一起去，帮帮她。"飓随口建议道。

偃流沙大摇其头："那怎么行呢，人各有命，再说了，我还得保护好我的一车金砖呢。"他说着伸手去搂江流儿，江流儿嫌弃地躲开，偃流沙撇撇嘴，想起什么似的问道，"现在唯一的线索也断了，我们接下来该怎么办啊？"

飓稍加思索了一下，说："回红绡馆。"

天诛焱点头附和道："对，先去找馆主从长计议。"

# 第三章

## (1)

四个人走出密林,却被一条水流湍急的大河挡住了去路。

偃流沙看着一眼望不到边的大河,皱起了眉头:"我去！咱们是不是走错路了,这里怎么会有一条这么宽的大河啊?"

没有人回答。

偃流沙走到岸边看着河水犯起了嘀咕:"这么宽的河,咱们怎么过去啊?"

话音未落,天诛焱举起手中的金箍棒随手一挥,旁边的几棵小树应声折断,她收起金箍棒看向偃流沙:"现在知道怎么过去了吧?"

"呃,你这样乱砍乱伐的,好像不太好吧。"

"别废话了,咱们去找一些藤条来。"飓说着转身返回密林。

四个人找来一大堆长短不一的滕条,将树干捆成了结实的木筏,然后将木筏推下水,飓立在木筏前端,拿着一根长竹竿撑了起来。

"哈哈,二哥,你这样子看起来还真像个船夫啊。"偃流沙笑着打趣道。

"你要不要来试试?"飓边铆足了劲撑船边回道。

"还是算了吧。"偃流沙话音刚来,木筏便随着激流猛烈地晃动了一番,改变了方向。

"哎！怎么回事? 咱们不是要过河吗? 这怎么随波逐流了? 你这怎么不撑了?"偃流沙看着飓无奈地收起了长竹竿,嚷嚷道。

"没有办法,河水流太急了,过不去,咱们只能顺流而下,等到平缓些的地方再过对岸去吧。"

"噢。哎,你说,咱们就这样顺流而下,能不能漂到天都城外的大运河啊?"偃流沙说完哈哈大笑起来。

飑撇了撇嘴:"没准儿。"

"这里还是两界山,离天都城有多远你不知道吗?"天诛焱斜了一眼偃流沙。

"我不就是开个玩笑嘛。"偃流沙嘿嘿笑道,然后转头看向望着水面发呆的江流儿,"喂,金砖,别整天愁眉苦脸的,等哥哥拿到钱了,也分你一份,你有什么愿望啊?"

"我也没有什么愿望,我只想回到金山寺,回到什么都没有发生的时候,让师父活过来。"

"……你还是说点能够实现的愿望吧。"偃流沙说着挪到江流儿身边,"比如说,你有了钱以后最想干什么?"

江流儿若有所思地看着偃流沙:"我一直想问你,你很缺钱吗?你要那么多钱想干什么啊?"

"干什么?"偃流沙顿时眼睛发亮道,"等我有了钱以后,我要吃遍天下所有的美味佳肴,吃到吐!天天喝天下最好的美酒,不,天天拿天下最好的美酒泡澡!哈哈,然后再娶上一百个老婆……"

飑在一旁讥讽道:"你还敢不敢再有点出息。"

偃流沙怏怏地嘟囔道:"本来嘛,要不然我要那么多钱干什么。"

"飑哥哥,那你呢?你有了钱以后最想干什么啊?"江流儿转头看向临风而立的飑。

"我?"飑抬头看向远处,"也许就在这样山清水秀的地方找一个幽静处,远离尘世喧嚣,每日烹茶煮酒……"

偃流沙低下头不屑地小声嘀咕道:"听起来也没比我好到哪儿去嘛。"

"那你呢,三火姐姐?"江流儿问天诛焱道。

"我……"天诛焱一副欲言又止的模样,陷入了沉思。

偃流沙好奇地看向天诛焱:"这样吞吞吐吐的可不像你的风格啊,这有什么不好说的?"

"关你屁事!"天诛焱冲偃流沙发火道。

"好好好,算我多管闲事行了吧。"偃流沙自觉没趣,忙转开话题,"你们看,这里风景多美啊,如此良辰美景,我真想赋诗一首……啊,好山好水好地方,就差一位好姑娘……"偃流沙情不自禁地吟起诗来,飏不禁皱起了眉头,江流儿急忙用手捂住耳朵,天诛焱看着他们忍不住乐了。

偃流沙似乎还在沉浸在自我陶醉之中:"这地方真是太美了,简直就是世外桃源,就算死在这里,也是几辈子修来的福分啊。"

飏这时看着前方的水流,面无表情地说:"借你吉言。"

其他几人闻言,急忙起身朝前方看去:前方,突然出现了一条飞流直下的大瀑布。

偃流沙惊慌道:"咱们现在掉头还来得及吗?"

"你说呢?"飏紧紧地抓住手中的竹竿。

"有没有搞错啊!我只是说说而已,难不成还真要死在这鸟不拉屎的鬼地方!"偃流沙一脸委屈,不满地叫道。

"别废话了!大家都快抓好木筏!"

说话间,木筏已经飘到了瀑布的边缘,飏急忙俯身趴在木筏上咬紧牙关抓住结实的藤蔓,天诛焱一手牢牢地抓住木筏,一手紧紧地抓住江流儿的胳膊,伴着偃流沙和江流儿的失声大叫,木筏随着瀑布直冲下去……

四个人重重地跌入深不见底的水潭中,在巨大的水花声里,就像四块掉进水里的小石头一样波澜不惊,他们还没来得及浮出水面,就被潭底汹涌的暗流裹挟着冲了出去,几番起伏之后,他们的视线开始变得越发模糊,身体也像软绵绵的叶子一样随波漂流了起来。

江流儿像做了一个悠长的梦,他梦见自己走进了一座无比华丽的宫殿,正当他在挂满宫灯的长廊里茫然无措时,一个宫女打扮的女子端着一碗参汤从他的身边悄然经过,她好像压根就没有注意到眼前的江流儿,迈着小碎步走进了前面光影交错的寝宫。

江流儿不由自主地跟了上去,他偷偷地往门缝里张望,看见了寝宫的纱幔里一个女子若隐若现的身姿,这时宫女跪在地上举起手中的托盘:"启禀陛下,您的参汤好了。"

纱幔里的女子并没有接过参汤,而是伸出手来抚摸着宫女略显青涩的脸庞,宫女战战兢兢,却又不敢躲避,任由那只肤如凝脂的玉手在她的脸上肆意滑过。当那只手慢慢地滑向她白皙的颈部时,精致的手指上突然变幻出锋利的长指甲掐住了她的脖子,一股血气随之从她的体内被快速吸走,宫女猛地浑身一颤,张大嘴巴发出一声干枯的惨叫,瞬间变成了一具干尸倒在地上。江流儿吓得目瞪口呆,这时,从纱幔里走出一位雍容华贵面带神秘的美人,她看了一眼地上的干尸,舒展了一下自己妖娆的身姿。

"什么人?"美人像是察觉到门外有人,目光如一柄寒刀一般朝这边看了过来。

江流儿猛地一激灵,惊出一身冷汗,从这场恶梦中醒了过来。他仰面躺在床上,努力地平复着自己呼之欲出的心跳,似乎仍然心有余悸。这时他隐约听到有人推门进来的声音,他想翻身下床,可是发现自己浑身像是散了架一样动弹不得,甚至连转头这种简单的动作都完成不了。

与此同时,天诛焱猛然从旁边的床上坐了起来,她从里间的隔断里看见一名年轻的女子带着两个姑娘走进了房间,她们边走进来边七嘴八舌的说着话:

"快快快,我发现这里有个男人。"

"这就是男人吗?果然和我们不一样啊。"

"是呀是呀,你看他的胡子,好性感呀。"

"让我看看让我看看,这个男人……怎么跟画上见到的不太一样啊?"

"你懂什么,这是年轻的男人,你看他的肌肉多结实啊。"

天诛焱走出里间,发现飏在厅房里被三个轻衫罗裙的少女堵在墙角,他手里拿着一条床单遮挡着身体,颤巍巍地看着三个笑盈盈的少女,像是一头待宰的羔羊一样可怜兮兮。

"你们……想干吗?"飏贴着墙角拽着床单保护着自己。

"瞧你紧张的,我们就是想看看你嘛。"为首的少女眉眼含情地将飏从头打量到脚。

飏被她们看得浑身不自在:"你们,你们看够了没有!快把衣服还给我。"

"就不给你,有本事你自己过来拿呀,来呀来呀……"为首的少女嬉笑着,其他两位少女也在一旁捂着嘴发笑,飏一脸无奈到快要崩溃的模样。

此情此景,让天诛焱忍不住笑了出来。三个少女这时才注意到天诛焱,急忙转过头来看向这边。

飏一脸尴尬地急忙向天诛焱求救:"你还笑,还不赶快过来帮帮我。"

天诛焱看着飏的囧状,有些幸灾乐祸地笑道:"没想到堂堂飏公子也有这种时候啊,"她说着摊了摊手,"我能帮你什么呢?我觉得这种时候你并不需要我的帮忙吧。"

"拜托!快帮我把衣服拿过来。"飏央求的语气道。

天诛焱意犹未尽地笑了一下,然后一个箭步上前,从少女手中抢过飏的衣服,她的速度快到让三个少女根本没有反应过来,她们瞬间愣住,然后像是见到鬼了一样尖叫着跑掉了。天诛焱嘴角含笑地把衣服扔给飏,飏接过衣服,飞速穿好。

这时江流儿摇摇晃晃地从里面走了出来,他一边揉着发涩的眼睛一边问道:"我们这是在哪儿啊?"

天诛焱摇摇头:"我也不知道。"她说着走到江流儿面前关心道,"你现在感觉怎么样？有没有觉得哪里不舒服？"

江流儿揉了揉脑袋："就是觉得有点头晕，像是昏迷了三天三夜了一样。"

"那就对了。"飖看向江流儿，"从那么高的地方摔下来不晕才怪，要不是你三火姐姐拼命保护着你，恐怕你这条小命都难保了。"

江流儿满怀感激地看着天诛焱，他很想对她说声谢谢，可是他记得师父曾经对他说过，大恩不言谢，于是他一时有些不知如何是好。

"三火姐姐，飖哥哥，我们怎么会在这里？是谁把我们救上来的？"江流儿猛然想起此事，忙问他们道。

天诛焱看向飖，飖急忙回避着她的目光。

"刚才是不是发生了什么？我好像听见有几个女人在笑……"

飖急忙打断道："你一定是听错了！刚才什么也没有发生。"他说着转头看向天诛焱。

"放心，我会替你保密的。"天诛焱小声说完，意味深长地笑了一下，然后径直走过飖的面前。

飖一脸隐忍无奈的表情，迈开脚步跟在她的后面，江流儿一副不明所以的模样挠着脑袋，也跟着他们走出了房间。

## （2）

三个人来到外面，惊奇地发现这里整条街上的人全是女性，叫卖的商贩、巡逻的卫队，甚至就连打铁、搬运石料这样的重体力活也都是女人们在做。

"奇怪？这里到底是什么地方？怎么街上连一个男人都没有啊？"发现异样的江流儿问道。

飖若有所思地说："我明白了，这里应该就是传说中的女儿国。"

"女儿国?"江流儿瞪大眼睛,"我怎么没有听说过。"

"你从小在寺院里长大,怎么可能听说过呢。"天诛焱说着猛然想起什么,转头问飓道,"老沙呢? 你看见他了吗?"

飓摇摇头。天诛焱有些担心道:"他不会有事吧?"

"放心吧,就算咱们都死了,他那种人也死不了。"

"那就更可怕了,如果他也来到了这里……"天诛焱没有说下去,飓心领神会地笑道:"那他可要美死了。"

"我感觉老沙哥哥好像就在附近。"江流儿仰起头看向天诛焱道。

就在这时,他们听见不远处传来敲锣打鼓以及人们欢呼雀跃的声音,天诛焱与飓相视一眼,说:"走,过去看看。"

三个人躲在一处隐蔽的墙角,看见游街的队伍大张旗鼓地朝他们这边行进,一辆装饰华贵的车辇缓缓地行驶在道路中央,前后都有卫队保护,两旁还跟随着两列侍女沿路抛撒着花瓣。

当游行的队伍渐渐走近,他们看到身上披红挂彩的僵流沙站在车辇上,兴奋地向人们展示着他强健的肱二头肌,他身旁的华盖下端坐着一位头戴皇冠的美艳女人,一直在含情脉脉地仰望着他。

僵流沙不时挥舞着手中的鲜花向人群微笑招手,一脸春风得意,走在最前面的几个侍卫一边敲锣开道,一边齐声高喊:"天降神男,国之祥瑞,国王夫婿,喜结良缘……"

天诛焱和飓看着眼前热闹的场面,一副哭笑不得的模样,江流儿挠着头问道:"那是老沙哥哥吗? 他是要成亲了么?"

飓含笑道:"你没听见吗,你老沙哥哥就要嫁给那个女王了。"

"不是只有女人嫁给男人嘛,怎么还有男人嫁给女人?"

"那是……因为你老沙哥哥魅力大。"飓说完,难得舒心地笑了起来。

江流儿"哦"了一声,然后极力地踮起脚尖望向华盖下的女王,然而,当他看清楚女王的时候,他的脸色瞬间变得凝重了起来:"那个女王好像有点不对。"

天诛焱忙问："怎么不对了？"

"我看到她的魂了。"

"你是说，女王也是异人？"天诛焱说着再次向女王张望过去，然而她并没有察觉有何异样。

江流儿不确定地摇摇头："我也不知道，我看她的魂……好像和你们的有些不太一样……"

"怎么不太一样了？ 你倒是快说啊！"飓见江流儿吞吞吐吐的，催促道。

"具体的我也说不上来，反正，反正就是看上去……很乱。"江流儿说完，天诛焱和飓很有默契地相互对视了一眼。

"这样，我们先找个地方休息，你们两个男人在这里实在太惹眼了。"天诛焱指着对面一家客栈，"我先去那家客栈订好房间，你们随后想办法进来。"她说完向飓使了个眼色，飓心领神会地点点头，然后抱起江流儿纵身一跃上了房顶。

两个人在房顶上看见天诛焱走进对面的客栈，不消多时，二楼一个房间的窗户从里面打开了，天诛焱探出头向他们挥手示意，飓抱着江流儿如一道光影一样迅速地飞身从窗户进入了房间。

"你既然这么厉害，当时掉下瀑布的时候为什么不这样？"江流儿刚站稳脚就看着飓发问道。

飓无奈地叹了一口气："你还真是问题多，你以为我是神仙啊，那么宽广汹涌的大河，落差那么大的瀑布，并且连一处支撑点都没有，我倒是……"

"行了行了。"天诛焱略显不耐烦地打断道，"你们两个不嫌累吗？"她发现自从遇上江流儿以后，一向冷漠的飓也开始变得话多了起来，甚至偶尔还会有很童真的时候。

飕欲言又止地闭上了嘴，这时江流儿的肚子"咕噜"响了一声。

天诛焱看着江流儿："饿了吧？"

江流儿客气地摇了摇头，继而又诚实地点了点头。

天诛焱笑道："饿了就说，我们既然一道而行，以后就不用客气。你们在这儿等着，我去叫点吃的上来。"

"谢谢三火姐姐。"江流儿微笑道。

半个时辰后，天诛焱便端着饭菜返回到了房间。三个人用完餐，夜幕也随之降临了，天诛焱站在窗前，看着繁星漫天的夜空，似乎陷入了某段回忆。

"这里的夜空好美啊。"这时江流儿走到天诛焱旁边，看着窗外璀璨的星空感叹道。

天诛焱缓过神来，对江流儿说："我们得出去一趟，你先在这里睡觉，千万别到处乱跑。"

"你们是去找老沙哥哥吗？"江流儿说完抿起了嘴，他虽然有时候觉得偃流沙很讨人厌，但是关键时候还是会为他担心。

天诛焱点点头，其实她现在并不是太担心偃流沙，而是更想弄清楚那位女王的真实身份。

"那你们一定要注意安全，多加小心。"江流儿发自肺腑地说道。

"放心吧，我们去去就来。"飕说完，戴上斗篷从窗户一跃而出。

天诛焱有些不太放心地看向江流儿："别害怕，我们很快就回来。"

"你就放心吧三火姐姐，我会保护好自己的。"江流儿眼神异常坚定道。

天诛焱欣慰地看了一眼江流儿，然后和飕一样，从窗户飞身出去。

飕和天诛焱行色匆匆地绕过几条空无一人的街道，便来到了灯火通明的皇宫外面。这时宫门外巡防的卫队正在逼近，他们发现后很有默契地同时飞身跳到了宫殿的房顶。

两个人飞檐走壁，不多时便来到了正殿后面的寝宫。飑小心地揭开一片琉璃瓦，朝里面看去……

此时的寝宫里光影交错，略显暧昧的烛光将气氛烘托得恰到好处，已有几分醉意的偃流沙悠然地歪在龙榻上，一边品尝着手中的美酒，一边观赏着薄衣轻裳、酥胸半遮的女王在他面前翩翩起舞。

女王旋舞一番后顺势倒在偃流沙的怀里，媚眼含笑地撩拨着他道："郎君，我跳得好吗？"

"好！跳得好，跳得实在太好了。"偃流沙一副醉眼迷离的表情。

女王浅浅一笑，满眼爱意地勾住了偃流沙的脖子，偃流沙顿时觉得浑身酥软，一脸陶醉享受的模样，很久没有抱一把酥香软玉的他搂着怀里万种风情的女王，感觉这一切就像是在做梦一样。他感受着女王身上的温度，迷醉在她诱人的体香中。这时女王微闭双眼，主动吻向偃流沙，偃流沙一阵心跳加速，咽了一下口水，眼看王女就要吻住他时，偃流沙突然别过头："娘子，那个……我二哥他们找到了吗？"

这不合时宜的发问让王女感觉很是扫兴，但她还是很有涵养地笑道："我已经派了好几拨人去找他们了，郎君就别再担心了……"女王说着又要亲吻他，偃流沙有些心不在焉地道："娘子，你知道的，我二哥虽然脑子好使，可是他不会水啊。一想到他们生死未卜，我却在这里……我这心里总觉得有些别扭啊。"

女王有些面露不悦道："你一晚上都提了你二哥好几次了，你怎么总想着他啊？"

"虽然他平时不太仗义，可是……毕竟是兄弟嘛。"

在房顶窥探的飑听到偃流沙这番话，心里顿时涌过一阵暖流。他嘴角含笑，小心地将琉璃瓦放回到了原处。

## （3）

　　偃流沙一副醉醺醺的模样走出寝宫，走进了挂满宫灯的回廊，这时飍从回廊的顶梁上突然倒吊下来了，面部朝下，双目怒睁，直直地瞪着近在咫尺的偃流沙。猝不及防的偃流沙瞬间吓得魂不附体，他急忙跪在地上磕头作揖："二哥我错了！我错了！是我不好，没能及时救你，你大人有大量，你就放过我吧，我一定年年给你烧纸，你就不要阴魂不散了，还是赶紧去投胎吧，免得错过了时辰……"

　　这时天诛焱在后面拍了一下偃流沙的肩膀，偃流沙猛地浑身一激灵，转头看见了天诛焱，与此同时飍翻身跳下来站在偃流沙面前："你还真是恨我不死啊！"

　　偃流沙这时才反应过来，急忙起身，一边掸着裤子上的灰尘一边怒不可遏道："你俩有病啊！大半夜的竟然在这里装鬼吓我！你们不知道人吓人会吓死人的吗！"

　　天诛焱轻笑一声，说："你是心虚吧，在这里享受美人恩，把我们都忘到脑后了吧。"

　　"哼！我偃流沙是那样的人吗！我派了好几拨人去河里捞你们，你们居然……"

　　飍打断道："好了，这些我们都知道，她只是跟你开玩笑而已，先别说这些了，此地不宜久留，咱们赶快走吧。"

　　天诛焱在一旁帮腔道："对，咱们得尽快赶回天都城去，"她说着看向偃流沙，"否则你的一车金砖可就要飞了。"

　　"别啊！"偃流沙无比得意，激动道，"咱们还回去干什么，我现在是国王了，这整个国家都是我的了，谁还在乎那一车金砖啊，咱们现在就可以退休了！回头我封你俩为国师，咱们就可以在这里呼风唤雨享尽荣华富贵了，哈哈哈。"

飓无奈地叹了口气:"看样子你是铁了心要继续在这里当你的神男了吧?"

偓流沙嘿嘿笑道:"二哥,你这话说得可就不太好了吧,你是不是嫉妒了?总算也有个美人看上我了,并且还是这女儿国的国王,你是不是眼红了?"

飓一脸欲哭无泪的模样,天诛焱走上前神秘兮兮地对偓流沙小声道:"江流儿说你的女王不太对劲,你可要当心点啊。"

偓流沙不明所以地问道:"什么意思?"

"江流儿看到了女王体内的魂,但是和咱们的不同。"飓轻声说道。

"什么?有魂啊?那不就是说她是异人吗?"偓流沙说着好像突然意识到了什么,"这不正好嘛,我们都是异人,门当户对,夫唱妇随嘛。"

天诛焱强调道:"都说了她和咱们的魂不一样!万一她是莲刹的人怎么办?"

偓流沙把头摇得像拨浪鼓一样:"不能不能,绝对不能,我看人很准的,我家娘子那么温柔漂亮贤惠大方,打着灯笼都找不到,怎么可能是坏人呢?"

"那你觉得白骨姬长得不漂亮吗?"飓似笑非笑地反问道。

"这……这哪能做比较啊,我家娘子和白骨姬不一样,绝对不一样!"偓流沙笃定道。

天诛焱白了偓流沙一眼:"你别一口一个你家娘子好吗,听着恶心。你就直说吧,你是死了心不走了是吧?"

偓流沙低下头闷声不吭,也不敢看他们。天诛焱见状,义愤填膺道:"行!那咱们就到此为止吧!"她说着转身离开。

偓流沙抬头看向天诛焱的背影挽留道:"唉,唉,怎么说走就走了呢,非要弄得这样不欢而散吗……"

天诛焱充耳不闻,径直朝前走去。飓看了一眼偓流沙,走到他跟前拍了拍他的肩膀,语重心长地说:"你知道她就这种脾气。好了,你既然已经决定了,我也不再多说什么了,你还是小心为好吧。"飑说完转身迈开了脚步,刚走两步,猛然想起什么,又回头对愣在原地的偃流沙道:"哦,对了,我们就住在官道拐角的那家客栈,若有什么事,随时过来找我们。"他说完加快脚步追上天诛焱。

偃流沙看着他们消失在长廊的尽头,一脸的无语和无奈。他若有所思地呆站了片刻后,忧心忡忡地返回寝宫,旁若无人地坐在龙榻上。这时女王温存地将手搭在他的肩上,脸贴在他的鬓边,无限爱语道:"春宵一刻值千金,郎君可不要辜负了如此良宵和妾身的一片真情啊……"

偃流沙有些心神不定地轻抚着女王的玉手,女王顺势侧躺在了他的怀里,本欲撒娇的女王见偃流沙一脸愁眉不展的模样,忙问道:"郎君在想什么啊? 为何一脸心事的样子?"

偃流沙欲言又止,女王再次伸出玉手勾住偃流沙的脖子:"难道郎君还有什么事情不能对妾身说的吗?"

偃流沙犹豫了一下,一咬牙还是说了:"娘子……你,你见过异人吗?"

女王瞬间变了脸色,同时在偃流沙脖子后面的玉手也忽然变出了黑硬锋利的指甲,但是很快,她又故作镇定地摇头道:"我没有见过什么异人,郎君怎么会突然问起这样的问题?"

偃流沙有所掩饰道:"没有,我就是随便问问。"

女王认真地看着他,继而又一脸笑魇如花地问道:"那,如果我是异人呢? 你还会这样爱我吗?"

"爱! 当然爱!"偃流沙斩钉截铁道。

女王笑了一下,然后嘟起嘴,故作伤感地说:"那如果有一天我美貌不再,人老珠黄,甚至面目全非、形同枯槁了,你还这样待我吗?"

"会! 当然会!"偃流沙隔着薄如蝉翼的绸缎爱抚着女王苗条性感的腰肢,"我偃流沙可不是那种见一个爱一个、三心二意的登徒浪子,我发誓,不管你以后变成什么样子,我都会一直陪着你,今生今世我对你的心都不会变。"

女王甜美地一笑,同时在他脖子后面的黑色指甲也慢慢收了回去。

"娘子,我知道我二哥他们的下落了……"

女王猛然坐起身来,满脸狐疑地打断偃流沙道:"你是怎么知道的?我们派了那么多人沿河日夜搜寻,到现在都没有消息,你何故出去片刻就有他们的消息了?"

"娘子,你干嘛这般紧张啊?"

女王慌忙恢复常态:"没有啊。我,我只是好奇,郎君是如何这么快就知道了你二哥他们的下落,莫非你刚才出去见到他们了?"

"也难怪娘子吃惊不小,这其中的原因,包括我的一切,我日后都会向娘子一一如实道明。"偃流沙略有顾虑地看着女王,"我知道我二哥他们现在就在咱们女儿国,我是想,明天邀请他们入宫一起用膳可好?"

王女犹豫了片刻,含笑道:"这有何不好? 只要郎君高兴,妾身全听郎君的,我明日叫人去请来便是。"

"还是娘子大气!"偃流沙说着,略显粗暴蛮横地一把将女王搂在了怀里,突然感受到偃流沙男子气概的女王此刻反倒小鸟依人地娇羞了起来,她柔情似水,半推半就地和偃流沙一起倒在了龙榻上……

(4)

女儿国清晨的天空显得无比清澈透亮,这里三面环水群山围绕,仿佛空气里都自带着沁人心脾的清新,让人神清气爽心旷神怡。这样与世隔绝的好地方,简直就如同传说中的世外桃源。

天光大亮的时候,天诛焱推门走出客房,在隔壁房间里听到动静的江流儿急忙跟着出来,他在走廊里看见天诛焱,加快脚步跟在她身后:"三火姐姐,你这是要上哪去啊?"

"随便出去走走。"天诛焱头也不回地说道。

"你也带我去吧,我在房间里都快闷死了。"

"亏你还是个和尚,这点定力都没有。"天诛焱继续向前走去。江流儿小跑着追上她,拉着她的衣袖孩子似的央求道:"三火姐姐,你就带我也去逛逛吧。"

"这里是女儿国,你一个小和尚瞎凑什么热闹,快回去!"

江流儿古灵精怪地笑道:"师父说过,要了解人间疾苦,才能明白何谓众生皆苦……"

"哪来这么多歪理,你看这里一片太平盛世,哪来的疾苦。快回你房间里去!"天诛焱说着走下楼梯,这时店老板正好迎面过来,她看见跟在天诛焱身后的江流儿,像是撞见了活宝一样,满眼放光地惊呼道:"男人!"

天诛焱回头瞪了江流儿一眼:"你看,让你不听话! 这下麻烦了吧。"

店老板眼巴巴地看着江流儿,上来对他又拽又摸,江流儿吓得节节后退。正他当不知如何为好之际,飖从房间里走了出来,老板娘顿时被飖不可抗拒的男人魅力迷住了,仿佛时间在这一刻突然停滞了一样,她的眼里只有英俊潇洒到让她窒息的飖。她不由自主地冲飖痴痴一笑,然后流着鼻血当场昏了过去。

天诛焱和江流儿完全看呆了,飖若无其事地走下楼梯,看着晕倒在地上的老板娘,一脸无辜地问道:"她是贫血了吗?"

天诛焱一副不愿搭理他的模样别过头去,江流儿一脸崇拜地看着飖道:"飖哥哥,你的杀伤力好大啊。"

飖刚想说什么,这时一辆马车不偏不倚地停在了店门口,他朝门外看了一眼,撇了一下嘴角道:"看来今天要有好戏看了。"

"什么好戏?"江流儿问道,天诛焱同时也看向飖寻求答案。

飖扬了扬下巴,示意他们看门外,两个人回过头,看见一队侍女缓缓地朝客栈里走来。侍女们走到他们面前，为首的欠身施礼道："下官奉女王之命，特来恭迎神男家眷入宫。"

"神男？"江流儿一脸疑惑的表情。

"就是你老沙哥哥。"飓冷笑了一下。

江流儿恍然大悟地"哦"了一声，侍女们这时齐声道："神男家眷请！"

飓看了一眼天诛焱和江流儿："走吧，人家都来请咱们了，咱们总不能驳了神男的面子吧。"他说完朝前走去，天诛焱犹豫了一下拉着江流儿跟了出去。

三个人坐上马车，江流儿有些担心地小声问身旁的飓："他们这是要带咱们去哪儿啊？"

"进皇宫，见神男啊。"

"见老沙哥哥干什么？"

"吃散伙饭呗。"

江流儿闻言立刻伤感了起来："这么说，他不和咱们一起走了啊？"飓没有回答，江流儿低下头，撅着嘴也不再说话了。

一路招摇过市后，马车驶进了巍峨庄严的宫门，三个人在通往宫殿的甬道里被请下马车，然后在侍女们的带引下来到了正殿前。江流儿看着富丽堂皇的大殿，瞪大眼睛赞叹不已。

这时衣冠楚楚红光满面的偃流沙哈哈大笑地迎了上来，他张开双臂无比自豪地炫耀说："怎么样？我这王宫还算气派吧？"

江流儿怔了一下，点点头，天诛焱和飓甚至都没有看他一眼。偃流沙把胳膊随意地搭在飓的肩膀上，喜笑颜开的对他耳语道："嘿嘿，我昨晚已经验明正身了，一切正常，根本没有一点问题。"

"把你的手拿开。"飓冷言冷语道。

偃流沙顿时觉得面子上有些挂不住，小声道："别这样嘛，好歹我现在也是国王了，给点面子行吗？"

飓目光如炬地瞪了偃流沙一眼,偃流沙急忙将搭在他肩上的胳膊放下,然后故意大笑了两声,说:"别这么紧张嘛,你我之间不用拘束,来来来,咱们进去喝酒。"

四个人走到大殿门口,衣冠华丽的女王在台阶上笑脸相迎道:"我国从未来过男人,今日能迎来各位,实乃国之隆运。诸位,里面请。"

三个人客气地回礼致谢,偃流沙一副急不可耐的样子催促道:"走走走,咱们坐下来说。好酒好菜赶紧上来!"他说着,兴奋不已地径直走进大殿坐在龙椅上,女王则小鸟依人地坐在他的身旁,一脸楚楚动人的模样。

大家分主客位置坐定,女王款款起身,举起酒杯道:"天降贵客来此,不胜荣幸,我先敬诸位一杯,我干了,诸位随意。"女王说完一饮而尽,偃流沙在一旁又惊又喜道:"娘子好酒量,真是深藏不露啊。"

女王对偃流沙莞尔一笑:"郎君见笑了。"

偃流沙旁若无人地抚摸着女王的玉手,江流儿急忙低下头去;天诛焱视而不见,自酌自饮了起来;飓冷眼旁观着女王以及两侧的带刀护卫们。这时女王轻轻地一拍手,旁边出来了一群舞女前来助兴,舞女们在大殿中央翩翩起舞,大家推杯换盏,一派其乐融融。

酒过三巡,飓看向女王,含笑道:"我这兄弟为人鲁莽,能得女王如此抬爱,真是他几世修来的福分。"

偃流沙带着七分醉意抢话道:"二哥,你有所不知,我家娘子就喜欢鲁莽的。"他说着转头看着女王嬉笑道,"对吧娘子?"

女王含笑为偃流沙夹菜:"郎君憨直爽快,这样最好。"

偃流沙突然觉得自己幸福得快要融化了,他一只手揽住女王苗条的腰肢,一只手端着酒杯心满意得地喝了一口,不禁在心里感慨:人生如此,夫复何求啊。

飓瞄了一眼一下偃流沙,又转头看向女王,轻笑道:"我三弟不仅憨厚直爽,还特别愿意仗义疏财舍己为人。记得有一次沙匪放火劫城,我三弟为了救人只身返回城中,单枪匹马面对百名沙匪仍能全身而退。"

偃流沙愣了一下,然后感激地对飚眨眨眼,又一脸自豪地看向众人。

飚抿了一口酒接着道:"只可惜,当时我三弟虽然毫发未伤,但是身上的衣服却被烈火烧尽,被百十人看了个通透……"

天诛焱和江流儿忍不住笑了起来,旁边几名侍女也低下头偷偷地笑着。

偃流沙顿时觉得面子上挂不住了,他红着脸说:"没有那么多人吧,也就几个人看见了而已吧,你们别听他胡说,别听他胡说。"他说完发现窃笑的人反而更多了,于是忙转头对女王尴尬一笑,"娘子,我,我二哥喝多了,他这人就这样,一喝多就瞎说,你别见外,我先带他去外面透透气醒醒酒。"然后起身,不由分说地拉着飚的胳膊往外走去,女王也并不计较,仍端庄得体地保持着笑容。

偃流沙拉着飚来到大殿门外,愤愤道:"你什么意思?故意拆我台是不是!"

"我那是在捧你啊。"飚故作一脸无辜的表情。

"捧我?捧个屁!你见过谁拿裸奔的事来捧人的?你分明就是见不得我好,故意在这儿捣乱!我可提醒你,你再这样,咱们……咱们就恩断义绝!"偃流沙气冲冲地说完朝前走去,走了两步突然回过头来,一字一句地强调道,"恩——断——义——绝!明白不?"

飚并不理会他,讪笑了一下,然后直接无视地从他面前走过。

(5)

偃流沙和飚一前一后回到大殿里坐下,正当偃流沙准备继续把酒言欢的时候,天诛焱自饮了一杯,然后对女王笑道:"我此前在坊间听闻,女王殿下多年来容颜不老,始终宛若少女,我们几个人也算是见过点世面,不过像女王殿下这样青春永驻的还是第一次见到,不知有什么秘诀吗?"

女王还没听完,就放下了酒杯,表情瞬间变得严肃了起来。

偃流沙在一旁自信地笑道:"嘿嘿,那还不是因为我家娘子天生丽质嘛。"他带着几分醉意地侧过头看着身边的女王,"是吧?"

此时的女王早已心不在焉,她感觉出天诛焱似乎在有意地试探什么,这时偃流沙很不识趣地盯着女王的脸,醉眼迷离地指着她的额头道:"咦?娘子,你这里怎么好像多了一道皱纹?我之前怎么没有发现呢?"

女王顿时慌张起来,她急忙摸着自己的额头:"有吗?可能,可能是最近有些劳累了,所以有些憔悴。"她说着站起身来,"各位慢饮,我先失陪一下。"

"娘子,你这么着急上哪去啊?"偃流沙轻抚着女王的衣袖,女王极力保持着端庄的仪态,勉强陪着笑道:"郎君先在这里饮酒,我去去就来。"她说着看向身旁的宫女,宫女会意,急忙上前扶着女王走向后殿,偃流沙见状也并不再强留,举着酒杯喜气盈盈地继续招呼大家一醉方休,他说完又是酣畅淋漓地一饮而尽。

飏用异常犀利的眼神看了一眼女王离去的背影,然后趁没人注意,悄悄地退离了宴席……

此时的寝宫里,女王慌忙拿出铜镜仔细检查自己的面容,发现额头上果然有一道新冒出来的皱纹。她默默地放下铜镜,动了动手指,示意宫女过来,宫女低着头快步上前,就在她唯唯诺诺地停在女王跟前时,女王突然伸手掐住她的喉咙,宫女双腿一软,顿时跪在了地上,惊恐得泪流满面。

女王扼住宫女的咽喉,居高临下地在她耳边说:"别紧张,不会很痛的。"

宫女浑身发抖,哽咽着说不出一句完整的话来,她感觉到女王的指甲突然变得异常锋利。

"你能为本王牺牲,也算是前世修来的福分,放心吧,我会厚赏你的家人。"女王说着猛然用力,宫女发出一声低低的惨叫……就在这时,一柄钢刀飞速而来,击中了女王的手臂,女王手臂吃疼,急忙收回手去,晕厥的宫女随之软趴趴地倒在了地上。

女王捂住鲜血直流的手臂,抬头怒视着站在门口的飔。

飔闲庭信步地走上前,似笑非笑道:"如此卑劣的手段,我又怎能放心将我三弟交付于你。"

女王怒火中烧道:"哼!你要多管闲事,那就别怪我不客气了!"她说着随手抄起龙床上悬挂的宝剑,直指飔的心窝而来。飔感应到女王强大的杀伤力,并不敢轻敌,旋即幻化出钢刃迎战,顷刻间,一片刀光剑影火星四溅……

两人打斗的声响很快惊动了侍卫们,她们边匆忙赶过去边大喊道:"有刺客!有刺客!快来抓刺客!"

此时的前殿里,醉醺醺的偓流沙猛然听到喊声,顿时酒醒了大半,他不太确定地看了看天诛焱和江流儿:"你们,你们听到外面在喊什么了吗?"

"好像是在喊'有刺客'。"江流儿定定地看着偓流沙回道。

偓流沙一拍大腿站了起来,与此同时,一列手持长矛的侍卫们从四周涌了出来,她们冲过来将天诛焱和江流儿团团围住。

"他们是刺客同党!将他们拿下!"为首的侍卫下令道。

偓流沙急忙阻拦道:"什么?刺客同党?你们一定搞错了,他们怎么会是刺客呢?他们是我兄弟。"偓流沙说完,突然发现飔不知何时不见了,他愣了一下,似乎已经猜到了什么。

侍卫们不顾偓流沙的阻挡,朝天诛焱和江流儿冲杀过来,天诛焱条件反射地踢翻面前的桌子,冲在最前面的两个侍卫应声倒地。

偓流沙看了一眼天诛焱,一脸欲哭无泪的模样道:"你们搞什么啊?二哥是不是去跟踪我家娘子了?嗨!这叫什么事啊……你先顶着,我去看看！"他说着气急败坏地跑向后殿。

后殿寝宫。偃流沙破门而入，发现地上横七竖八地躺着一队侍卫，看样子都已经鸣呼了。他急忙往里走，刚绕过屏风，就看见飓手持钢刃朝女王袭来，偃流沙毫不犹豫地挺身上前将女王挡在身后，这样的突发状况让飓急忙收住钢刃停止进攻。

两人怒目相视，偃流沙满嘴酒气地冲飓吼道："你还是不是兄弟了？干嘛伤害我家娘子？"他话音未落，女王就快速地交换脚步转身绕过他，举起手中的宝剑突然向飓猛刺过来，飓挥手用钢刃挑开宝剑，两个人顿时又不可开交地打了起来。

偃流沙在一旁劝道："娘子，娘子别打了，有什么误会非要这样动手吗？"然而，两个人此消彼长战得正酣，根本没有工夫理会他，偃流沙急得直跺脚，"这，这都是自己人，咱们把酒言欢多好啊，这好好的打什么啊！"

这时飓一掌打在女王的肩膀上，女王被飓强劲的力道打退了几步，她捂着痛处，嘴角一丝鲜血流出。偃流沙见状急忙过去扶住女王，无比心疼地问道："娘子，你没事吧？"

女王并不回话，暗暗地调整着气息，随时准备着再战。

"老沙！你让开！"飓语气冰冷道。

偃流沙看着飓杀气腾腾的眼神，支支吾吾地说："二哥，二哥你冷静，冷静啊，这，这可是我家娘子，你的弟妹啊。"

"我可不敢当！"飓收起手中的钢刃，"老沙，我好像记得你以前是不是常说，兄弟如手足女人如衣服啊。"

偃流沙看看身后受伤的惹人怜爱的女王，又看看眼神坚定的飓，万分纠结，为难地说："……二哥，可是，我，我就这一件衣服啊。"

飓一副恨铁不成钢的面目，怒斥偃流沙道："你可知道你的这件'衣服'是什么吗？让开！没有时间跟你废话！"他说着再次出击，女王自知不是对手,于是边急忙往外逃去,边大喊道:"快来人护驾!"

女王逃到前殿,发现这里早已乱作一团,天诛焱正一面保护着江流儿一面抢起手中的金箍棒御敌,女王停顿了一下,然后径直冲江流儿而去,她本想挟持江流儿为人质脱身,可是没想到,身后的飚已经追了上来,女王只好硬着头皮和飚继续打斗。这时偃流沙也气喘吁吁地赶了过来,他几次拦在女王和飚的中间,却始终无法将他们分开,甚至还因为躲闪不及挨了几下。

拼死一搏的女王毫不手软,招招都想置飚于死地,但是很快,她就明显感觉到体力不支。她顺势退了几步靠在了大殿的柱子上,同时面部开始渐渐变得有些扭曲,那原本光泽细腻的皮肤好像瞬间失去了水分。这时她随手抓住上来护驾的侍卫,侍卫还来不及反应,就被她用变得细长而尖利的指甲掐住了脖子。侍卫发出一声无力的惨叫,她的血气就这样被女王抽去吸入到了自己体内。

女王像是瞬间满血复活了一样,她张开双臂,大殿里的侍卫们随之全部腾空而起,她们个个都像是被人掐住了咽喉,在空中痛苦地挣扎着,而她们的血气也像百川入海那样汇集到了女王的体内。

偃流沙在一旁看得目瞪口呆,像是被眼前的这一幕吓傻了一样。

"看见了吧,这就是你的娘子。"飚对偃流沙说道,"你现在知道她和我们不一样了吧!"

偃流沙睁大双眼,不敢相信地看着女王,这时女王深深地吸了一口气,那些侍卫瞬间变成了一具具干尸掉落在地上。偃流沙感觉到自己的心随着这些干尸掉落的声音一下下地颤抖着,他惊讶地发现此时的女王重新精神焕发,仿佛比之前更加年轻水灵、光彩照人。

## (6)

此时的女王显得异常精力充沛,她一副泰然自若的神情看着飚轻蔑地一笑,然后出其不意地快速向他发起了攻击,就在女王瞬间靠近的时候,飚看到她双手上的指甲变成了锋利无比的爪子,他本能地举起双手用钢刃对抗,可是没想到女王强大的冲击力居然将他硬生生地撞击了出去。飚在后退的同时拼命地挥舞钢刃抵挡着女王发狂似的进攻,他没有想到女王的功力在如此短时间内竟然提升了这么多,令他一时难以招架,甚至险些被她的利爪抓伤。

危机时刻,偃流沙本能地幻化出月牙铲帮飚抵挡了一下,他横在两人中间,看陌生人似的看着女王:"这可是我二哥,你还真下死手啊!"

女王冷笑道:"你不就我这'一件衣服'吗,居然还帮他不帮我!"

"可是,兄弟如手足啊,断手断脚也不能活啊!"偃流沙一脸抓狂的表情,"你们别这样折磨我了好吗?"

说话间,飚趁机先发制人,飞速上前,用钢刃在女王的脸上划过,女王急忙躲闪,可脸上还是被划出了一道伤痕,她顿时气急败坏,全力爆发。偃流沙看见她脸上青筋直冒,眼睛也变得异常通红,紧握的双拳上跳跃着燃烧的火焰,偃流沙像是猛然意识到了什么,急忙大喊道:"不好!快跑!"

可是,显然已经来不及了,女王爆发出的巨大冲击波将四个人瞬间震飞了出去,他们撞在墙壁上、柱子上、门框上,然后又重重地摔在了地上。

天诛焱快速起身扶起旁边地上的江流儿,江流儿吐了一口鲜血,无比虚弱地对天诛焱道:"三火姐姐,我发现她的魂越来越混沌了。"

女王以胜利者的姿态高傲地走过来,走到飚的跟前,向倒在地上的飚举起利爪……就在利爪逼近飚的同时,偃流沙突然挣扎着冲上去挡在了她前面,他哀求的眼神看着女王:"求求你,放过他们吧。让他们走吧,我发誓他们永远不会再回来的。"

女王冷笑了一声："知道这个秘密的人，没有一个能活着离开的！"

偃流沙无限悲痛地看着女王："就连我……也一样吗？"

女王甚至都没有正眼看一下偃流沙，一掌打在他的胸膛，将他打飞在墙上，偃流沙嘴角溢出了鲜血，捂着胸口，一种哀大莫过于心死的神情。

此时飏因为看到偃流沙受伤而变得异常愤怒，他努力站起来，一步一步地朝女王走去。

女王看着缓缓走来的飏，狠狠地张开利爪："准备好受死吧！"她说着眼睛再次发红，迅速冲过来。

"我本来没想取你性命，不过现在，我改变主意了！"飏说着全力一震，半个身体随之变得通蓝起来，时间仿佛在这一刻停顿了一下，就连全力冲杀过来的女王也好像停滞在了半空，她的眼睛里流露出一丝惶恐和始料未及。

江流儿目瞪口呆地看到飏体内的魂开始向外释放。天诛焱急忙挡住江流儿："不好！飏要噬魂了！你快躲在我后面。"

"噬魂？什么是噬魂啊？"江流儿一脸茫然地问道。

"就是当异人对魂的修炼达到一定程度后，便可以在最短的时间释放出体内最大的异能。"

江流儿闻言含笑道："早该如此，岂不省事了？这么说……飏哥哥是赢定了。"

天诛焱有些忧虑地看着正在噬魂的飏，喃喃道："但是这样不仅会使他暂时性失去理智，而且，还会折损阳寿，所以不到万不得已，没有人会轻易地进入噬魂状态。"

"啊？原来是这样啊！"江流儿顿时也开始替飏担心起来了。

女王暗暗蓄力，一股强劲的旋风从她的体内涌动而出，环绕在她的四周，她的衣衫和头发都飞扬了起来。而此时的飏将释放出来的全部异能集中在右手，形成一把由虚幻的异能幻化而成的短刃，他像是一阵黑色的旋风一样冲向女王,女王努力试图击中飚,可是发现总是慢了半拍,飚极速移动的身影围绕着女王,让其在包围圈里难辨方向。

这时飚迅猛一击,短刃直插进女王的后背,随之,铺天盖地的蓝光和强劲的风力集中在这一瞬间,女王感觉到自己的身体变得无比虚空。然而让人意想不到的是,受伤以后的她拼命地转过身,使出全部的力量,一掌将飚击飞了出去,飚重重地撞落在了远处的墙壁上。

女王气喘吁吁地勉强支撑起来,她看到躲在角落里的一个瑟瑟发抖的舞女,突然露出了狰狞的笑容,然后一瘸一拐地朝舞女走去。这时飚也努力撑起身体,他看了一眼对面的天诛焱,天诛焱会意,急忙上去阻拦女王,可是还是晚了一步,这时女王已经掐住了舞女的脖子,瞬间吸干了舞女的血气。女王得意地狂笑了起来,面部开始变得更加狰狞,黑色的血管爬满了她原本姣好的脸颊,她体内那些已经不可控制的能量也开始渐渐溢出,她的身体悬浮在空中,周身环绕着黑色的浓烟,而此时全力冲过去的天诛焱已经离她近在咫尺……

江流儿惊慌地朝天诛焱大喊道:"小心!"

然而,此时的天诛焱已经没有任何躲闪的时间,女王发出一声怒吼,口中射出一道异样的光芒,千钧一发之际,江流儿拼命地集中精力,希望发出异能保护他们三人。一股冲击波猛然袭来,江流儿双手一举,一面坚不可摧的空气盾瞬间形成,抵挡住了来势凶猛的冲击波,一声尖锐刺耳的撞击音回荡在整个大殿……

等到冲击波散去之后,女王口吐淤血倒在地上,然后晕厥过去。

天诛焱急忙起身,来到他们三个人身边询问道:"你们怎么样?"

飚强忍着剧痛摇摇头表示自己没事,江流儿抿着嘴没有说话,他似乎还没有从刚才的混乱中缓过神来。偃流沙咬着牙撑起身来揉着头委屈地嚷嚷道:"疼死我了,疼死我了! 我不行了,我觉得自己脑袋都快裂开了!"

三个人很有默契地没有理会他，然后同时转身朝女王那边走去，当他们看到晕倒在地上的女王时，惊讶地发现此时的她看上去已经衰老不堪，她的头发已经花白，满脸皱纹。这时偃流沙从后面走来了，他看着地上的女王，像是傻了一样，完全不敢相信自己的眼睛。

　　女王很快苏醒了，她看上去极其虚弱，好像一阵微风就能将她吹散架一样。她缓缓地抬起眼，一脸茫然地看着面前表情各异的四个人，好像完全不明白发生了什么。

　　"你们？你们干嘛这么奇怪地看着我？"女王说着像是意识到了什么，她慌忙摸索着拿起旁边掉落在地上的铜镜……当她看到镜中自己的模样时，惊恐地撕心裂肺地哭喊着："啊！不！这不是我！不是我！"

　　女王悲痛欲绝地哭倒在地上，江流儿看着她，对大家说："她体内的魂没有了。"

　　"果然。"飑说道，"她以前原本就是一个常人，只是一直被异能控制着而已。"

　　偃流沙愣愣地听着，心里百感交集。

　　"你是怎么获得异人之力的？"天诛焱俯下身来问女王道。

　　女王环视着四人，心中似乎有所犹豫，她最后将目光停留在了偃流沙的身上，偃流沙和她四目相对了一下，焦急道："你快说啊！没准我们还能帮到你。"

　　女王看着偃流沙关切的眼神，潸然泪下，她知道大势已去，自己不能一错再错，于是如实地对他们说道："十几年前，一个自称白骨姬的炼丹师进宫……"

　　"白骨姬？"飑和天诛焱异口同声地惊讶道。

　　女王抬起头："怎么？难道你们认识她？"

　　天诛焱点点头："她是莲刹的人，也是我们的劲敌。"她顿了一下接着道，"你继续说。"

"她……她送给我一颗丹药,说是有返老还童之效,可是我服用了丹药之后发现并无效果,我本以为她只是个招摇撞骗的江湖骗子,可是后来她告诉了我……只有,只有吸取人的血气才能永葆青春,容颜不老……"女王说着哽咽了起来。

"所以你就听从了她?"飐面无表情地问道。

"不!起初我并没有听从她的!谁愿意去伤害自己的子民啊!"女王哭喊着,声泪俱下,"可是……可是后来我像是被那颗丹药控制了一样,我变得越来越不认识自己、控制不住自己,与此同时我发现自己的容颜一日比一日苍老……而就在这时,那个可恨的白骨姬又出现了!"女王擦了一把眼泪,"从那以后,我如果隔段时间不吸食活人的血气,就会很快衰老,我也曾试着忍耐,但是每次看到镜子里的自己,就完全失去了理智,那颗丹药以及我对美貌的贪婪充斥了我的内心,让我欲罢不能,我……我已经不配做人了!"她说完伏在地上,涕泪横流。

天诛焱忧心忡忡地自语道:"原来莲刹的人十几年前就已经开始尝试给常人服丹了。"

"是啊,原来他们早有预谋。"飐在一旁神情凝重地说道,"为了得到盘古之心,莲刹真是不惜代价。"

这时女王拿起地上的一把宝剑想要自刎,偃流沙急忙上前一把夺过她手中的宝剑扔在地上。

女王热泪盈眶地看着偃流沙:"我……我骗了你,你怪我吗?"

偃流沙犹豫了一下,然后坚定地摇了摇头:"我怎会怪你呢。"

女王破涕为笑了,她满是褶皱的脸上突然出现了幸福的神情,片刻后,她从长袖里掏出一块画着路线图的绢布递给偃流沙:"这些年,为了能找到白骨姬,以及查明这种丹药的来历,我也在不断派人前去寻找。前些日子,有人带回来消息,我希望能对你们有所帮助,也希望能够洗刷我的罪孽。"她深情地看着偃流沙,"我已行将就木,来日不多,你们走吧。"她说完努力挣扎着撑起身体，偃流沙伸出手想扶住她，可是被她拒绝了。

　　"把在这里发生的一切都忘了吧，包括我。"女王虚弱地说着，像是在喃喃自语。她缓慢地迈开脚步，就这样一步一顿艰难地走向了后殿，偃流沙愣愣地望着她消失的背影，很久都没有缓过神来。

# 第四章

## (1)

　　四个人重新上路。按照女王赠的地图，一路跋山涉水、风餐露宿，终于在三日后抵达群山深处一座极其隐秘的庄园。

　　走在最前面的偃流沙推开半掩的院门进去，发现干净利落的院子里空无一人，于是他边警惕地朝里面走边高声喊道："有人吗？这里有人吗？"

　　偃流沙回头看向他们三人："这么大的山庄，不会连一个人都没有吧？"

　　飐环视着四周："这里看上去不像被荒废的样子。"

　　此时跟在天诛焱身旁的江流儿突然停下了脚步，他像是感应到了什么，双手合十闭上眼睛，片刻后，他抬起头对天诛焱紧张道："三火姐姐，这里有异人！好像还不止一个。"

　　天诛焱点点头，眼睛一直盯着前面的一处假山。她刚才进门的时候就敏锐地觉察出那边好像有异样。

　　她快步上前，来到假山后面，这时躲在后面的一个十五六岁模样的少年挥动着利剑跳了出来，天诛焱发现少年的身后还躲着三个更小的孩子，他们惊慌失措地抱成一团，可能是因为过于恐惧，浑身不停地抖着。

　　少年表情愤恨地边用利剑刺向天诛焱，边大喊道："恶贼！看招！"

　　天诛焱轻巧地躲过少年的进攻，然而倔强的少年像是发了疯一样，使出浑身解数向她发起猛烈的攻击，天诛焱只是躲闪着步步后退，却并不还手。几个回合之后,在一旁早已看不过去的偃流沙上前一步想要出手帮忙,天诛焱摆摆手示意他不必大惊小怪,偃流沙只好站在一旁,双手交叉在胸前冷眼旁观。

少年接二连三地把剑刺向天诛焱,但是他的功力终究与天诛焱相差甚远,天诛焱躲闪的同时,随手幻化出金箍棒在手上顺势一挥,少年狼狈地后退几步,摔倒在了地上。天诛焱快步上前,将金箍棒抵在他的面前,居高临下地看着他:"你是什么人?刚才为什么叫我恶贼?"

少年一脸的倔强,将头一撇:"恶贼!我既然不是你的对手,要杀要剐随便你!"

偃流沙气不打一处来地上前:"嘿!你这小孩!怎么这般不识好歹!"

少年并不理会他,暗暗蓄力,然后迅速地使出一招鲤鱼打挺跳起来袭击偃流沙,偃流沙顺势轻而易举地反剪住了他的胳膊:"怎么?就你这小胳膊小腿的,还想打呀?你要再敢不老实,信不信我废了你这点功力!"他说着慢慢用力,少年被他生铁一般的大手抓得疼痛难忍,一脸痛苦不堪的表情。

"住手!"就在这时,门外传来一声大喝,四个人旋即回过头,看见一位仙风道骨的老者从山门走了进来。

一直躲在假山后面三个小孩闻言慌张地跑出来,他们齐齐地跪在老者面前,带着哭腔喊道:"爹爹,爹爹,您可算回来了。"

老者将他们一一扶起来,心疼地抚摸着他们稚嫩的小脸:"别怕,爹爹在,你们不会有事的,别怕。"

江流儿在天诛焱身旁小声道:"三火姐姐,这几个孩子都是异人。"

天诛焱对江流儿使了个颜色,示意他不必多言,自己心里有数。

这时老者将三个孩子保护在身后,然后看着他们四个人:"你们是什么人?为何来我凌虚山庄行凶作恶?"

"什么?行凶作恶?"偃流沙憋着一肚子火愤愤道,"是他上来不问青红皂白就先动手的,我们要是恶人,早就一把火烧了你这山庄了!还跟你在这儿废什么话!"

老者仔细地打量着他们四个人,像是觉察出了什么,然后赔笑道:"原来如此。几位异士,小儿年少冲动多有得罪,还望诸位多多见谅。"

"这还差不多。"偃流沙有些得理不饶人地看着老者:"你就是这里的主人?"

"正是。在下凌虚子,这几个孩子都是我的义子。"

"义子?"天诛焱看着凌虚子,"你可知道,他们都是异人吗?"

"这个……罢了!既然你们已经知道,在下也不敢相瞒。这几个孩子或是从小父母双亡举目无亲,或是受人迫害流离失所无家可归,"凌虚子说着叹了一口气,"哎,常人和异人又有什么区别,生为异人也不是他们的错啊,老朽不忍看到他们惨遭迫害,便将他们收为义子,抚养在这庄园之内,只能待他们长大之后另做打算。"

四个人听得动容,尤其是江流儿,回想起自己的身世和遭遇,不禁黯然神伤了起来。他看着眼前正义凛然凌虚子,心中肃然起敬。

偃流沙故意咳嗽了一声,说:"这个……听上去他们还挺可怜的,不过一见面就动手,这也太没有礼貌了吧,你这个当爹的是怎么教的?"

凌虚子还没有说话,少年便跪下来认错道:"爹爹,都是孩儿的错,给爹爹丢脸了,孩儿任凭爹爹责罚。"

偃流沙看着这对父子,反而觉得有些不好意思了:"我……我也就是气不过,随便说说嘛,责罚就不至于了吧。"

凌虚子含笑看了看偃流沙,然后对跪在地上的少年道:"既然尊客雅量,责罚就免了吧。刑空,你起来吧。"

"多谢爹爹。"刑空说着站起来,规规矩矩地退到偃流沙这边,不太情愿地施礼道,"刚才刑空多有得罪,还望几位贵客大人有大量。"

"算了算了,我又不是那种小肚鸡肠的人。"偃流沙一副大度的模样摆摆手道。

　　刑空偷偷地撇了撇嘴,然后恭恭敬敬地站到凌虚子的身后。这时凌虚子上前对天诛焱他们施礼道:"敢问几位尊客从何而来?"

　　"天都城。"天诛焱回道。

　　"哦。"凌虚子略微惊讶了一下,然后问道:"不知几位尊客前来何事?"

　　四个人面面相觑了一下,天诛焱略显为难的道:"此事说来话长……"

　　凌虚子犹豫了一下,然后含笑做出一个"请"的动作:"几位尊客里面请,咱们坐下来说话。"

　　凌虚子将四人引入厅堂,刑空低着头跟在最后面。

　　古色古香的厅堂内,大家分宾主落座,刑空给他们沏好茶,然后笔挺地站在凌虚子座位的旁边。

　　"如果我没有看错的话,除了这个小师父,三位尊客也都是异人吧?"凌虚子单刀直入问道,他说完端起茶杯故作悠然地抿了一口,以此来掩盖自己无比焦虑的内心。

　　"什么?你们,你们是我的族人?"不等他们回答,刑空就张大嘴巴,一脸不敢相信的模样定定地看着他们。

　　天诛焱点点头:"没错,我们都是异人,在下天诛焱,这位是飔,这位是偃流沙。"

　　凌虚子一脸慈祥地对他们点点头,然后有些疑虑地看了看江流儿,他张了张嘴似乎想问什么,但话到嘴边,还是咽了回去。

(2)

　　凌虚子放下手中的茶杯,再次叹气道:"实不相瞒,以前这山庄里原本有七个孩子,他们都是异人,刑空排行老四,自幼习武,天资聪颖,一直负责保护我们。然而这几个月下来,他的三个哥哥却接连被恶人掳走,他万分愤恨,所以刚才误将你们当成是恶贼。"

"掳走?"飗看向凌虚子,"你的意思是说,是那些专以抓获异人为生的赏金猎人干的?"

凌虚子摇摇头:"我这深山老林罕有人知,又哪来的什么赏金猎人。"他顿了一下,接着说,"不过,前几日刑空的二哥被掳走时,我倒是看清了那歹人的相貌。那是个年轻的白衣女子,举手间就能幻化出白骨作武器,来去如一道白影,好生厉害……"

"可恶! 果然又是白骨姬!"偃流沙怒不可遏地狠狠拍了一下桌子。

凌虚子瞪大眼睛,很是惊讶地问道:"怎么? 莫非你们知道这个恶贼?"

"我们就是一路过来抓她的。"飗说道。

凌虚子长长地"哦"了一声,然后定了定神,激动地说:"太好了,太好了,我那三个孩儿已被掳走多时,至今杳无音讯,在下恳请几位异士营救他们的性命,我愿意散尽家财,重金相谢!"他说完起身郑重地对三人长作一揖。

"庄主不必如此,我们定当竭尽全力。"天诛焱眼神坚定,"如果找到白骨姬,我们绝不会放过她!"

"就是! 所以说,什么散尽家财的就不必了,你还是赶紧给我们找几间上房,弄些好酒好菜的才是正事,我们这一路星夜兼程的,早就饿坏了。"偃流沙说道。

"对对对,你看我真是老糊涂了……刑空! 你快去吩咐厨房为几位尊客准备酒菜,再去准备几间上房。"

"是,爹爹。"刑空说完退下。

几个人闲聊的工夫,一大桌丰盛的美味佳肴就摆在了面前。他们四个人早已饥肠辘辘,尤其是偃流沙,一顿狼吞虎咽风卷残云。

"多谢庄主盛情款待,真是让你破费了。"偃流沙打着饱嗝抹了把嘴,微醺地对凌虚子道谢。

"哪里哪里,应该的。"凌虚子见他们都有了倦意,接着道,"天色已晚,几位尊客如果路途劳累想早些歇息的话,敬请自便,不必拘束。"

偃流沙伸了个懒腰:"你这一说,我还真是感觉有点困了。"

凌虚子吩咐身旁的刑空道:"刑空,你带几位尊客先去客房休息。"

"是,爹爹。"刑空说完转头看向他们,"诸位,这边请。"

四个人起身,和凌虚子互相见礼别过之后,跟着刑空走出了厅堂。

回廊里,刑空在前面引路,他们四人跟在后面,也许是因为同族的缘故,刑空觉得和他们有了一种说不出来的亲近感,这时他有些自责地说:"今日多有冒犯,还望诸位……"

天诛焱打断道:"一场误会,不必放在心上,再说这事也不全怪你。"

刑空冲他们微笑了一下,飑看着他问道:"听你的口音不是本地人吧?"

刑空点点头:"是的。我本是幽都人。"

"幽都?"飑眼神中流露出了一丝同情,"那里的常人非常排斥我们,一旦被发现就是死路一条。"

刑空突然神色黯然:"我爹娘就是不慎被抓的,后来就再也没有回来。当时我年纪还小,整日躲躲藏藏四处乞讨,要不是后来爹爹收养了我,我恐怕也早就被抓走了。"

"所以你对你爹爹很敬重?"天诛焱问道。

刑空一脸认真地回道:"当然了,爹爹是我最敬佩的人,对我又有养育之恩,我自当为他赴汤蹈火,在所不惜!"

偃流沙皱了皱眉头:"你看你,岁数不大,说起话来怎么总是这样严肃。"

刑空冲他腼腆一笑,然后说:"你不明白我们和爹爹的感情,爹爹的大恩大德,我们就是粉身碎骨也难报答。"

偃流沙有些哭笑不得地嘀咕道:"怎么还越说越严重了。"

这时刑空停下脚步:"客房到了,几位贵客好好休息。如果没有别的事,我就先告辞了。"

"谢谢。"江流儿对刑空笑道。

刑空和他相视一笑,缓缓地退了下去。江流儿看着刑空的背影,感慨道:"他的爹爹真是个大善人,一个常人,居然收养了这么多异人孩子。"

飑小声地自言自语道:"这庄子里的孩子都是异人,只有庄主是常人……"他边说着边像是在心里琢磨着什么。

"怎么? 你觉得有什么地方不对吗?"偃流沙问道。

飑有些心不在焉地摇摇头,偃流沙还想说什么,天诛焱打断他们道:"好了,先别说这些了,大家奔劳几天了,都早点休息吧。"

"酒足饭饱,再美美地睡上一觉,这才叫舒服啊!"偃流沙心满意足地说着,推开旁边的房门,大摇大摆地走了进去。

天诛焱和飑相视一眼,两人很有默契地互换了一下眼色后,天诛焱转身走进对面的房间,关上了房门。

"你今天和我住一个房间。"飑对身旁的江流儿道。

江流儿听话地点点头:"好的,飑哥哥。"

两个人走进房间,飑将房门反锁好,然后走到后窗,探出头仔细观察了一下外面的情况。

江流儿洗漱完毕,躺在床上看着飑问道:"飑哥哥,你还不睡吗?"

"你先睡吧,我还不困。"飑看着窗外月光如洗的夜空说道。

"那好吧。"江流儿说完钻进了被窝。可能是连日奔波疲累,他很快就踏实地进入了梦乡,而飑一直到衾夜时分方才上床睡下。

与此同时,山庄后院的一间密室里,凌虚子凝视着自己手中的一个小药瓶,一副心事重重犹豫不决的样子。

这时,阴影里一个白衣女子缓缓地朝他走来,停在了他的身后:"你还在犹豫什么?"

凌虚子心头一惊,但是并没有回头:"你……你不用担心,我会办妥的。"

"那就好。"白骨姬加重语气道,"记住,那个小和尚一定不能有任何闪失。"

凌虚子没有回话,他像是终于下定了很大的决心,颤抖着双手将小药瓶里的液体倒进了酒壶中。白骨姬见状,露出了一丝满意的笑容,然后化作一道白光消失不见。

(3)

翌日清晨,天刚蒙蒙亮的时候,天诛焱就起床了。她来到院子里,看见刑空正在院中的空地上专心练习剑术。她在旁边饶有兴趣地观察了一会儿,然后突然幻化出金箍棒,朝刑空飞身而去,刑空慌忙举剑相迎,可是面对来势汹汹的天诛焱,他根本招架不住,只能一面后退着一面用自己手中的长剑奋力抵挡。

天诛焱边加快进攻速度,边对刑空说:"沉下心,试着用你体内的魂去控制你的身体。"

刑空咬紧牙关点点头,天诛焱接着道:"每个异人都有自己独特的天赋,要靠感应自己的魂去了解。"

刑空再次点点头,试着努力让自己去感应魂的力量,几个回合过后,他的动作渐渐灵活了起来,手中的长剑也慢慢开始变得越来越游刃有余,甚至一度脱离了双手的掌握。他完全没有想到,在天诛焱的指点下,自己居然在如此短的时间里学会了御剑。

天诛焱收起金箍棒,欣慰地看了一眼刑空:"还不错嘛,一点就通,你确实很有天赋。"

刑空深深地鞠躬行礼道："多谢指点。"

天诛焱含着笑摆摆手："不用客气。这也不过是一些基本的异能，当你可以完全驾驭自己体内的魂时，就能发挥出更大的能量。"

刑空崇敬地地看着天诛焱，内心挣扎了起来，他很想拜师学艺，可是又怕自己不够资格做天诛焱的徒弟。

天诛焱看了刑空一眼，说："以后切记不可浮躁，只能平心静气才有可能领悟到其中的奥妙。行了，你好好练吧。"她说完转身离开。

刑空看着天诛焱的背影，鼓足勇气道："请……请等一下！"

天诛焱回过头来："还有什么事吗？"

"刑空斗胆，恳请您收我为徒。"刑空突然单膝跪地道。

天诛焱笑了一下："师父我可不敢当，以后有机会指点你几招还是可以的，快起来吧。"

虽然被婉拒了，但是刑空还是会心地笑了，对于他来说，能得到天诛焱这样的高人指点，已经是受宠若惊了。

这时天诛焱忽然闻到一股浓郁的酒香，她深深地嗅了一口："好香的酒味，你们庄子里也酿酒吗？"

"对，是我爹爹酿的酒，正好今天就是酿好开坛的日子。"刑空微笑道。

"哦？是吗，那我们可有口福了。"天诛焱说着，满怀期待地望向酒香飘来的方向。

正午时分，凌虚子脸色凝重地拿着酒壶走出密室，走向前院的厅堂。

此时的厅堂里，天诛焱他们四人正围坐在桌前准备享用丰盛的午饭，凌虚子笑容满面地过来，将酒壶放在桌上："几位尊客，这是我珍藏多年的佳酿……"

"好香的酒啊！"偃流沙急不可耐地打断了凌虚子，他拿过酒壶打开闻了闻，然后一脸陶醉地坦言道，"我偃流沙走南闯北，也算是见过点世面的，可是这样的美酒，我还真是头一回得遇啊。"

凌虚子笑道："尊客过奖了，这是在下自酿的酒，名叫'下凡仙'。"

"下凡仙？"偃流沙嘿嘿地笑道："就是天上的神仙闻到这酒香也忍不住下凡来吧？哈哈哈。"

凌虚子对偃流沙笑了笑，然后说："几位尊客就要进山去寻找白骨姬了，今天也算是给各位践行吧，来，我给诸位满上。"他说着拿起酒壶往三人面前的酒杯里斟酒，飔一直目不转睛地观察着凌虚子，凌虚子故意避开他的目光，神情中显露出一丝慌张。

"多倒些多倒些。"偃流沙痴笑着拿起酒杯，"哈哈，那我就先干为敬了。"他说着就准备一饮而尽，凌虚子期待的眼神看着他，内心一阵紧张忐忑。

就在偃流沙举起酒杯的时候，飔一脚将他的椅子踢倒，毫无防备的偃流沙顿时摔了个四脚朝天，手中的酒杯也掉在了地上，酒水洒落出来，滋滋地冒出几缕毒烟。凌虚子见状瞬间慌了神，他想趁机逃走，可是一转身，发现飔已经挡在了他的面前。

偃流沙起初还没有反应过来，当他看见地上酒水产生的气泡后才恍然大悟，他气愤地爬起来一把揪住凌虚子的衣襟："好你个老东西！没想到原来你这么恶毒！想毒死我们是不是！"

凌虚子见事情败露，反而显得镇定了一些，他长长地叹了一口气道："事已至此，听凭你们处置。"

天诛焱将金箍棒抵在凌虚子的面前："说！为什么要害我们？"

凌虚子低下头道："我……我罪有应得，只求你们放过我那几个可怜的孩儿……"

这时刑空刚好端着饭菜进来，他看见凌虚子被抓住，扔下手中的盘子扑了上来："你们干什么！你们放开我爹爹！"

颴上前一步,幻化出钢爪顶在刑空的喉咙上:"你要再敢乱动,就别怪我不客气了!"

凌虚子失声大喊道:"别伤害我的孩儿! 我求求你们别伤害我的孩儿!"

"那你快说! 为什么要对我们下毒?"偃流沙怒火冲天道。

"什么? 下毒?"刑空一脸疑惑不解地看向凌虚子,"爹,这,这到底是怎么回事啊?"

凌虚子一脸纠结的表情,早已没有耐性的偃流沙再次一把抓住他的衣襟,怒道:"你要是再不说! 就休怪我不讲情面了!"

凌虚子犹豫了片刻,最后一咬牙,还是说了:"半个月前,那个白骨姬曾来找过我,她告诉我,她会想办法将你们引到我这凌虚山庄,还说只要我将你们抓住送给她,她就能放过我那三个苦命的孩儿……"凌虚子说着眼眶湿润了起来。

"好你个老不死的,你孩儿的命是命,我们的命就不是命了?"偃流沙说着举起拳头就要打向凌虚子,刑空这时慌忙冲过来拦住他,"别打我爹……我爹都是为了救我们兄弟几个才做出这等糊涂事来,父债子还,你们要杀要剐,我都替我爹承担!"

"不关你的事! 是爹爹罪有应得,爹爹死不足惜,只是可怜你那三个被掳走的哥哥至今仍生死未卜,还有你们这几个年纪小的都没有长大成人,唉……"凌虚子异常无奈不甘地叹着气。

刑空闻言潸然泪下,他突然跪在了偃流沙的脚边哀求道:"求求你饶过我爹爹吧! 求求你了!"

看着这对苦命的父子,原本一腔怒火的偃流沙此刻反而不知道该说什么好了,他内心深处最柔软的部分仿佛被碰触了一下,抓着凌虚子衣襟的手好像瞬间使不出一点力气了。这时颴冲他使了个眼色,低声道:"老沙,你先放开他吧。"

偃流沙就坡下驴,顺势放开了凌虚子。不知是遭受了惊吓还是悲伤过度,凌虚子显得异常虚弱,在偃流沙猛然放手的同时,他身体一晃,险些瘫坐在地上,刑空见状急忙上去扶住他。

　　这时飔看向凌虚子,问道:"白骨姬让你把我们交给她,她有没有说,是要死的还是要活的?"

　　"活的。"凌虚子有气无力地说,"所以我在酒中下的药毒只会让你们昏睡三天。"

　　"既然这样,那就好办了。"飔若有所思地说道。

　　天诛焱看向飔:"你是说,咱们可以将计就计?"

　　飔点点头,在餐桌前坐下,然后拿起筷子旁若无人地吃了起来。

　　"你不怕有毒啊!"偃流沙惊呼道。

　　"酒里有毒,又不是菜里有毒,你怕你别吃就是了。"他不紧不慢地说着,然后转向天诛焱和江流儿,"你们不饿吗?"

　　江流儿一直看着凌虚子,凌虚子和他目光交汇了一下,说:"菜里没毒。"

　　"你不早说!"偃流沙说着上前两步在餐桌前坐了下来。

　　"你不是不吃吗?"飔似笑非笑地瞥他一眼。

　　"我傻啊!不吃饱怎么有力气去找白骨姬算账啊。"偃流沙说着给自己夹了一块肉,津津有味地吃了起来。

## (4)

　　蜿蜒崎岖的山路上,一辆马车艰难地行驶在山坳间,经过大概一个多时辰的颠簸之后,马车终于在荒山深处的一座古庙门前停了下来。凌虚子将马拴在前面的一棵松柏上,然后绕到车后面,压低声音道:"你们在这儿等着,我这就去叫白骨姬。"

飗挑开帘布看了看凌虚子，低声道："你不用害怕，只要你将白骨姬引出来，剩下的就交给我们了。"凌虚子对他点点头，然后深深地提了一口气，转身朝古庙里走去。

凌虚子走进杂草丛生的古庙，绕过前殿，看见正在一尊佛像前闭目打坐的白骨姬。

"事情已经办妥了，他们就在外面的马车上。"凌虚子说道。

白骨姬睁开眼睛："没有发生什么意外吧？"

"你放心，他们全部中了迷药。"

白骨姬有些疑虑地看着凌虚子："你不觉得这一切看上去都太顺利了吗？"

凌虚子故作镇定道："也许是你太高估他们了吧。"

白骨姬轻笑了一下，然后起身和凌虚子朝外走去。

两人来到马车前，白骨姬小心谨慎地用骨刀挑开车上的帘布，观察着车里的假装昏迷的四人。这时偃流沙突然打了个喷嚏，天诛焱和飗瞬间睁开眼睛翻身起来，白骨姬条件反射地往后退了一步："好你个凌虚子，竟敢骗我！"当她转头看向凌虚子的时候才发现，凌虚子早已不见了踪影。

偃流沙一脸抱歉地说："对不起对不起，实在没忍住。"

天诛焱和飗同时白了他一眼，然后翻身跳下马车，偃流沙见状也急忙从马车上跳了出来，三人瞬间与白骨姬战成一团。白骨姬迅速幻化出两柄骨刀在他们三人中间奋力应战，几个回合下来，她就明显招架不住了。这时偃流沙迎面挥舞着手中的月牙铲拍向白骨姬，白骨姬瞬间分身躲开，她的速度异常之快，所以只能看见一道白影掠过，没想到这时飗在后面幻化出钢爪，将她的肩膀抓伤。白骨姬腹背受敌，只能再次败逃，而天诛焱没有给她这个机会，在白骨姬故技重施准备幻化成白骨金蝉脱壳的时候，金箍棒瞬间袭来，白骨姬躲闪不及，被击中了小腿，单膝跪在了地上。

偃流沙飞身上前，将月牙铲抵在白骨姬的面前："怎么？还想跑吗？

我看你今天能跑到哪儿去?"

白骨姬咬牙切齿道:"可恨!想不到居然会中了凌虚子的奸计。"

"想不到吧?你错就错在太自信了!"偃流沙道。

白骨姬冷笑了一声,说:"哼!我错就错在,想不到凌虚子竟敢背叛莲刹!"

天诛焱闻言顿时大惊失色道:"你说什么?凌虚子也是莲刹的人?"

白骨姬抬起头看着他们一脸始料不及的表情,突然大笑道:"哈哈哈,看样子你们也被这个老狐狸骗了吧?"

天诛焱这时才发现凌虚子早已不知去向,她像是预感到了转瞬即来的危险,大声叫道:"不好!快撤!"然而还是为时已晚,她话音未落,一个火雷包就在空中迅速炸开,瞬间烟雾弥漫。

"我嘞个去!我还以为是什么大不了的……"偃流沙还没说完,就突然感到呼吸困难,随后他眼睛往上一翻,慢悠悠地晕倒在地上。

"烟里有毒!"天诛焱说着急忙用手捂住嘴鼻,但是,在这个动作完成的同时,她突然感到一阵头晕目眩,浑身酥软无力。她用衣袖挥赶着毒烟,试图跑出烟雾的包围,然而没跑几步,就感觉自己的意识变得越来越模糊,随后她身体一歪,瘫软在了地上……


当天诛焱再次睁开眼睛的时候,她发现自己已经被捆绑在了一根结实的木桩上,旁边依次捆绑着的是飐、偃流沙和白骨姬。

天诛焱挣扎了几下,试图想挣开捆绑她的绳子,可是她发现这绳子就像坚韧的液体粘着她的身体,让她根本没有办法摆脱。

这时飐在一旁无奈地说:"别挣扎了,这是勒金绳,它会随着我们身体的变化发生变化,我们是挣扎不开的。"

"还算有点见识。"凌虚子说着从暗处走了出来。

白骨姬看见凌虚子,大怒道:"凌虚子!你是不是疯了!你胆敢骗我,你这么做,就不怕主上惩罚吗?"

"惩罚?哈哈哈!怕是过了今天,该惩罚的就是你们了吧!"凌虚子说完转身走到旁边的炼丹炉前,他打开炼丹炉的侧门,几个人看到蜷缩在里面的江流儿。

江流儿看见天诛焱,惊慌失措地向她呼救:"三火姐姐,快救救我。"

天诛焱怒视着凌虚子:"我警告你,快放了他!不然我定将你挫骨扬灰!"

"警告我?你拿什么警告我?"凌虚子也毫不示弱道,"你们异人都是一副德行,动不动就对我大呼小叫的,凭什么?就因为我是常人?哼!等我把这小和尚体内的盘古之心炼出来,我看你们谁还能奈何得了我!哈哈哈哈。"

白骨姬异常惊讶地看向凌虚子:"你……你怎么会知道?"

"没想到我会知道吧?你以为我天天为你们研究炼丹之术,只会烧火吗?从我第一次将异人炼成丹时我就知道,我早晚会有这个机会,哈哈哈,你看,你们果然把他给我送上门来了。"

白骨姬的情绪变得激动气愤起来:"叛徒!主上对你恩重如山,你竟敢做出这种大逆不道的事情!"

此时的凌虚子显得更加激动狂躁,他冲上去一巴掌打在白骨姬的脸上:"恩重如山?这么多年被你们圈养起来当成狗一样使唤,这就是你所谓的恩重如山?"

白骨姬嘴角渗出了一丝鲜血,但是她一脸不屈地讥笑道:"像你这种两面三刀的卑鄙小人,永远也不会懂得主上的伟大!"

"伟大?哈哈哈,可笑!"凌虚子说着凶相毕露,他抓住白骨姬的头发,一边将她的头往木桩上撞去,一边愤怒道,"要我把这些孩子养大,还要我把他们亲手炼成丹,还敢自诩为救世主,口口声声说什么要为同族开辟一片净土,却要将同族的孩子活生生地炼成丹药,你的主上还真是够伟大啊！"

"牺牲是必须的。"受伤的白骨姬强忍着疼痛道。

凌虚子突然放下白骨姬走向炼丹炉："是啊,牺牲是必须的,当我取出盘古之心后,我会让你看看你的主上是如何向我求饶的,而我又是如何将他炼成异丹的,哈哈哈哈。"

"狂妄小人！你也配?"白骨姬咬牙切齿道。

凌虚子不再理会白骨姬,他轻蔑地笑了一下,然后重重地关上了炼丹炉的铁门,江流儿在一片黑暗中拼命地挣扎呼救。

偃流沙这时大怒道："凌虚子！你这个老混蛋！他还是个孩子,有什么本事你冲我来！你要炼就来炼我啊！"

"放心,我会的,我会把你们几个统统炼成异丹！哈哈哈哈。"凌虚子大笑着,伸手扳动了炼丹炉上的机关。

顷刻间,炼丹炉内便跳跃起蓝色和红色的火焰。这两团火焰纠缠在一起,时而融汇交合,时而相互抗拒,江流儿在炉内感觉到自己的身体忽冷忽热,他开始变得焦躁不安,痛不欲生。

(5)

正当所有人都感到绝望的时候,刑空突然破门而入,凌虚子看见刑空,顿时错愕异常,愣在了原地。

刑空眼眶通红地看着凌虚子："你刚才说的都是真的吗?"

凌虚子不敢直视刑空的眼睛,也并不敢回答他的问题,只是严肃地板着脸,声音低沉地说："这里不是你来的地方,快出去！"

刑空步步紧逼："我的三个哥哥是不是都是你害的?"他说着潸然泪下。

这时白骨姬在一旁冷笑道："本来下一个就是你了。"

"空儿，你别听她胡言乱语，爹……爹这都是为了你们啊，爹是有苦衷的……"然而凌虚子这样的狡辩，显得如此苍白无力。

这时江流儿在炼丹炉里发出撕心裂肺的哀叫，刑空急忙箭步上前，当他要打开炼丹炉的铁门时，凌虚子在后面拦住了他："刑空！你想要造反吗？"

刑空一把将凌虚子甩开，然后迅速将炼丹炉打开，江流儿挣扎着连滚带爬地逃了出来。

凌虚子想上前拦住江流儿，刑空挺身挡在了他的面前。刑空无比悲怆的眼神看着他喊道："你收手吧！现在回头还来得及！"

"来不及了！一切都太晚了！事到如今已经没有后路可退了！"凌虚子看上去气急败坏，异常狂躁，表情也变得狰狞起来。从未见过他如此失态的刑空完全不敢相信眼前这个失去理智的人，就是平日里慈祥温雅的爹爹。

"江流儿，快！我靴子里有匕首。"飚这时急忙对江流儿使眼色道。

凌虚子急忙转过身再次拦住江流儿，刑空却在侧面用力推了他一掌，凌虚子猝不及防，重重地摔在了地上。

江流儿趁机急忙向飚跑了过去，他从飚的靴子里取出匕首，然后费力地将绳子割断。飚见江流儿脸色煞白，忙问道："你没事吧？"江流儿咬紧牙关点点头，示意自己还能撑得住，随后他们两人又分别帮天诛焱和偃流沙松了绑。

这时白骨姬看着旁边的偃流沙媚笑道："好哥哥，你也帮我解开吧，求求你了好哥哥……"

"少跟我来这一套！等收拾完凌虚子这个老东西，再回来跟你算账。"偃流沙毫不客气地说道。

"哼！"白骨姬朝他翻了个白眼，暗地里用一把刀片快速地割着勒金绳。

天诛焱、飓和偃流沙三个人同时幻化出武器朝凌虚子冲来,凌虚子见势不妙,慌忙从怀里掏出一个锦盒,急匆匆地从里面取出一颗丹药吞服了下去。

刑空惊愕地看着凌虚子:"这丹药……"

白骨姬大笑了两声,说:"没错! 这就是用你那三个哥哥炼成的异丹。"

尽管刑空已经可以猜到这个事实,但是听到白骨姬的话,他还是觉得如同五雷轰顶,一阵头晕作呕。

"大丈夫欲成大事,岂能有妇人之心! 今天你们都休想活着离开!"凌虚子说着握紧拳头,他的身体开始变得异常强壮,像是铁打一般的坚硬有力。这时刑空飞身上前想要阻拦,可是没想到凌虚子挥手一掌,将他打飞出去,刑空重重地撞落在墙壁上,然后口吐鲜血昏倒在地。

天诛焱、飓和偃流沙三人合力向凌虚子发起进攻,四人混战了十余个回合,凌虚子明显体力不支,他仓皇后退的同时急忙又吞服下一颗丹药。

"这是你们逼我的!"凌虚子怒发冲冠,他浑身开始变得通红起来,而头发和胡须瞬间变得雪白一片,凌乱地飞扬在空中,让人看上去不寒而栗。

"他的魂变强了。"江流儿虚弱地说道。

偃流沙掂了掂手中的月牙铲:"这还用说吗? 我也看出来了!"

由于丹药的副作用,此刻的凌虚子显得异常癫狂,他一步步地朝江流儿走去,每一步都像是有千钧之力,天诛焱见状挥舞着金箍棒朝他迎面袭来,没想到凌虚子随意地用手臂一挡,天诛焱就被击飞了出去。

偃流沙大惊失色:"坏了坏了! 这下麻烦大了,想不到这个老妖怪居然变得如此强大!"他说着拉过江流儿把他保护在自己身后,然后握紧手中的月牙铲做出随时迎战的准备。

"明明异人可以有这么强大的力量,却要被常人当作过街老鼠一样捕杀,你们这群蠢货,真是可笑至极,哈哈哈!"凌虚子看着自己孔武有力的双臂大笑道。

"我们虽然是异人,但也不会卑鄙到将自己的同类炼成丹药来提升异能的地步!"飑说着亮出钢刃愤怒地向凌虚子刺去。

凌虚子并没有躲闪反击,任由飑的钢爪袭向自己,然而,飑发现凌虚子的身体像铁石一般坚硬,锋利的钢爪根本伤不了他的皮肉。偃流沙见状举着月牙铲大喊道:"二哥,我来助你一臂之力!"

月牙铲重重地拍在凌虚子的肩膀上,凌虚子却毫发无损,稳如泰山,反倒是偃流沙被强大的反冲力震得双手生疼,抖动不止。

飑此时暗暗蓄力,他周身的尘土开始漂浮起来,在他的四周形成了一圈幽蓝的跳跃着的光环,偃流沙知道他要噬魂了。当飑以瞬移之速袭向凌虚子时,凌虚子大笑着紧握双拳猛然发力,一股强大的冲击波瞬间将飑和偃流沙震飞了出去,两个人撞在炼丹炉上,偃流沙嘴角流出了鲜血,飑捂着胸口强忍着剧痛。

凌虚子边目不斜视地朝江流儿走去,边放声狂笑道:"哈哈哈哈,只要有了你,我就可以一雪前耻,将那些莲刹的败类踩在脚下,我要让他们受尽折磨,生不如死,哈哈哈!"

这时天诛焱撑着身子站起来,她咬紧牙关,拼尽全力高举着金箍棒向凌虚子发起进攻,凌虚子转身幻化出一把拂尘顺势一挥,天诛焱腹部中招的同时将金箍棒甩出,戳中了凌虚子的胸口。凌虚子后退两步。天诛焱不顾严重的伤势,飞身上去反剪了凌虚子的一条胳膊,凌虚子一时挣脱不开,情急之下迅速地吞下了最后一颗丹药。

"你们逼我吃下了我的三个孩儿,我要你们拿命来还!"凌虚子像是完全失去了理智,他体内巨大的能量已经导致他的面部变得异常扭曲狰狞,他的眼睛里充满了血丝,层层叠叠,密密麻麻,一双眼睛看上去已经完全血红。这时他缓缓地抬起双臂,周围的一切物体随之飘浮在空中。

就在他猛然发力的同时,江流儿试图使出空气盾来保护自己和天诛焱他们三人,可是他越是着急,就越心乱如麻,根本没有办法集中精力去制造出防盾。而就在这时,一股巨大的冲击波袭来,江流儿只觉得身体猛然失去了重心,来不及做出任何反应,他被强大的冲击波震飞了出去……

江流儿狠狠地撞击在墙壁上,随后轰然摔落下来,他躺在地上,表情异常痛苦,而此时的天诛焱、飚和偃流沙已经因为伤势过重,只能勉强靠坐着墙壁支撑着身体。

凌虚子仰天大笑道:"哈哈哈,还以为你们有多么厉害,原来也不过如此嘛!"他说着一步步朝江流儿走去,"等我炼出了盘古之心,这天地间便唯我独尊!哈哈哈哈。"

就在凌虚子一步步靠近江流儿的同时,江流儿突然以肉眼难以看清的速度翻身起来,盘坐在地上,双手合十紧闭双眼,顷刻间,他的周身便笼罩起了一层淡淡的金光。凌虚子先是一愣,然后全力向江流儿发起进攻,由于他强行调动体内过量的异能,所以浑身黑色的血管全部暴露了出来,面部也已经充胀变形。千钧一发之际,江流儿突然睁开眼睛,一道金光瞬间从他的眉心射出,凌虚子咬紧牙关奋力对抗,在能量相持的过程中,江流儿突然怒吼一声,一个巨大的冲击波带着耀眼的光芒,铺天盖地地迅速扩散开来……

尘埃落定之后,整个炼丹房里一片死寂,江流儿无声无息地瘫倒在地上,在他的身边,覆盖着一层白色的颗粒状物体。

这时天诛焱艰难地起身,走到江流儿面前,她看着面色铁青的江流儿,急忙蹲下来,伸出手试探着他的鼻息。

"刚才那股力量,和我们之前在金山寺见到的一样。"飚有气无力地说。

"还好我们躲得快,要不然后果不堪设想啊。"偃流沙说完咳嗽了两声。

飑撑起身子,走过来看了看江流儿,然后问天诛焱:"他怎么样了?"

"他伤得很重,很奇怪……"

"很奇怪?"飑一脸不明白的模样。

"对,他的气息很虚弱,时有时无,并且……他体内好像有两个脉搏在同时跳动。"天诛焱一脸心事重重地说道。

飑异常冷静地看着江流儿,却不知道该如何是好。

偃流沙此时发现白骨姬不知何时已经不见踪影了,他气急败坏地嚷道:"可恨!又让白骨姬给逃走了!"

"还好她跑得快,要不然我们现在谁也不是她的对手,她完全可以坐收渔翁之利。"天诛焱冷冷地回道。

"这……"偃流沙撇了撇嘴,"好像说的也是啊。"

这时,一直昏迷中的刑空也醒了过来,他拖着沉重的脚步和受伤的身体走到他们面前:"谢谢你们,如果不是你们,恐怕我和我那三个弟弟也早晚会被炼成异丹的。"

天诛焱像是想起什么,忙问:"对了,你那三个弟弟呢?"

"我来之前,已经把他们安顿在一个安全的地方了。"

"那就好。"偃流沙笑道,"没看出来,你小小年纪做事倒是挺周全的啊。"

刑空对他笑笑。天诛焱这时有些担忧的眼神看着刑空:"那你们……将来有什么打算?"

"我想和弟弟们继续留在这里,我会将他们抚养长大……"刑空顿了一下接着道,"或许以后,等我们足够强大的时候,我们可能也会去做赏金异人,去做一些……能化解异人和常人之间相互误解、相互排斥、相互杀戮的事情。我知道这个愿望很难实现,但这些就是我现在心里所想的一切,我只愿为此贡献出自己全部的精力,哪怕付出生命的代价!我这样想,是不是很傻啊?"

"不！这样的想法很了不起！"天诛焱无比欣慰地看着刑空，飚和傻流沙也一副激动不已心潮澎湃的表情，他们的眼眶都有些湿润了。曾几何时，这就是他们成为赏金异人上路出发的最大动力；这就是他们穷极一生想要完成的事业和永不能忘的初心。


　　　那些热血终年不灭
　　　那些热血时刻沸腾
　　　那是梦开始的地方
　　　那里曾经一片荒凉
　　　当伤口终于开出花朵
　　　当信仰终于生出双翼
　　　当你我终于并肩走在这路上
　　　那途中所有的荆棘与磨难
　　　只会让我们更加无畏坚强

# 第五章

## (1)

江流儿缓缓地睁开眼睛,双目无神地看着眼前的一切,他张了张嘴似乎想要说什么,却虚弱得发不出一点声音。

看到江流儿醒来,偃流沙难以掩饰心中的激动,凑上来连珠炮似的欣喜道:"太好了!太好了!你可算是醒过来了,真是吓死我们了,你现在感觉怎么样了?"

天诛焱白了一眼偃流沙,压着声音道:"闭嘴!先别吵他了,让他好好休息一会儿。"

"好好好。"偃流沙说着像个犯了错的孩子一样急忙捂住嘴巴,但他脸上满是掩饰不了的幸福喜悦。

天诛焱发现江流儿的脸色和嘴唇开始发紫,像是中了剧毒一样。这时,江流儿挣扎着想撑起身体,天诛焱急忙安抚他:"先别乱动,你现在……"她还没有说完,江流儿突然呕出了一口淤血,然后便彻底晕厥了过去,三个人顿时慌了神,一时手足无措地愣在原地。

就在此时,忽然一道纯正的白光飘然而至,馆主虚幻的身影出现在他们面前,她一贯空灵缥缈的声音再次响起:"此去向西五十里外有一处清风岭,那里隐居着一位神医,你们速速前往,否则江流儿怕是活不过今夜……"随着声音的渐渐微弱,馆主的身影也随之消失。

偃流沙急忙追过去大喊道:"馆主!你等等……既然来都来了,干吗着急走啊!"

"别追了，那只是馆主的移形幻影之术。"飑面无表情地说道。

偃流沙停下脚步，一脸烦躁地说："真是搞不明白馆主是怎么想的，她……"

飑打断他道："行了，别废话了，我们还是赶紧去找那位神医吧，你没听见馆主说，留给我们的时间已经不多了。"

"对！所以我们必须在天黑之前找到神医。"天诛焱说着抱起了昏迷中的江流儿。

"来，我来背着他吧。"飑背对着天诛焱弯下腰准备背起江流儿。

"喂！有没有搞错啊，难道咱们就这样一路背着他走过去吗？"偃流沙说着皱起了眉头，"那可是五十里啊，就咱们现在这个状态，怕是一天一夜都到不了吧。"

"那你说该怎么办？"飑没好气地看着偃流沙。

"外面不是有马车嘛！"偃流沙得意忘形地看着他们两人嘲讽道，"你说你俩，平时那么聪明，怎么一着急脑子就不好使了呢？"

"滚！"天诛焱狠狠地瞪了偃流沙一眼。

偃流沙撇过头，小声地嘟囔着："本来就是嘛，还不让人说话了，脾气这么暴躁干嘛。"

天诛焱没心思搭理偃流沙，这时她眼神温和地看向旁边的刑空。

刑空明白天诛焱的意思，忙说道："反正我们在这里也用不着马车，你们尽管用便是了。"

"哈哈哈，你还真是慷慨啊，那我们就不客气了，我先去把马车牵来。"偃流沙说着朝外走去，其他人跟在后面一起走出了炼丹房。

山庄门口，四个人上了马车，刑空和他们依依不舍地告别，然后久久伫立，目送着他们消失在群山之间。

飑和偃流沙坐在前面驾车，天诛焱在车厢里照顾着江流儿。一路马不停蹄的颠簸过后,他们便来到了清风岭地界,又行驶了一个多时辰后,飚隐约地看见远处的丛林里有一间茅舍。他一拉缰绳,对旁边的偃流沙道:"老沙,你看那边。"

偃流沙看见茅舍,无比兴奋地道:"这荒郊野外的,肯定就是神医的住所。"

飚快马加鞭,没多久便来到了茅舍前。三个从马车上下来,天诛焱抱着江流儿急匆匆地跑进茅舍:"神医!神医在吗?"

没有人回答。

飚环视了一下四周,发现屋里有几排晾晒草药的竹架,竹架上整齐地摆放着各种草药以及各类医药古籍。

"这里不会没有人吧?"偃流沙一脸担忧道。

"怎么会没有人呢?你们找谁?"一个少女的声音突然从后门传来。

三个人循声看去,只见一个梳着两个发髻的少女拿着几株草药从后门走了进来,他们仔细打量了一番这个看上去十六七岁、相貌清秀、笑靥如花、眉宇间透着几分灵气的少女。

"我们是来找神医的,神医在吗?"天诛焱忙问道。

少女莞尔一笑:"哦,找我啊?什么事?"

偃流沙看着少女乐了:"你就是神医?哈哈哈,别闹,你才多大啊小姑娘。"

"既然你这么说,那就请便吧,这里向东三十里就是官道,好走不送。"少女说着,旁若无人地转过身整理起了她的草药。

偃流沙走上前,一副媚笑讨好的模样说:"小姑娘,你是神医的徒弟吧?快叫你师父出来,我们这里有人等着他救命呢。"

"找我师父啊?"少女说着从窗户指了指后山方向,"我师父他老人家在那边呢。"

"你师父在山上?"天诛焱问道。

"对啊,在山上埋了很多年了。"少女头也不抬地回道。

"你说什么? 神医死了?"偃流沙大叫道。

少女傲骄地白了偃流沙一眼:"呸! 你个乌鸦嘴,我指定比你活的时间长!"

"嗨,你这小姑娘,嘴还挺叼,你这是在逗我们玩儿吗? 我可告诉你,我们没时间跟你在这瞎闹,你要是再这样的话,我可就不客气了。"偃流沙话音刚落,少女便迅速幻化出几枚银针甩出,那些飞针不偏不倚地刺在偃流沙喉结周围,偃流沙顿时发现自己浑身完全不能动弹了。

"哎呀! 我,我这是怎么了? 我怎么动不了了?"偃流沙说着恐慌起来。

飑若有所思地看了少女一眼,然后钦佩地道:"好针法! 通过人迎穴便可以封锁全身上下所有的穴位,但是又唯独不封锁人迎穴,能使出这等绝妙针法的,恐怕这世上也没有几人吧。"

少女对飑古灵精怪地笑了一下,丝毫没有一点架子。

飑侧头对一脸惊讶错愕的偃流沙说道:"老沙,还不赶快向神医认错。"

少女冷眼看向偃流沙:"现在相信我就是神医了吧?"

"信了信了,在下有眼不识泰山,多有得罪,还望神医海涵啊。"偃流沙急忙求饶道。

"这还差不多。"神医说着走过来,将偃流沙脖子上的银针拔掉。

偃流沙揉着脖子看着神医嬉笑道:"呵呵,没想到你就是神医呀,真是看不出来,神医竟然是一个年纪这么小的小姑娘,我还以为神医是个老头子呢。"

"俗话说,相由心生,你肉眼凡胎,又怎知我年纪小? 不过一看你就是杂念太重,长得太着急了。"

"嘿! 你你你,我……"偃流沙被呛得张口结舌,不知道该如何反驳。

神医这时走过来看了一眼江流儿,然后对天诛焱道:"你还傻站着干吗？还不赶紧把他放在床上。"

天诛焱皱了一下眉头，然后急忙把江流儿平放在床上。

神医走到床前，对着平躺在床上的江流儿抬起双手暗暗发力，江流儿随之慢慢地飘浮了起来，这时，无数银针快速从神医的长袖中飞出，这些银针瞬间扎满了江流儿的身体，没过多久，江流儿的脸色便开始有所好转。

神医缓缓地放下双手，江流儿慢慢地落在了床上。

"不愧是神医，今日有缘得见，实乃三生有幸。"飓恭恭敬敬地对神医抱拳施礼道。

神医对飓盈盈一笑："相见即是缘分，何必客套。"她说着走到床边，观察着遍体银针的江流儿。

偃流沙看见江流儿脸色有所好转，长长地舒了一口气："这下好了，吓死我了，真是多亏神医了。"

神医撇了撇嘴，说："别高兴得太早了，你以为就这么容易吗，他现在随时都有生命危险。"

原本已经放下心来的三个人闻言面面相觑了一下，然后又愁眉不展地担忧起来。

## （2）

"你不是神医吗？怎么连你也救不了他吗？"偃流沙耐着性子问道。

"我是神医，又不是神仙。"

"那他现在到底是什么情况？"

"他现在的情况很复杂。"神医说着，转身从竹架上拿出一本厚厚的古籍，她边翻看着古籍边接着说，"人的体内有七个能量中枢，被称为七轮，而魂流转于七轮之中最后汇集的幻海，只有在极少数的情况下，气和尘会侵入身体,与魂结合,症状就像他一样。魂会不断地吸收着两种能量,而这也会摧毁体内的轮脉,当全部的轮脉被摧毁,或者魂散尽,那时,恐怕就是神仙也无力回天了。"神医看着完全沉默的三人,"你们听明白了吗?"

天诛焱和飚点点头,偃流沙愣愣地摇了摇头,然后缓过神来又急忙点了点头。

神医看了看他们三人,说:"我现在能做的只是围绕着他的幻海依次设针,让他暂时稳定下来,不过,如果我的银针被他体内的能量依次冲破的话,他还是会死的。"

天诛焱焦急地问道:"神医,难道就没有什么办法了吗?"

"办法嘛,也不是完全没有。"神医说着指了指古籍中两株草药的图画,"如果能找到这两种草药,或许我还能救活他。"

偃流沙急忙凑过来看着古籍:"黄泉草?百毒花?怎么听上去不像是什么好药啊?"

"这两种草药都是有剧毒的。"神医如实道。

"你逗我们的吧?"偃流沙一脸纠结地看着她问道。

神医一副嫌弃的模样反问:"你懂不懂什么叫以毒攻毒?"

偃流沙刚想再说什么,天诛焱便插话道:"神医,如果能找到这两种草药,你有几分把握?"

神医略加思索了一下,然后摊了摊手说:"没把握。"

偃流沙终于没有耐心了,他很不淡定地大嚷道:"什么?没把握?你你你,这叫什么话啊!既然没把握,干嘛还让我们去找?"

神医看着偃流沙气急败坏的样子,古灵精怪地一笑:"那就随便你们咯。"

"你还笑!你是不是成心要我们呢?你这样……"

"行了老沙,少说两句吧。"飚打断偃流沙,然后看向神医,问道,"敢问神医,不知哪里才能找到这两种草药?"

"据此向北十余里有一片原始森林,黄泉草就生长在森林的沼泽里。"神医顿了一下,"至于百毒花,则十年才开花一次,并且数量极少,很难遇到。不过,野人部落把此花当作治疗的神药,通常他们会将其制为干花储存起来,所以你们可以想办法从他们那里得到百毒花。"

"事不宜迟,我们现在就出发吧。"飕急匆匆地对天诛焱和偃流沙道。

"我看今日天色已晚,你们还是先在此休息一夜,等明日一早再去也不迟。"神医说着看了看他们三人,"放心吧,我的银针至少可以让他昏睡两天两夜,所以他体内的能量还不至于这么快就能冲破我的锁脉阵法。"

天诛焱和飕相视一眼,然后点了点头。

一夜无话,次日五更时分,三个人便踏着晨露出发了。

天光大亮的时候,他们已经进入这片宽广茂密的原始森林。

天诛焱拿着金箍棒在前面披荆斩棘地开路,飕和偃流沙紧随其后,他们一人负责观察四周可能存在的危险,一人负责在沿途做出标记,防止迷路。

这时前方的一棵大树后面,一个小女孩将一支竹管慢慢地放在嘴边,随后她瞄准天诛焱,用力吹出了一支细小尖锐的毒箭。

飕敏锐地察觉到危险,急忙挺身上前挡下毒箭。

天诛焱抬头发现一个瘦小的女孩从大树后面探出身来偷窥着他们,小女孩看上去也就七八岁的年纪,身上套着用兽皮做成的衣服,左手拿着一支装着毒箭的竹管,右手拿着一根尖利的长矛,显然是原始部落的人。

小女孩发现自己暴露以后,仓皇而逃,三个人急忙加快脚步追了上去,显然小女孩更熟悉这里的地形环境,一转眼的工夫便就将他们三个人甩掉了。

"嘿!这小野娃子跑得还真快啊。"偃流沙喘着粗气说。

天诛焱停下来,她警惕地看着前面的丛林,说:"这里应该就是野人族的领地了,现在我们在明处,又不熟悉地形,所以都要多加小心一些。"

"不至于吧，不就是一帮野人嘛，咱们什么大风大浪没有见过啊。"偓流沙一副见过大世面的模样不屑道。

"还是小心为好，我们不要太轻敌了，野人族的麻药是非常厉害的。"飑提醒道。

偓流沙撇了撇嘴不再说话了，天诛焱看了看他们两个人，说："咱们现在分头行动，我继续去追刚才那个小女孩，争取通过她找到野人部落，想办法拿到百毒花，你们去找黄泉草。不论有没有收获，天黑之前大家再会合。"

飑点点头，说："好，你要多加小心。"

"如果遇到什么危险，记得随时给我们发求救信号啊，我们绝对会第一时间赶来救你。"偓流沙大言不惭地说道。

"你还是保护好你自己吧！"天诛焱说完朝前走去。

偓流沙抬头看向飑："我现在连方向都分不清了，咱们该走哪边去找黄泉草啊？"

"这边。"飑说着往右手边方向走去。

"你怎么知道是这边？"

飑头也不回地说："反正我们也没有方向，走哪边还不都一样嘛。"

"说的也是啊。"偓流沙说着加快脚步跟上飑。

……

两个时辰后，偓流沙一脸疲惫不堪，停下脚步："咱们这样漫无目的地找下去也不是办法啊，我现在眼都看花了，感觉看什么都像是黄泉草。"

"神医说，黄泉草生长在沼泽边，可是这里好像并没有沼泽啊。"飑停下来张望着四周，除了密林还是密林。

"是啊，你看这里树木茂盛土壤肥沃的，哪里会有什么沼泽啊。"偓流沙说着一脸烦躁地朝前走去，可是还没走多远，突然感觉脚下草地变得异常柔软，他低头一看，发现脚下的地皮竟然像液体一样流动了起来，他急忙想要退回去,可是稍一用力,半条腿就猛然陷了下去,这样惊人的速度顿时把他给吓傻了。

"二哥!快来救我!"偃流沙惊慌万分地大喊道。

飖急忙跑过来:"你别乱动!"

"我没有乱动啊!我哪还敢乱动啊,你快想办法救我啊!"说话间,他的半截身子已经陷入了沼泽。

飖迅速地折断手边一棵碗口粗的小树,将一端递给偃流沙,偃流沙急忙抓住树枝,飖用力将偃流沙往外拉,就在眼看要将偃流沙拉出沼泽的时候,飖却突然停了下来。

"快拉我出来啊!这个时候你发什么呆啊?"偃流沙瞪着飖大喊道。

"老沙,你看你右边那株是不是黄泉草?"飖目不转睛地看着那株一尺多高,通体翠绿,叶子呈锯齿状的植物。

偃流沙急忙侧头看去,发现果然是黄泉草:"哈哈哈,真踏破铁鞋无觅处,得来……差点让我赔上了这把老骨头。"他说着艰难地探身将黄泉草拔了出来。

飖将偃流沙从沼泽里拉了出来,然后拿过偃流沙手中的黄泉草道:"真是没想到,这么容易就找到黄泉草了。"

"容易?我差点就没命了!"偃流沙一脸不爽地说着,然后一把夺过飖手中的黄泉草揣在怀里,"这可是我用命换来的,你别想抢了我的功劳。"

"你可真是越来越有出息了!"飖白了偃流沙一眼,转过身,说,"走吧,咱们还是赶快去找三火会合吧。"

偃流沙看着自己满身的泥泞,自我嫌弃地大皱眉头道:"喂!我是不是得先找个地方洗洗……"他说着迈开脚步,可就在这时,他突然感觉脚下猛地一陷,来不及作出任何反应,脚底下一张巨大藤网便瞬间收拢,将他连同飖一起紧紧地裹挟在了其中,然后迅速地倒吊在了树上。

"这肯定是野人部落的陷阱,哼,不过就这种草藤织成的破网也想困住你沙爷爷，真是可笑……"偃流沙一边不屑地说着，一边艰难地拔出腰间的匕首想要割断藤网。

"住手！"飓慌忙对偃流沙大声喊道，"这种草藤有剧毒，一旦割破，汁液飞溅出来，就算是沾上皮肤，也能将我们毒死！"

"啊！这……这么厉害啊，世间居然还有如此厉害的毒藤啊。"偃流沙吓得急忙收回了匕首，"那……咱们现在该怎么办啊？"

"你说呢？"飓没好气地反问道。

## （3）

森林的另一端，天诛焱此时来到了一处怪石林立的峭壁前，正当她停下来观察地形的时候，不远处突然传来了一阵石头滚落的声音，紧接着，一个小女孩的惨叫声随之传来。

天诛焱急忙跑过来，发现之前那个野人部落的小女孩被陡坡上的一块落石压住了右腿，此时她正咬紧牙关想要将石块从自己身上推开，然而她的力气毕竟有限，努力了几次后仍然无济于事。

小女孩发现了天诛焱，惊恐异常地冲着她叽里咕噜地喊着什么，看上去是不愿意让她靠近。

"你说什么？"天诛焱边走近她边问道。

小女孩见天诛焱靠近，强忍着剧痛，拿起掉落在手边的竹管朝她用力一吹，一支毒箭直冲天诛焱飞来，天诛焱轻巧地侧身躲过迎面而来毒箭，然后快速上前一把将她手中的竹管夺过，说："你别怕，我不是坏人。"

小女孩根本听不懂她说的话，一边哭喊着一边胡乱地挥舞着双臂扑打着天诛焱。

天诛焱一把抓住她的胳膊："年纪不大，脾气倒是不小！"

被制服住的小女孩已然无计可施，眼神怯怯不安地看着天诛焱。

天诛焱对她微笑道:"放心,我不会伤害你的,我们就是来找一种草药。"她说着将压在小女孩腿上的石头搬开,小女孩想要逃跑,可是发现自己受伤的腿根本无法站起来。

"别动! 再乱动你这条腿就废了。"天诛焱说着握紧小女孩伤口还在流血的右腿,"你的大腿脱臼了,如果不及时矫正,伤口的细菌就会侵入到骨隙里,到时候麻烦就大了。"

小女孩泪眼婆娑地看着天诛焱,似乎已经知道她是在帮自己。

"你忍着点。"天诛焱说着手上猛地一用力,只听小女孩的腿关节处清脆地"嘎嘣"一声,小女孩顿时哭喊了起来。

"好了好了,不疼了。"天诛焱帮小女孩擦了擦眼泪,然后拿出随身携带的金疮药帮她把流血的伤口包扎好,"好好养几天就没事了。"

这时小女孩像是完全放下了敌意,眼神开始变得柔和友好起来。

"你家在哪儿啊?"天诛焱看着小女孩笑道。

小女孩又是一顿叽里咕噜,天诛焱苦笑了一下,说:"算了算了,跟你交流真是费劲儿。"她说着背起小女孩,"走吧,还是先送你回家吧,你家往哪边走? 这边? 还是那边?"

天诛焱丝毫没有察觉到,此时她身后的灌木丛里埋伏着十余个野人,他们戴着木制的彩绘面具,目光像猎豹一样盯着天诛焱和小女孩。当天诛焱背上小女孩准备离开的时候,这些野人同时向天诛焱吹来毒箭,天诛焱急忙左躲右闪,但是为了不伤到小女孩,她的胳膊上还是中了一箭。

这些野人从灌木丛中跳出来,他们叽里呱啦地一阵乱吼乱叫,天诛焱这时突然发现自己浑身有些发麻酥软,意识也开始变得有点模糊了,她心想:糟糕,这箭头上果然有麻药。

天诛焱不得不将小女孩放下来,然而这时,手持长矛的野人们趁势一拥而上将她团团围住。正当天诛焱暗暗发力,准备幻化出金箍棒抵抗的时候,小女孩却突然挺身挡在了野人们的面前,她对着他们一个劲地大喊大叫摇头晃脑,然后又叽里呱啦地说了一通后,野人们有些狐疑地看了看天诛焱,随后渐渐收起了手中的武器,抱起小女孩迅速跑掉了。小女孩似乎不太情愿的样子,她在野人的背上小小地挣扎着,目光一直看着天诛焱,直到她彻底地消失在她的视线之外……

等他们跑掉以后,天诛焱倚着一棵大树将那枚比发簪还要细小的毒箭从肩膀上拔了出来。就在这时,天空中一个信号雷突然炸开,天诛焱看见信号雷,又气又烦地咬牙道:"真是不让人省心!"她说着努力撑起身体,朝信号雷发射出来的方向迈步走去。

……

此时的飑和偃流沙仍被藤网倒吊在树上,那张藤网随着他们身体的不断扭动,在空中来回晃荡着。

"你别晃了,晃得我头都晕了。"大脑已经有些缺氧的偃流沙显得很是烦躁地对飑嚷道。

"我没晃啊,是你在晃才对。"

"我才没晃呢!"偃流沙说着试图挪动一下扭曲的身体,"憋屈死我了!真想割断这破草藤,大不了被毒死算了。这样像晒腊肉一样地吊着,真是窝囊透了!"

飑闻言笑道:"你割啊,我又没拦着你。我觉得这样倒着看看世界其实也挺好的。"

"你有病啊!好什么好,我这脑袋都充血了。"偃流沙焦躁至极,胆子也大了起来,对飑毫不客气地说。

"你就太心浮气躁了。来,你闭上眼睛,用心去感受一下这美妙的大自然……"飑说着微闭起双眼,继而一脸陶醉享受的模样,说,"你听,这鸟儿悦耳的叫声,这微风拂过的声音,这竹笋拔节的声音,这大地万物滋长的声音……"

偃流沙一脸鄙夷,故作痛惜地说:"二哥,我劝你有时间还是去买点药吧,买点,花不了多少钱的。"

"你懂什么啊!整天就知道花天酒地,儿女情长……"

一提到"花天酒地""儿女情长",偃流沙顿时来了兴趣,他兴奋地打断飕道:"等咱们回到天都城,我一定要好好挥霍一把,犒劳犒劳自己,哈哈哈……"

"你们两个挺悠闲的嘛。"这时已经匆匆赶来的天诛焱双手交叉在胸前,靠在不远处的一棵大树下,嘴角含笑地看着他们说道。

"哎呀老大!你什么时候来了?你可算是来了!快救我们下来啊。"偃流沙激动对天诛焱大喊道。

天诛焱走过来,一脸鄙视地看着他们:"就这种小事,你们两个也好意思让我大老远地跑过来帮忙?"

"老大,你有所不知啊,这草藤是有剧毒的,二哥说,一旦割破,毒液沾上皮肤就能让我们中毒丧命。"

天诛焱不太相信地看向飕,飕对她点点头:"确实如此,这种绝命藤的毒液可以通过人体的皮肉组织进入血液,如果没有解药的话,不出半个时辰毒液就会在血液里凝固,使人毒发身亡。相传这种绝命藤几乎绝迹,不想却在此见到。"

天诛焱怔了怔,然后缓了一下神,问飕道:"那现在该怎么办?"

"现在只能上树将这藤网解开。"飕叮嘱道,"你千万小心,不要弄破了毒藤,并且要将我们慢慢放下,不然我们摔在地上,毒藤一样会断裂,喷射出毒液。"

"知道了。"天诛焱说着飞身上树,她小心谨慎地将藤网的主线解开,然后将兜裹着飕和偃流沙的藤网慢慢放落在了地上。

藤网被解开以后,偃流沙急忙钻出来舒展身体,天诛焱看着他一身半干的泥泞,一脸嫌弃道:"你这身上是怎么搞的?"

"别提了!我掉沼泽里了,差点就没命了。"偃流沙说着想起什么,急忙从怀里拿出黄泉草来炫耀，"哈哈，不过也算是因祸得福，你看，这是什么？"

"黄泉草！"天诛焱拿过手偃流沙手里的黄泉草仔细打量了一番。

偃流沙一脸洋洋得意地说："怎么样？我们这效率还算可以吧。"

"瞧把你给美的！"天诛焱浅浅地一笑，有些虚弱地说，"走吧，咱们还是抓紧时间去找百毒花吧。"

"你的脸色怎么这样差？你受伤了？"这时飓发现天诛焱脸色煞白，急忙问道。

天诛焱故作轻描淡写地回道："没事，不小心中了一箭，箭头上面有麻药。"

"要不要先休息一下？"

"不用，我还没有那么脆弱。"天诛焱说着迈开脚步朝前走去，飓见她脚步有些飘忽，急忙扶了她一把，不容反驳地说，"还是先休息一下吧。"

"对对对，还是身体要紧啊，来来来，老大，你先坐下来喝口水。"偃流沙说着把随身携带的水壶取出来递给天诛焱。

天诛焱有些动容地看了看他们，然后接过偃流沙手上的水壶，说："好，大家也都累了一天了，咱们先原地休息一下。"

三个人靠着一棵大树坐了下来，天诛焱喝了一口水，将自己受伤的经过说与他们两人。

偃流沙听完，有些气愤地说："真是好心当成驴肝肺！"

"别这样说，他们误以为我们是敌人，攻击我们只是在保护他们自己的领土不受侵犯而已，其实……他们也未必见得有多么野蛮粗暴，没有人性。"天诛焱说着想起了小女孩看她的眼神，那眼神里充满了友好、不舍，以及本性的善良。

飓点点头，说："其实我们才是侵入者，大家语言又不通，所以很容易造成误会。"

"对,而且他们手里都有毒箭,奔跑速度也相当惊人,想要抓住他们并没有那么容易。"

偃流沙有些忧虑地说:"抓不到野人,就找不到百毒花……这眼看就要天黑了,不知道江流儿现在怎么样了。"

飚突然眼珠子一转,说:"我们抓不到野人,可以让野人抓到我们啊。"

"你还真是病得不轻,还要自投罗网啊!"偃流沙没好气的叫道。

天诛焱瞥了偃流沙一眼:"他的意思是说,等野人出现的时候我们假装不敌,故意让其中一人被抓走,这样我们就可以顺藤摸瓜找到他们的老巢。"

偃流沙猛地一拍大腿:"对啊!好主意啊!这么简单的道理,我怎么就没想到呢!可是……让谁被抓野人走呢?"

"你说呢?"天诛焱和飚很有默契地异口同声道。

偃流沙这次连反驳都懒得反驳,他噌地一下站起来,一身正气地说:"行!只要能早点拿到百毒花,救活江流儿,我老沙就豁出去了!"

天诛焱和飚很是意外地抬起头看向偃流沙,从这个角度看过去,偃流沙显得特别高大威武。

## (4)

神医的茅舍里。

此刻,仍然处于深度昏迷之中的江流儿突然笔挺地从床上坐了起来,他体内过盛的能量不断地充胀着他的身体,而他身上的那些银针也在不停地嗡嗡作响,仿佛随时都能被弹飞出去一样。神医见状,急忙发功再次用银针压制江流儿体内的异能,江流儿身上黑色的血管随着神医的真气在体内缓缓游走,最后终于渐渐消隐,而此时神医的额头和鼻翼上也冒出了一层薄薄的香汗。

神医长长地舒了一口气,平复了一下呼吸,然后看了看已经安定下来的江流儿。这时,一道纯白的光影悄然而至,神医有所察觉,但是并没有立刻回头。

"我说他们怎么会能找到我这里,原来背后有高人指点啊。"神医背对着馆主开口道。

馆主有些出神地看着神医的背影,然后走过来开门见山地问道:"他现在的情况怎么样了?"

"我已经封住了他的七轮,用我三年的功力让他体内的魂集中在他的幻海,但是,你知道的,这是撑不了多久的,如果那三个人来不及把我需要的药带回来,我也没有更好的办法救活他。"

馆主看了看床上的江流儿,低下头沉思了起来。

"他体内的异能特别强大,如果我没有猜错的话,他就是……"

馆主轻声打断神医:"我早知你能看破,所以也未曾想要瞒你。"

神医横了馆主一眼,说:"我不明白你到底是怎么想的,明明你就有办法将盘古之心取出来,何苦折腾他们几个人呢?"

馆主不动声色地回道:"我若强行取出盘古之心,这孩子必将性命不保。"

"这个孩子能比盘古之心还重要?"神医有些激动地问道,"你就不怕迦楼罗先你一步?"

"怕。"馆主顿了顿接着说,"但是,人和丹同样重要。"

神医略显无奈地笑了笑:"随便你吧,反正你们的事情我一直都搞不懂,也不想懂,我呢,只会救死扶伤,但是,没有药我也救不了他。你是知道的,如果万一他死了,到时候再想取出盘古之心,那就不可能了。"

馆主再次陷入了沉思,片刻后,她缓了缓神,喃喃自语道:"但愿他们三人能不负我所托。"

与此同时,险象环生的原始森林里,偃流沙如同一个视死如归的勇士一样昂首阔步地朝前走着,他一边大步向前一边高声大喊着故意暴露自己,希望以此吸引野人的注意。

天诛焱和飏小心地尾随在他后面,始终和他保持着数十米的距离。

就这样走了一炷香的时间,三个人已经来到了密林深处,这时偓流沙猛然瞥见附近有几个野人埋伏在灌木丛中,他们脸上都戴着面具,手里拿着毒箭,虎视眈眈地窥视着偓流沙。

偓流沙佯装没有看见,继续朝前走去,可是还没走两步,一个按耐不住的野人便拿出竹管朝他铆足力气吹了一箭,偓流沙故意不去躲闪,结果小腹中了一箭,他一咬牙将箭拔掉,继续大义凛然地朝前走去。须臾间,又一支毒箭击中了他的大腿,偓流沙狠狠地再次拔出箭来:"你们这帮混蛋!你沙爷爷就是不倒下,气死你们!"

隐蔽在后面树丛里的天诛焱恨铁不成钢地无奈道:"真是笨得可以!就不会假装倒下吗!何必多受这些皮肉之苦。"

飏苦笑了一下:"老沙还真是个实在人。"

"这时候实在有什么用啊!"天诛焱哭笑不得地回道。

说话间,更多的毒箭直冲偓流沙而来,偓流沙一看乱箭齐发,急忙抱头鼠窜,然而慌乱中还是中了两箭。

天诛焱不忍直视地别过头去:"哎,这又是何苦呢。"

偓流沙这时终于坚持不住,缓缓地昏倒在了地上,野人们见状一窝蜂地跳了出来,围着他踢踢打打一番后,用草藤将他五花大绑,然后像抬野猪一样抬着他载歌载舞地往前走去。可能是胜利的喜悦让这群野人们放松了警惕,他们丝毫没有察觉到尾随在他们后面的天诛焱和飏。

一路走走停停兜兜转转,他们便来到了一处断壁前,天诛焱放眼望去,发现断壁上有几处人工开凿的山洞,山洞前面是用木头和茅草搭建而成的简易窝棚。

抬着偓流沙的几个野人刚一过来,一大群野人便从窝棚和山洞里跑了出来,他们迅速地围拢着早已昏迷的偓流沙,又是一番载歌载舞。

飚看着人群中一个拿着权杖的大个子野人,对身旁的天诛焱说:"你看,那个应该就是他们的首领,擒贼先擒王,一会儿先控制住他,以免造成不必要的伤亡。"

天诛焱点点头:"对,我们的目的是拿到百毒花,所以最好不要伤害他们。"

这时几个野人开始磨刀霍霍架锅生火,飚见状一脸无奈地对天诛焱说:"糟了,看样子这群野人还是食人族。"

"他们不会是想吃了老沙吧?"天诛焱似笑非笑地问道。

飚笑了一下:"要是老沙现在知道他马上就要成为野人的大餐了,不知道心里会作何感想啊。"他说着便想起身上前,天诛焱拦住他,有些意犹未尽地笑道:"别急,再看看嘛……"

飚和天诛焱相视一笑,一脸幸灾乐祸地看起了热闹。

这时,迷迷糊糊中的偓流沙感觉到自己身上凉凉的、痒痒的,很是舒服,他像是做了一个梦,梦里红绡馆的姑娘们正在为他宽衣解带沐浴搓澡,那些花瓣和浴液的芬香让他一阵心潮荡漾……半梦半醒中,他慢慢地抬起眼皮,看见的却是几个粗壮的野人在他身上撒盐、涂抹各种香料。

偓流沙猛地惊醒过来:"喂!喂,你们干什么呢!"他大喊着想挣扎起来,可是发现自己被平绑在了一块木板上,并且麻药的药力让他浑身使不出一点力气。

野人们根本不理会他,继续着手上的工作,偓流沙看了看旁边一口冒着热气的大锅,闻了闻身上香料的味道,又舔了舔嘴边白色的沙粒状的东西,像是突然明白了什么,拼命地大叫着:"喂喂喂!快住手!你们这帮混蛋不会是想吃了我吧?"

野人们见他如此激动,一脸迷惑地看着他,偓流沙发疯似的一通乱嚎乱踢,搞得整张木板啪啪作响。这时一个野人上来,一脸不耐烦地朝他的脸上粗暴地勾了一拳,偃流沙顿时又昏了过去。

几个野人吆喝着协力将偃流沙抬了起来,抬向那口热气腾腾的大锅。

天诛焱和飓此时飞身出来,但是,他们并没有急于去营救偃流沙,而是直冲酋长而去,飓飞速冲到酋长面前,用钢爪抵住了他的脖子,将他牢牢地控制住。

酋长怒视着飓,但是钢爪就在他的脖子上,他也只好忍气吞声不敢乱动。

"放心,我们只是过来要点东西,不会伤害你们的。"天诛焱说着拿出一块绘有百毒花图案的兽皮放在酋长面前。

还没等酋长反应过来,一群野人便手持长矛跑过来将他们团团围住,天诛焱旋即幻化出金箍棒,野人们见状瞬间就震惊了,他们战战兢兢地不敢上前。

"这里我来对付,你先去帮老沙松绑吧。"天诛焱对身旁的飓说。

飓点点头,押着酋长走过去帮偃流沙松绑,就在这时,酋长猛然后退一步,挣开了飓的控制。飓原本就无意伤害他,所以在他挣脱的一瞬,本来可以将他一剑封喉的飓犹豫了一下并没有出手。

酋长挣脱的同时,迅速地从怀里掏出一把类似土末的东西,用力朝飓抛去。猝不及防的飓瞬间被迷住了眼睛,这时无数毒箭朝他飞来,睁不开眼睛的他只能凭感觉去抵挡,然而,这次毒箭的数量过于庞大,他的身上还是挨了一箭。

此时正在围攻天诛焱的野人们趁乱一哄而上,天诛焱急忙挥舞起金箍棒抵抗,但是她身上麻药的药力还没有退去,所以功力也明显大打折扣。

混战中,天诛焱的腿部和肩部不慎各中了一支暗箭,很快,她就觉得身子发沉,意识恍惚,在她缓缓倒下的同时,看见飓也药性发作,倒在了地上……

(5)

　　大锅里的水已经完全沸腾了,两个野人还在不停地往锅底添柴加火。

　　天诛焱被刺鼻的浓烟呛醒,她发现自己被五花大绑在一块结实的木板上,她想挣扎着起来,可是发现浑身使不出一点力气。

　　"不要白费力气了,我早就说过,野人部落的麻药是很厉害的,我们至少要过半个时辰才能恢复十分之一的体力和能量。"同样被绑着的飑艰难地扭了扭头说道。

　　"这么说,咱们今天都要死在这里了。"不知道什么时候醒来的偃流沙在一旁冷言冷语地插话。

　　"不行!咱们得赶紧想想办法!"天诛焱不甘心地瞪大眼睛说。

　　偃流沙叹了一口气:"唉,现在能有什么办法呢?人为刀俎我为鱼肉,就算半个时辰后咱们能恢复了所有的功力,到那时也可能都已经被煮熟了。"

　　"呸!闭上你的乌鸦嘴!你就不能盼点好啊?"天诛焱嗔怒道。

　　"哼,我倒是想盼点好,可是这都眼看着要下锅了,还有什么盼头,难不成盼着馆主从天而降来救咱们啊!"

　　天诛焱咬牙道:"我发现你最近脾气见长啊!"

　　"这都马上要死了,还不能让人发发脾气啊。"偃流沙一副死猪不怕开水烫的口气回道。

　　说话间,酋长便带着几个野人走了过来,停在他们面前,闻了闻这个又嗅了嗅那个,然后指着天诛焱叽里呱啦地说了两句,身后几个野人便上来将天诛焱抬了起来。

　　偃流沙大喊道:"放开她!要煮先煮我好了!"

　　可是野人们并不理会他,抬着天诛焱朝大锅走去,就在天诛焱眼看就要被放进锅里时,一个小女孩拖着受伤的腿大喊着朝这边走来。

几个野人闻讯停了下来,只见小女孩走到酋长面前,对他叽里呱啦说了几句什么,然后酋长有些狐疑地看向天诛焱。

"嗨!二哥,你看到没?好像还有缓啊。"偎流沙绝地逢生似的欣喜若狂道。

"那个小女孩应该是酋长的女儿。"

"你怎么知道的?"

"你没看见他俩长得多像啊。"

"呃,我看他们所有人长得都像啊,哈哈哈,我发现你越来越幽默了。"偎流沙说着大笑了起来。

这时酋长走到天诛焱面前,亲自帮她松绑,然后跪在地上亲吻她的脚面,天诛焱吓得急忙后退一步,酋长抬起头对她憨厚地笑着,接着酋长对身边的几个野人喊了句什么,然后他们便小跑着过来将飔和偎流沙身上的藤条一一割断。

偎流沙看着为他们松绑的野人,激动得都快哭了:"这真是太出乎意料了,你们刚才是在跟我们闹着玩儿呢吧?心跳游戏?这也太刺激了吧!哈哈哈……"

几个野人见偎流沙热泪盈眶地的哈哈大笑,也跟着嘿嘿傻笑了起来,随后他们互相情不自禁地拥抱在一起,各自激动得都像是找到了失散多年的亲人一样。

野人们拿出食物,热情地招待了他们一番,三个人饱餐过后,酋长将一棵百毒花的干花郑重其事地交给天诛焱,三个人激动不已,旁边的小女孩对天诛焱调皮地笑着眨了眨眼睛。

"我们还急着去救人,所以就不能久留了。"偎流沙红光满面地拍着酋长的肩膀说。

酋长见他们要走,热情地挽留他们。

"我们着急去救人,救人你懂吗?"偎流沙说着拿出黄泉草和百毒花放在嘴边做出夸张的吞咽动作。

酋长像是明白了什么,对他们点点头,依次拥抱了他们。

"他们可真是够热情的啊,这没多大会儿工夫都拥抱了好几次了。"偃流沙笑容可掬地对旁边的天诛焱和飓说道。

"他们野人族是非常重情义的,这是拿咱们当朋友了才会这样。"飓含笑道。

"好了好了,我们真的该走了,有机会再来找你们一起玩耍。"偃流沙说着对他们挥挥手,转身的同时心里涌起一阵暖流。

野人们一阵叽叽喳喳地跟在他们后面,看样子是执意要送他们一程,三个人推脱不过,只好恭敬不如从命。酋长带领着他们的族人一直将三人送到原始森林的边缘,这时天诛焱停下脚步对他们说:"好了,留步吧。"她说着上前抚摸了一下酋长一直抱在怀里的小女孩的头发,小女孩对她甜甜一笑,然后在她的额头亲吻了一口。

"就到这儿吧,你们快回去吧。"天诛焱说完转过身去迈开了脚步,飓和偃流沙紧随其后跟在她的左右,三个人就这样一步三回头地渐行渐远,直到他们的身影消失很久后,野人们才依依不舍地结伴离开。

……

告别了野人部落以后,三个人马不停蹄地返回神医的茅舍,迫不及待地将黄泉草和百毒花交给了神医。

"没想到你们这么快就找到这两种奇药了,看来你们的运气很好嘛。"神医浅笑了一下,然后将黄泉草和百毒花一起放在捣药罐里捣碎成黏稠状。

"一半外敷在他的天突穴和神阙穴,一半加水熬成药汤喂他服下。"神医说着把捣药罐交给旁边的飓。

飓帮江流儿外敷完以后,天诛焱便拿过剩下的草药去熬制药汤。一刻钟后,药汤便熬好了,天诛焱喂江流儿服下,然后三个人紧张地看着床上的江流儿,都在心里为他默默地祈祷着。

这时,江流儿的脸色突然开始变得乌黑,身上的那些银针也被依次弹飞了出去。三个人见状顿时大惊,偃流沙回过头来怒视着神医:"这是怎么回事? 你……"

神医没好气地打断他:"你什么你,瞎紧张什么! 这是正常反应。"话音未落,只见江流儿身体的四周周慢慢地形成了一个小小的旋风,这阵旋风正是江流儿体内的异能和神医为他所输入的真气相互融合时产生的,等到旋风散去以后,江流儿渐渐地平静了下来,脸上的乌黑也一寸寸地散去了。

三个人见状同时松了一口气,天诛焱看向神医,问道:"神医,他应该没事了吧?"

"现在是没事了,不过我也只能帮他压制一段时日,如果他体内的能量再度失控的话,到时候还是性命难保。"

"啊? 这么严重啊!"偃流沙不可思议地大叫了起来。

"你以为呢! 他现在能够保住这条小命已经算是造化了。"神医说着转过身去,"所以,你们得尽快找到更好的办法。"

"连你这样的神医都没有办法,我们上哪想办法去啊?"偃流沙一脸纠结地回道。

天诛焱和飑对视了一眼,然后说:"事到如今,现在只能回天都城找馆主了。"

飑点点头,说:"时间紧迫,咱们不能再耽搁了,现在就出发吧。"

"好!"偃流沙斩钉截铁地应道。一想到江流儿随时都会有生命危险,他恨不得立马带着他飞回天都城去。他上前将江流儿背了起来。

"大恩不敢言谢。我们救人心切,这就告辞了。"飑恭恭敬敬地对神医施礼道。

神医故作轻松地摆摆手,笑道:"好走不送。"她说完背过身去不再看他们。

三个人再次向神医施礼,然后走出了茅舍。

当他们一行人出来的时候,谁也没想到馆主竟然就站在茅舍后面的竹林里一脸漠然地看着他们。这时天诛焱像是感应出了什么,她猛然转身朝竹林那边看去,然而,目所能及的只是那片被微风轻轻吹动的竹林。

飗停下来,略带疑惑地看着天诛焱:"怎么不走了?看什么呢?"他说着也朝那边看了一眼。

天诛焱缓了缓神,说:"没看什么,走吧。"她迈开脚步,同时又忍不住回头朝神医的茅舍张望了一下。


神医的茅舍里,神医正在收拾行李,这时馆主飘然而至。她放慢脚步走近神医,有些不太明白地问道:"你这是……"

"看这小和尚命这么大,万一……他真的就是那个人,那也就说明,你们和莲刹的决战必将在所难免。我还是那句话,我一直搞不懂你们,也从来不想搞懂你们,所以呢,我还是离你们远一点为好。"神医说着拿起打包好的行李准备离开。

馆主怔了一下,然后有些动容地说:"既然这样,你自己保重吧……老友。"

"别这么叫我,我还是个孩子。"神医说完,头也不回地走掉了。

馆主看着神医离去的背影,宛若少女般嫣然一笑,一如当年。

# 第六章

## (1)

"这是哪里啊？"江流儿迷迷糊糊地睁开眼睛问道。此时，和煦的阳光打在他的脸上，让他感觉到一片温暖。

"你醒了啊？"背着他的飓并没有停下脚步，"我们已经进入天都城了。"

"现在感觉怎么样了？有没有哪里不舒服？"见江流儿醒来，走在前面的天诛焱急忙回转过来问道。

江流儿摇了摇头："没有。好多了，就是感觉好像睡了很久一样。"

飓笑了一下："你也就昏睡了三天三夜而已。"

江流儿察觉到飓有些疲累，心疼道："飓哥哥，你放我下来吧，我自己能走。"

"你的身体还没有恢复，还是我背着你吧。"飓说着又将江流儿往上颠了颠。

"我没事了。"江流儿说着跳下来，"你看，我自己可以的。"

飓冲江流儿笑了笑，然后用手背擦拭了一下额头上薄薄的汗水。

江流儿环顾了一下四周，问道："怎么没见老沙哥哥呢？"

"还不是归心似箭地跑去红绡馆了。"天诛焱说着朝前走去，"走吧，我们也赶紧过去吧。"

江流儿长长地"哦"了一声，然后和飓一同跟上了天诛焱。

三个人穿过几条街后，便来到了城南的红绡馆。刚一进门，就看见假流沙大爷似的坐在大厅里,对着一大桌子美酒佳肴大快朵颐。看见他们三人进门,偃流沙擦了一把嘴上的油,对江流儿喜笑颜开道:"嗨!金砖,你醒了啊?看你这气色,好像恢复得不错啊。"

江流儿对他微笑着眨眨眼,偃流沙哈哈笑道:"哈哈哈,太好了!快来快来,酒菜我都点好了,就等你们了。"

天诛焱走到偃流沙面前:"大早上就吃那么多油腻的,也不怕撑着你。"

"哈哈哈,怕什么啊。"偃流沙说着给自己灌了一杯酒,一脸幸福地感叹道,"还是回家的感觉好啊!我说你们还愣着干嘛,快坐下来吃两杯酒啊。"

"就知道吃!"天诛焱白了他一眼,"等见过馆主以后再吃也不迟。"她话音未落,一个素衣侍女便款款走到他们面前开口道:"馆主出门远游了,临行时吩咐我通告诸位,还请耐心等待几日。"

"什么?馆主远游了?去哪儿远游了?什么时候回来?"偃流沙一股脑儿地问道。

"这个属下不知。"素衣侍女回道。

天诛焱略显疑虑地看了看侍女,然后说:"知道了。如果馆主回来了请马上通知我们,我们有急事禀报。"

"好的。"素衣侍女说完,见他们四人围坐在桌前用餐,便径直走上楼去,消失在了回廊的尽头。

素衣侍女四下张望了一番,小心地推门走进了馆主的房间,此时馆主的房间里,馆主正端坐在红绡帐里闭目养神,素衣侍女施礼禀报:"启禀馆主,如您所料,他们急着求见。"

"盯好他们,今日之内,万不可让任何人进入我的房间,包括你。"馆主缓缓地睁开眼睛,不紧不慢地说道。

"是!属下明白!"

"你先退下吧。"馆主说完,素衣侍女便悄然地退了下去。

房门在外面被关上以后,禅坐在云床上的馆主微闭起双眼,开始暗中发力,片刻之后,一个细小而又灵动的旋风围绕着馆主渐渐形成,馆主游刃有余地转动双手,控制着这团小小的旋风,当她渐渐加快速度的同时,在她的身后突然凭空出现一个幽暗的黑洞,那洞口虽然只在方寸之间,却显得波澜涌动,自有一番天地。这时,只见馆主四周的红绡帐微微地撩动了一下,再回头时,馆主和那个黑洞都已消失得不知所踪。须臾间,整个房间又笼罩在了一片寂静之中。

……

此时楼下的大厅里,酒足饭饱的偃流沙环视了一下四周,像是突然察觉出了什么异样:"哎,你们有没有发现,今天红绡馆怎么这样冷清啊?"

"是啊,我也正觉得奇怪呢。"飖说着端起酒杯闷了一口。

偃流沙起身在大厅中央大声喊:"喂!人都去哪儿了?还有人在吗?"

楼上回廊里的素衣侍女闻言急忙下来:"沙大爷,有什么事吗?"

偃流沙带着几分微醺说:"今天怎么回事?这偌大的红绡馆怎么就你一个人了?刚才小二还在,怎么一转眼的工夫也不见了?"

"诸位还不知道吧?今天街上有热闹看,他们都去看热闹了。"侍女含笑道。

"看热闹?看什么热闹?"偃流沙饶有兴致地笑着问道。

"清蝉姑娘自赎自身,馆里的姐妹帮她办了一个比武招亲大会,也好能让她得遇良人,共度一生。"

偃流沙闻言顿时大吃一惊,他一拍桌子,"噌"地一下站起来:"你说什么?清蝉比武招亲?在哪儿?"

"擂台就摆在东街路口。"素衣侍女看了看外面的天光,"现在恐怕都已经开始了。"

"哎呀!"偃流沙气急败坏地一拍脑门,"你你你,你怎么不早说!"他说着就火急火燎地跑了出去。

一听到清蝉比武招亲的消息，偃流沙显然阵脚大乱，而此时的飚却好像陷入了沉思，他隐隐地有一种不好的预感。

"你跟上老沙一块过去看看，我在这里照顾江流儿。"天诛焱仿佛察觉出了飚的担忧，对他说道。

飚和天诛焱相视一眼，有些心不在焉地问道："你们不要一起过去看看吗？"

天诛焱偷偷地看了一眼素衣侍女，又往楼上扫了一眼，然后对飚使了个眼神，说："江流儿身体还没有完全恢复，我们就不去凑热闹了。"

两个人快速地交换了一下眼神，飚对天诛焱点点头，然后转身朝门外走去。

当飚赶到东街路口的时候，发现这里早已被围得水泄不通，而偃流沙正怒气冲冲地拨开嘈杂的人群，朝前面擂台方向挤去。

前面的擂台上，正中央显眼的位置悬挂着一块写着"比武招亲"四个大字的牌匾。头上盖着红色薄纱的清蝉端坐在擂台后面观礼台的阁楼上，在她的两旁，或坐或立着红绡馆的众姐妹。

一通锣鼓过后，台下顿时安静了不少，这时，红绡馆一个执事的佳人走上擂台，朝下面喊话道："今日良辰吉日，红绡馆清蝉姑娘比武招亲。人不分老幼，地不分南北，只要是真英雄，真豪杰，敬请登台，今日比武胜出者，就是清蝉姑娘未来的夫婿。"

话音刚落，两名急不可耐的年轻后生便同时飞身跳到了擂台之上。

"在下幽都梁一刀！"手持长剑的后生抱拳自报家门道。

"天都城，铁拳金。"赤手空拳的青年还礼道。

挤在人群中的偃流沙抬头往擂台上看了一眼，然后一脸不屑地嘟囔道："就你们这小胳膊小腿的还打什么啊，也不嫌丢人现眼。"

　　说话间,擂台上的两人便战到了一处,梁一刀来势汹汹,快剑如风,每一剑都直冲铁拳金的要害而来,然而铁拳金总是能勉强地躲过攻击化险为夷。这时梁一刀舞动着手中的长剑,突然腾空而起,使出了一招"星罗棋布",一时间,剑阵如狂风骤雨般向铁拳金袭来,铁拳金一时低挡不住,踉跄后退几步,险些跌下擂台。

　　"好你个梁一刀,果然好剑法,来吃我一拳!"铁拳金大喝一声,冲将过去,两人战了十来个回合,梁一刀看上去已稳占上风,一副胜券在握的架势,于是他趁势长驱直入,执剑飞身挺进,眼看他就要刺中铁拳金胸膛的时候,没想到铁拳金迅速地一个侧滑,钻到了梁一刀的身下。他双手撑地,在梁一刀的身下飞速地使出了一招旋风连环腿……由于铁拳金始终都在使用他的拳法,所以梁一刀对他的下盘丝毫没有防备,这猝不及防的一下,让梁一刀根本没有反应过来,铁拳金势如破竹,一鼓作气将梁一刀踢飞到了擂台之下。

　　梁一刀口吐鲜血倒在地上,台下围观群众一片叫好,正在这时,一个武师打扮的中年人"嗖"的一声跳到了擂台上。

　　"这位……大叔,我看你年纪也不小了,就别在这里添乱了好不好,赶紧下去歇着吧。"铁拳金一脸讥讽地笑道,惹得台下一片哄笑。

　　"小子!少猖狂!看招!"武师说着拔出腰间的两柄短刃与铁拳金打斗了起来,然而,两人刚战了六七个回合,铁拳金的身上就已经被武师的短刃划出了两道血淋淋的伤口。

　　铁拳金自知不是敌手,再这样下去,不出几招自己非死即残,正当他准备求饶开溜的时候,突然一阵疾风掠过,吹开了观礼台上清蝉姑娘头上的薄纱,露出了她端庄清丽、倾国倾城的容颜,台下围观的群众一片惊呼,正在进攻的武师也当场看傻了,两眼放光地愣在原地。铁拳金见状,趁其不备,又是一招旋风连环腿,将武师踢飞到了擂台之下。

　　然而这次,台下并没有太多的叫好声,几乎所有人都在仰慕清蝉的芳容,包括已经挤到擂台前端的飔。就在清蝉在人群中看见飔的时候,一个十来岁模样的小男孩突然拽了拽飔的衣袖,然后将一条素色的手帕塞到他的手里,还不等飔问明情况,小男孩便像一条小泥鳅一样钻出了人群。

飔有些疑惑地打开绣帕,看见里面包裹着一枚白玉扳指,而那条素色的绣帕上,还有一行娟秀的字迹……

飔快速看完,不觉间双眉紧蹙。

(2)

红绡馆里。

江流儿坐在客房的罗汉椅上,看向对面的天诛焱:"三火姐姐,老沙哥哥是不是特别喜欢那位清蝉姑娘?"

"小孩子家,问这些干吗?"

"飔哥哥是不是也喜欢那位清蝉姑娘?"

天诛焱瞪了江流儿一眼:"你一个小和尚瞎操心这些干什么!"

江流儿调皮地一笑:"我就是好奇,随便问问嘛。"

"我看你就是太闲了!"天诛焱顿了一下,接着说,"你的空气盾时灵时不灵的,有这工夫,还不好好练习练习。"

"怎么练习啊?"江流儿挠着头问道。

"先感应你自己体内的魂,然后试着去控制它,让它和气融汇,你知道你为什么能发出空气盾吗?就是因为你的魂和气融汇了。"

"哦,原来是这样,我还以为只要控制好魂就可以发出空气盾。"

"控制好魂只是第一步,如果不与气融合,是不会产生这种反应的,其实对于一些异人来说,气才是最可怕的武器,它是可以以各种元素形式呈现出来的,而你的空气盾,只是其中的一种元素而已。"

"哦,原来是这样啊,这么说,我之前能发挥出空气盾,完全是魂和气误打误撞融汇在一起后产生的?"

"你以为呢! 所以你还不抓紧时间练习,如果你能做到随时将魂与气融合,那么你就能随时发挥出空气盾。"

"嗯。"江流儿点点头,盘腿禅坐在了罗汉椅上。他努力地集中精神,感应着体内的魂与气。

"不要紧张,放轻松,只要你能感应到魂,让它与气融合就会简单多了,气简单地说就是你的呼吸,人昼夜呼吸一万三千五百息,所以气的重要性不言而喻,它其实就是人身体里的元,是与魂一脉相承的……"天诛焱说着,发现江流儿周身的空气盾便已经形成了。

"天赋不错嘛!"天诛焱会心地笑了。

江流儿从椅子上下来,有些得意地说:"原来这么简单啊。"

"别得意!"天诛焱说着幻化出金箍棒,"让我来试试你的空气盾的防御能力。"话音刚落,她便举棒朝江流儿打去,江流儿双手一撑,勉强抵挡住了。

"还不错嘛!"天诛焱说着手上加了几分力道,然后再次打向江流儿,由于这次力度过大,江流儿一个踉跄后退三步,"三火姐姐,你来真的啊,出手这么重!"

天诛焱并不理会他,一连又挥出了几棒,江流儿被打得双手直颤,连连叫疼,然而天诛焱并没有停下来的意思,她一边继续举棒打向江流儿,一边说:"取丹之路必定危机重重,我们也不能时刻保证你的安全,必要的时候你还是得靠自己!"

"你找死啊! 为什么不防备了?"这时天诛焱看着愣在当场的江流儿,急忙悬崖勒马,她手中重重砸出的金箍棒离江流儿的脑袋只有一丝的距离。

"我……我好像感应出附近有一股强大的气流。"江流儿不太确定地说道。

"什么?"天诛焱吃惊地看着江流儿。

"好像,好像是……一股巨大的旋风,刚才我控制魂的时候突然感应到了。"

"在哪儿?"天诛焱急忙问道。

"外面。"江流儿定了定神,"应该就在楼上走廊尽头的位置。"

"那是馆主的房间。"天诛焱说完,眼神中带着几分疑虑,也带着几分肯定,她不禁在心里想,现在看来,之前的一些怀疑并不是多余的。

"不会是馆主回来了吧? 我感觉到那股气流像是停止在了那里。"江流儿说道。

"走! 我们过去看看。"天诛焱说着转身走出了房间,江流儿紧随其后,跟了出来。

两个人穿过回廊,来到馆主房间的门外,这时一直把守在门口的素衣侍女挡住他们道:"你们有什么事吗?"

"馆主是不是就在里面?"天诛焱开门见山道。

"馆主去远游了。"素衣侍女坚定地回道。

天诛焱不客气地说:"别拿这一套糊弄我! 你给我让开!"她说着就要强行进入,侍女不依不饶地挡在她面前,同样不客气道:"天诛焱! 你是想要硬闯吗?"

两人顿时一副剑拔弩张想要打起来的架势,这时江流儿急忙对素衣侍女说:"姐姐,是这样的,刚才我感应出馆主房间有异样,我们是怕如果馆主在里面出什么事。"

"笑话! 馆主会出什么事! 告诉过你们了,馆主不在,她去远游了!"素衣侍女话音刚落,便软绵绵地倒在了地上。

"我给过你机会了!"天诛焱看着地上的素衣女子道。

"三火姐姐,你是怎么把她弄晕的?"根本没有看见天诛焱出手的江流儿无比惊讶道。其实他并不知道天诛焱确实出手了,只是这样近的距离,她的出手速度,是没有几个人可以看见的,所以在江流儿看来,天诛焱只是站在素衣侍女的对面什么都没有做,素衣女子就晕倒在地了。

天诛焱并没有理会江流儿,急忙推门走进馆主的房间,江流儿怔了一下,也急忙跟了进来。

两个人进入房间后,发现四下无人,周遭的气氛静得有些可怕。

往前走了两步,江流儿小声地问天诛焱:"三火姐姐,你感觉到了吗?"

天诛焱点点头:"这里确实有大量的气刚刚消散的迹象。"

"嗯,这种感觉就像是……就像是……"江流儿一时间不知道该怎样形容这种奇怪的感觉。

"就像是,在旋涡的中心一样。"

"对对对。"江流儿连连点头道。然而此时,天诛焱脑海里回想起来的是江流儿第一次住进红绡馆的那个夜晚,她当时奋不顾身营救江流儿的场面仍历历在目,感觉就像是发生在昨天一样。奇怪的是,此时此刻,她又有了几乎完全相同的感觉。

等天诛焱回过神来,发现江流儿不知什么时候已经禅坐在了地上。

天诛焱忙问道:"你在干什么?"

"我想试试用我的魂感知一下这种气的能量。"江流儿说着暗中发力。

这时天诛焱发现纱幔开始微微地晃动了起来,而周围的空气也如同涟漪般一圈圈地扩散开来,她反应过来,急忙大喊着阻止江流儿:"快停下来!"

然而,此时的江流儿发现自己的身体好像已经完全不受控制了一样,与此同时,一个强有力的旋风瞬间形成。

来不及作出任何反应,江流儿和天诛焱就被这股奇异的旋风裹挟了起来,刹那间,他们同时发现周围的景物开始以肉眼无法看清的速度旋转了起来……

当他们再次看清楚四周的环境时,发现这里已经完全变了模样。

"这是什么地方?"江流儿惊讶地问道。

天诛焱摇了摇头,一副心事重重的样子。

江流儿闭上眼睛,努力用体内的魂感应着周围的一切:"三火姐姐,这里……好像是一个由气建立的空间,这个空间里的所有东西好像都附着同一个魂,我看不到边际……"

天诛焱大为吃惊道:"由气建立的空间?难道这真的是'一瞬'?没想到馆主居然也可以制造出'一瞬'空间。"天诛焱一直知道馆主高深莫测,可是没想到她居然这样神通广大。

"三火姐姐,我一直想问你,到底什么是'一瞬'啊?"

天诛焱定了定神,说:"相传,最强大的异人能以自己的魂塑造气,从而形成独立的空间,在这个空间里,时间和空间是相对静止的,也就是传说中的天上一天,地上一年。你之前是因为盘古之心的能量误入到了'一瞬',可是这次……应该是馆主制造出来的'一瞬'空间。"天诛焱说着显得焦急了起来,"一定是你刚才用魂去控制气的时候,让我们误入到了别人的'一瞬'里,我们必须赶紧出去!"

江流儿还从未见过天诛焱如此慌张,于是问道:"如果不出去会怎样呢?"

"会永远迷失在这'一瞬'里,即使外面过去几十年、几百年,都不会和我们有任何关系,对于外界来说,我们相当于是不存在的。"

"啊?这么严重啊!"江流儿顿时也惊呆了,"可是,我们怎么才能出来呢?"

天诛焱环顾了一下四周,然后闭上眼睛思索了片刻,说:"我明白了,这里看上去一片宽广,好像哪里都是方向,其实并不是,这里只有一条路……"她说着坚定地迈开脚步朝前走去。

"可是你怎么能确定就是那边呢?"江流儿急忙跟上。

"你看,那边是不是有一座木桥?那座木桥应该就能通往出口方向。"

"你确定?"江流儿有些心里没底地看着天诛焱。

"哪儿来这么多废话!快走!"

## (3)

"不行了三火姐姐,我快累死了!走不动了!"江流儿说着停下来喘着粗气,"我从来就没有见过这么长的桥,咱们走了快半个时辰了吧,怎么还不到头啊?这座桥到底有没有尽头啊?"

天诛焱这时也停了下来,她看着满头大汗的江流儿,忙问道:"你怎么这样热?"

"我也不知道,突然间就觉得炙热难当。"江流儿说着擦了一把额头上的汗水。

"你没事吧?"天诛焱很是担心地看着他。

"应该没事,可能是身体还没有完全恢复,再加上刚才又走得着急了吧。"江流儿不想让她担心,故作出一副并无大碍的样子说道。

"你先坐下来休息一下。"天诛焱扶着他席地而坐。其实她怎能看不出来,江流儿之所以这么燥热,是因为有心火,而这始作俑者,正是他体内的盘古之心。

江流儿休息了片刻,然后撑起身道:"走吧三火姐姐,我们还是快点走出这种地方吧。"

"要不然我背着你吧?"其实天诛焱很想让江流儿多休息一会儿,可是她心里又明确地知道,他们必须尽快走出这里。

"不用了,你也挺累了。"江流儿懂事地说着,迈开脚步朝前走去。

天诛焱犹豫了一下,问道:"你说,馆主是异人吗?"

江流儿显然没有想到天诛焱会问出这样的问题,他愣了一下,反问道："你和馆主不是挺熟的嘛，难道你不知道她是不是异人？"

天诛焱苦笑了一下："馆主一向高深莫测，她的事情我们从来不去打听，当然，也不可能打听得出来。"

江流儿"哦"了一声，想了想，说："一般的异人，只要离我不是太远，我都能感应到他们的魂，但是馆主，我还真没有注意她到底有没有魂。"

天诛焱几乎脱口而出道："如果她不是一般的异人呢？"她说完，看到江流儿有些害怕的样子，忙转移话题道，"我也就是随口一说，你别害怕。对了，我一直想问你，你年纪这么小，为什么要当和尚啊？"

"师父说，我是小时候躺在一只木盆里顺水漂到金山寺的，所以我还没有记事的时候就是和尚了。"

"那时候你多大？"天诛焱饶有兴致地问道。

"可能几个月吧，我以前也问过师父，他也不是太确定。"

"那么小就被抛弃了？你的父母可真够狠心的。"

江流儿神情黯淡了一下，随后释然道："我想，他们肯定是有苦衷的吧，谁愿意平白无故抛弃自己的孩子啊。"

"你能这样想就好。"天诛焱宽慰地笑了。

说话间，四周突然大雾弥漫，江流儿惊慌道："三火姐姐，怎么突然起雾了？"

天诛焱迅速地环顾了一下四周，说道："不是突然起雾了，是这些浓雾本来就一直存在于此，只是我们没有进入的时候不会发现而已。如果没错的话，前面应该就是尽头了，我们快走。"

"好！"江流儿说着和天诛焱快步朝前走去，就在这时，突然一股旋风平地而起，如同刚才一样，这股奇异的旋风瞬间将他们裹挟起来，刹那间，他们又同时发现周围的景物开始以肉眼无法看清的速度旋转了起来……

与此同时，天都城东街的擂台上，挑战者们早已轮番换过了十几拨，一位风度翩翩、手持折扇的白衣公子已经连续打败了五六位高手,一时间竟没有人再敢贸然上台挑战。

偃流沙知道时机已到,准备飞身上台,这时飀突然在后面抓住了他的肩膀,偃流沙回过头来看见飀:"哎? 你什么时候来的?"

"我一直都在啊,只是你没有工夫注意我罢了。"

偃流沙像是猛然意识到了什么:"二哥,你,你不会也想上去挑战吧?"见飀不说话,偃流沙气愤地嚷道,"哼! 我就知道,你就是对清蝉有意思! 你这个人怎么就不说实话呢? 如果你要真对清蝉有意思,那……那咱们就擂台之上见!"他说着又要准备上台,飀再次按住他,"你我都不要上去。"

偃流沙气鼓鼓地说:"为什么? 凭什么我不能上去? 难道就这样眼睁睁看着清蝉姑娘嫁给别人? 这样还算是个男人吗?"

"我不让你上去是为了你好!"

"说来这一套! 你要是真为我好就不会拦着我了!"

飀刚想再说什么,这时擂台上的白衣公子迟迟不见挑战者上台,于是略显得意地摇着折扇道:"如此看来,清蝉姑娘的良人非小生莫属了。"

偃流沙闻言怒道:"你看这小白脸拽的! 俺老沙非得让他知道知道什么叫井底之蛙,哼! 癞蛤蟆想吃天鹅肉!"他说着一把甩开飀,飀想拉住他,谁知偃流沙纵身一跃已经跳到了台上,飀看着自己手中无意间扯下的偃流沙的腰带,好不无奈。

偃流沙飞身跳上擂台的同时,台下发出了一片哄笑,这时白衣公子从上到下将偃流沙打量了一番,然后忍不住笑道:"这位壮士,你如此衣衫不整,岂不有碍观瞻? 我看你还是先回去换身合适的衣服再来挑战吧,免得让大家说我欺负你。"

白衣公子说完,台下顿时爆发出了更大的哄笑声,偃流沙急忙低头一看,这才发现自己的裤子不知道什么时候掉了下来,他无比尴尬地提上裤子,怒瞪着白衣公子:"哼!就你!我一只手就能打得你屁滚尿流!"他说着一手提着裤子,一手握紧拳头朝白衣公子冲去。

白衣公子迅敏地侧了个身避开偃流沙的进攻,同时攻防转换,对着偃流沙的腰部重重地打出了几拳,然而,令他大跌眼镜的是,偃流沙的身体竟犹如铜墙铁壁一般坚硬。

白衣公子双手吃疼,一脸惊愕地仰头看着偃流沙。

这时偃流沙将身一扭,一把抓住他的衣领将他举过了头顶……台下顿时发出一阵惊呼。

偃流沙像是练杂耍一样将白衣公子在空中转来抛去,台下的叫好声络绎不绝,自知与偃流沙有天壤之别的白衣公子早已被折腾得晕头转向、无计可施,偃流沙突然大喝一声,在将白衣公子甩出去的同时,顺手抽下了他的腰带系在了自己身上。

这时,人群中一个头戴斗篷的身影看着擂台上的偃流沙邪笑了一下,然后摸了摸自己手上那枚带有短刺的戒指,往擂台前挤去。

"还有没有上来挑战的了?有没有?"偃流沙朝擂台下大声喊着。

等了片刻,见没有人回应,偃流沙眉开眼笑道:"如果没有,那清蝉姑娘的夫婿就是我了!"他说着一脸春风得意地朝观礼台上的清蝉看去,而此时的清蝉却一脸凝重。

正在这时,一道黑影突然飞速而来,一脚将偃流沙踢到了台下。

台下顿时发出更大的惊呼声,反应过来的围观群众纷纷感叹道:"好手段!真是强中自有强中手啊!想要成为清蝉姑娘的夫婿哪有这么容易。"

偃流沙跌落到台下时,砸到了几个来不及躲避的围观群众,一时间场面混乱了起来,此时刚才那个头戴斗篷的身影趁乱用戒指在偃流沙的手臂上扎了一下,偃流沙猛然感到手臂疼了一下,但是慌乱之中他也没有太过在意。

偃流沙重新跳到台上,怒不可遏地看着飓道:"好!好!既然你这样,那就别废话了!来吧!"他说着大喝一声冲向飓。

两个人顿时拳来脚往,打得好不激烈,就这样打了十余个回合之后,飓突然一把抓住偃流沙的胳膊,压着声音道:"你快假装不敌退下,回去我告诉你原因。"

"你可真逗!为什么不是你假装不敌!你分明就是惦记着想娶清蝉吧!"偃流沙一把甩开飓,同时向他发起更加强劲的攻势。

飓一面抵挡一面说:"老沙!你没有看出来这里面有问题吗!你要相信我!我和你同时退下,这样总行了吧!"

"少废话!我看有问题的是你才对吧!"偃流沙说着朝飓挥拳打去,然而就在这时,他猛然感觉到自己的脑袋有些发懵,同时伴随着一阵阵的耳鸣。他使劲甩了甩头,似乎想把这种不合时宜的糟糕感甩掉,但是他发现越是这样越是适得其反,突然间,他的情绪像是不受控制一样爆发了,他的头发披散开来,脸上一片赤红,就连双眼也变得通红恐怖起来。

浑身青筋直冒的偃流沙感觉自己的身体像是快要爆裂了一样,他万分痛苦地仰起头对着天空声嘶力竭地怒吼一声,一股强大的声波震得台下一片惊恐。

飓见状紧忙上前喊道:"老沙!你疯了!快解除噬魂!"

然而偃流沙像是已经完全不受控制了一样,他身体用力一震,幻化出月牙铲,然后毫无章法地朝飓抢去。情急之下,飓本能地幻化出来钢爪抵挡,但由于偃流沙已经进入癫狂状态,飓险些被他伤到。

场面顿时一片大乱,台下的围观群众一边逃命一边惊呼道:"快跑啊!他们是异人!快跑啊!"

# (4)

偎流沙发了疯一样对飚发起进攻，飚一边全力抵挡，一边留心注意着周围的环境。此时观礼台上，只剩下清蝉站在那里惊诧而又担忧地看着他们二人。

"老沙！你到底怎么回事？快住手！我们必须马上离开这里！"飚举起钢爪挑开偎流沙的月牙铲大喊道。

偎流沙像是完全没有听见，举铲朝飚的头部挥去……一时间两人招招凛冽，均是险象环生。

早已焦急万分的清蝉正准备冲上擂台阻止他们，这时一个捕快打扮的中年男子突然挡在了她的面前。

"清蝉姑娘，你这是打算去哪儿啊？"

清蝉顿时有些慌神了："李捕头？你……你怎么来了？"

李捕头老奸巨猾地一笑："实话跟你说吧，我们早就怀疑他们是异人了，今日一看果然如此。"他说着看向擂台上恶斗的两人，"他中的是'噬魂散'，能让异人狂性大发，失去理智。"

"没想到你们居然这么卑鄙！"

"卑鄙？清蝉姑娘，他们可都是异人啊！我们这是在为民除害！"

"为民除害？他们伤害过百姓吗？他们才是为民除害，惩治那些坏人的大英雄！"清蝉义愤填膺道。

李捕头厚颜无耻地笑道："我知道你和他们私交不错，尤其是那个飚，所以我们才会利用你来引出他们！多谢你啊，清蝉姑娘。"

"无耻小人！我早就猜到你们图谋不轨！"清蝉说着就要和李捕头动手，可是她突然发现自己提不起一点力气。

李捕头冷笑了一声："哈哈，没想到吧，你已经中了我们的软金化骨散。"

清蝉看了一眼旁边茶几的茶杯，咬牙怒视着李捕头。

这时，一个头戴斗篷的青年走到李捕头跟前低声道："李大人，我们的人都已经准备好了。"

李捕头四处张望了一下，看见士兵们已经将整个擂台团团围住，而临街的各处楼上，弓弩手也都已经全部就位了。

"很好。"李捕头笑道，"今天一定要让他们有去无回！"

"是！李大人，现在要动手吗？"

"不急。"李捕头摇了摇手，奸笑道，"再等等，等他们两败俱伤以后，我们再一鼓作气将他们一网打尽！"

擂台上的飓早已清楚了他们现在的处境，然而，此时的偃流沙还在癫狂地与他打斗，他心头一急，不免有些分心，稍不留神间，已经被偃流沙挥出的月牙铲划伤了胳膊，鲜血很快从他的胳膊上流了下来。

清蝉看到飓受伤，在观礼台上焦急地朝他大喊道："飓公子，你们快走！这是阴谋！"她说着便要跑向擂台。

李捕头再次挡在她的面前："捉拿异人乃是朝廷的法律，清蝉姑娘若是不配合，可别怪我李某人不客气了！"

清蝉一把将李捕头推开，边朝擂台跑去边大喊道："飓公子！偃流沙中的是'噬魂散'的毒……"话音未落，李捕头突然一刀刺进了她的后心，清蝉惨叫一声，被李捕头一脚踢下了观礼台。

飓听见清蝉的呼叫，转头看见清蝉被踢下观礼台，火速飞身上去，拦腰抱住了跌落下来的清蝉。

这时偃流沙飞身跳上了观礼台，早就神志不清的他根本已经分不清谁是谁了，他挥舞着月牙铲便朝李捕头打去，李捕头边狼狈地躲闪着边大叫道："你们都愣着干嘛！还不快来保护我！"

偃流沙和李捕头纠缠在一处，下面的士兵们一窝蜂地朝观礼台这边围拢了过来，而四周楼上的弓弩手们怕误伤了李捕头，一时间都不敢胡乱放箭。

观礼台下。

身负重伤的清蝉看着将自己抱在怀中的飓，缓缓开口道："飓公子……请原谅我一时任性，向你提出这样的要求。"

"当初你救过老沙的性命，所以我将那枚白玉扳指送给你，并允诺，但有所求，我定全力以赴，绝不食言。"

"我知道，在你心里，我远不及沙公子的分量。"清蝉缓缓地低下头，"从今往后，我也不会再妄想能与公子长相厮守，你也不用为难了……"

"我不为难，清蝉，你坚持住！等你伤好了，我就娶你为妻。"

清蝉幸福地笑了，她深情地看着眼前的飓，慢慢地伸手抚摸着他的脸庞："就算你是骗我，我也知足了……"她说完，突然剧烈地咳了一声，然后口吐鲜血倒在了飓的怀里。

"清蝉！清蝉……"飓呼唤着怀中纹丝不动的清蝉，悲痛欲绝。

一声撕心裂肺、声嘶力竭的怒吼久久地回荡在空中，那吼声里充满了悔恨、绝望和杀气，让人不寒而栗。

观礼台上，偃流沙所向披靡，他狂暴地挥舞着月牙铲，如砍瓜切菜一样，将那些士兵们打得落花流水。

李捕头见势不妙，趁机要溜，没想到飓突然挡在了他的面前。

飓双眼通红地怒瞪着李捕头："我总以为，异人和常人同属一宗，总有一天我们能够找到一种和谐的共存之法，没想到，你们非要赶尽杀绝！"

李捕头一脸恐惧地看着飓，颤颤巍巍地举起手中的钢刀："你们异人只是没有人性的猛兽！还谈什么道理！"他说着准备拼死一战，举刀朝飓劈砍过来。

飓一声暴怒的嘶吼，瞬间变得通体赤红，李捕头见状，顿时吓得魂不附体。

"弓弩手何在？你们还在等什么？"李捕头慌乱地大喊道。

顷刻间，数以百计的强弩直冲飚飞来，飚扎稳马步，浑身一震，那些强弩在飞驰而来的过程中纷纷被震碎。

李捕头难以置信，错愕当场。然而，更让他不可思议的是，他发现自己手中的钢刀此刻正在慢慢调动方向，对准了自己。

李捕头努力地阻止，可是，他绝望地发现自己已经完全不受控制了，他就这样眼睁睁地看着手中的钢刀插入了自己的身体……

"啊！"李捕头惨叫一声，跌落下观礼台，倒地身亡。

剩下的那些残兵败将们早已不敢上前，此时他们见李捕头已死，慌忙丢盔弃甲、四散逃走。就在这时，早已精疲力尽的偃流沙眼神突然黯淡了下来，然后重重地摔倒在地上……

## （5）

江流儿再次睁开眼睛，发现自己已经回到了馆主的房间，而天诛焱则昏倒在他的身旁。

"三火姐姐，你怎么了？你快醒醒啊，我们回来了。"江流儿摇晃着天诛焱喊道。

然而天诛焱没有任何反应。

正当江流儿不知如何是好之际，一道纯正的白光飘然而至，他急忙回过头来，看见了慈眉善目的馆主。

"你现在安全了。"馆主走过来对江流儿道。

"那三火姐姐呢？"江流儿无比担心道，"馆主，三火姐姐不会有事吧？"

"她并无大碍，过两天就会醒的。"

"啊？还要过两天啊？"

"你若不是因为有盘古之心护体,恐怕昏迷的时间会更久。"

江流儿目不转睛地看着馆主,他似乎有很多问题想问,可是话到嘴边,还是咽了回去。

馆主故意避开他的目光,转过身去推开了窗户。窗外,一轮硕大的明月悬挂于江天之上,江流儿望着窗外高悬的明月,忽然有一种恍如隔世般的错觉,他觉得刚才在那个"一瞬"里不过也就耽误了一个时辰而已,可是转眼间,这里已是夜深人静。

与此同时,千里之外的白骨洞里,白骨姬正在洞中的一束月光下闭目打坐。这时,有两个身影忽然出现在洞口,紧接着,一道幽光伴随着一股强劲的气浪从紫金葫芦里射了出来……

白骨姬急忙一个鹞子翻身,灵巧地躲过攻击。

"哈哈哈哈……"一阵爽朗的笑声过后,两个身影朝白骨姬走来。

白骨姬看清来人,放松警戒起身道:"原来是金角、银角,不知二位前来有何贵干?"

金角收起手中的紫金葫芦,然后从怀里摸拿出一块令牌举向白骨姬,白骨姬见到令牌,急忙单膝跪地:"不知主上有何吩咐?"

"主上想让你死!"一旁的银角说着,幻化出他那对八棱乌金锤。

白骨姬愣了一下,然后起身看向二人:"哼!你们竟敢假传主上的旨意!"

"我们有这个胆量吗?"金角直直地看着白骨姬的眼睛。

白骨姬有些慌神了,她不由地后退一步:"为什么?主上为什么要这样对我?"

"为什么?你把事情办成这样,还有脸问为什么?"金角冷笑道。

"我为主上出生入死,即便没有功劳也有苦劳吧,更何况,主上吩咐我的任务,我正在全力以赴地完成。"

"别废话了白骨姬,伴君如伴虎,你就认命吧。"金角看了一眼白骨姬,"看在我们昔日曾并肩作战的分上,是你自行了断呢,还是我们帮你呢?"

白骨姬暗暗运力,瞬间幻化出无数骨刀,那些骨刀迅猛地朝金角、银角飞去。就在两人躲闪抵挡的同时,白骨姬趁机逃走。

"哼,我看你能逃到哪里去!"金角冷笑了一声,然后和银角同时飞身追了出去。

山洞外面,两个人很快就堵住了白骨姬的去路。白骨姬不得已硬着头皮与二人交战,然而二十多个回合之后,白骨姬便开始低挡不住,混乱中,银角一锤砸中了她的肩部……那乌金锤锋利的棱角瞬间在白骨姬的锁骨处砸出了一道深深的伤口。

白骨姬捂着鲜血直流的痛处,急忙使出分身术,一时间,无数个白骨姬出现在了金角和银角的面前。

"哼! 这么快就亮出老本儿了,看来你这几年也没有长进多少啊!"金角说着拿出紫金葫芦,一道幽光扫过,三四个白骨姬的化身应声倒地,化成了一堆堆的白骨。

银角也挥舞着手中八棱锤,砸倒了两个白骨姬的化身。

这时,其余的十余个白骨姬的化身一拥而上,围住了金角和银角,而白骨姬趁乱化作一道白影飞驰而去。

红绡馆的客房里,天诛焱猛然惊醒过来。

一直在她旁边照看的江流儿见状急忙道:"三火姐姐,你醒了啊?"

天诛焱环视了一下四周,问道:"我们是怎么回来的?"

"是馆主救我们回来的。"

"馆主?"

江流儿点点头,说:"三火姐姐,你知道吗?你已经昏迷两天了。"

"什么?"天诛焱一脸不相信的模样,"我是怎么昏迷的?"

江流儿抿着嘴摇了摇头。天诛焱看了他一眼,默默地起身走向门外。

"三火姐姐,你要去哪儿?"

"我去弄清楚这到底是怎么回事!你别跟过来,老实在这儿待着!"天诛焱凶巴巴地说完,头也不回地走出了房间。


天诛焱径直走到馆主的房间,然后直接推门走了进去。

此时,馆主正坐在窗前的一棵樱花树下抚琴,天诛焱推门进来,馆主全当没有看见。

"那个'一瞬'是不是你的?"天诛焱走上前开门见山。

馆主并不回答,继续拨动着琴弦。

"从古至今,能拥有此等功力的人不超过三个,既然你有这种实力,取出盘古之心自然易如反掌,又何必让我们跑来跑去的?你究竟是什么意思?"

"有些事情,该你知道的时候,你自然就会知道。"馆主停下手道。

"以往你说什么我都会听命,可是这次,生命攸关,你必须说清楚!"天诛焱不卑不亢道。

"你先退下吧。"

然而,天诛焱并没有退下,她看着馆主,略微思索了一下,然后突然幻化出金箍棒朝她打去……就在她飞身跃起的同时,馆主轻轻地拨动了一下琴弦,瞬间,无数的花瓣朝天诛焱飞去,天诛焱来不及作出任何反应,便捂着胸口倒在了地上。

"你我之间，本不该兵刃相见，你只需知道，我绝无害你之心即可。"馆主看着地上的天诛焱，不紧不慢地说道。

天诛焱站起身来："你既然如此厉害，还需要我们干什么？想必这么多年，你也就是把我们当做棋子罢了。既然这样，今日大家就好聚好散！"

天诛焱说完愤然离开，馆主好像也并没有挽留的意思，继续伸出手来轻抚琴弦。

# 第七章

## (1)

天诛焱一脸不快地走进客房，然后二话不说就开始收拾行李。

"三火姐姐，你这是干吗？"江流儿有些诧异地走上前来问道。

"离开这里！离开天都城！"

"啊？为什么啊？可是馆主她……"

江流儿还没说完，天诛焱就转过头来直直地看着他的眼睛："你是跟我走，还是留在这里？"

江流儿愣了一下，说："跟你走！"

"那就去收拾东西，我们立刻就走！"天诛焱不容商量地说完，拿起了打包好的行李。

"哦。"江流儿觉得自己有些懵了，"可是三火姐姐，我没有行李啊。"

"那咱们现在就走。"她说着拉起江流儿，大步地往外走去。

直到两个人走出红绡馆，江流儿才敢弱弱地问一句："三火姐姐，咱们这是要上哪儿去啊？"

"先找到飚和老沙再说。"

"可是，上哪儿找他们呢？我已经两天没有见到他们了，听说……现在城里所有的官兵们正在搜捕他们。"

"什么？"

"你昏迷这两天发生了很多事，那个清蝉姑娘死了……"

"清蝉死了？"天诛焱难以置信道，"她是怎么死的？"

江流儿不说话了,天诛焱气愤道:"馆主不是料事如神吗? 她就在天都城,为何不出手相救? 这个时候她干吗去了?"

"听说……清蝉姑娘是老沙哥哥杀死的。"

"不可能! 这绝对不可能!"天诛焱顿了一下,"这里面肯定有什么阴谋。"

"我也是这样想的,听说飑哥哥和老沙哥哥在比武招亲大会上暴露了异人的身份,并且,老沙哥哥还失控进入了噬魂状态,一口气杀了很多人,据说现在整个天都城人人自危。"

天诛焱突然沉默了,过了片刻,她才缓过神来道:"那他们现在一定在黑市。"

"黑市? 那是什么地方?"

"到了你就知道了。"天诛焱说着朝前走去,江流儿急忙加快脚步跟上她。

等他们两人走远以后,白骨姬突然从一堵矮墙后面现身,她看着他们远去的背影,露出了一丝狡猾的笑容。

……

天诛焱和江流儿走出天都城,然后七拐八拐地又沿着一条荒凉的小路走了大半日,眼前便出现了一座如同废墟的城池。

"这里就是黑市啊? 好像没什么人啊。"

"这只是黑市的入口。"天诛焱话音刚落,便远远地看见一个熟悉的身影朝他们这边走来。

"那不是飑哥哥吗。飑哥哥,我们在这儿。"同样看见飑的江流儿激动地朝他挥手喊道。

三个人会合以后,天诛焱看着一脸愁眉不展的飑问道:"怎么就你一个人? 老沙呢?"

飑有些无奈地摇了摇头。

天诛焱显然没有明白他的意思，继续问道："怎么了？"

"清蝉死后，他便整日消沉，不是酗酒就是赌钱，我现在也不知道他具体在哪里。"

"走，我们这就去找他。"天诛焱说道。

"这里到处都是酒馆、赌坊，我们从何找起啊？"飔看了看天诛焱。

"我试着感应一下老沙哥哥的魂，看能不能找到他。"江流儿说着闭上眼前，暗暗发功，过了好一会儿，他有些惊恐地睁开眼睛，"这里有好多异人啊！"

"当然！这里是黑市，鱼龙混杂，大部分都是异人。"飔说道。

"这样啊。"江流儿撇了撇嘴说，"我说我怎么不能确定老沙哥哥的魂。"

"算了，我们别浪费时间了，还是一家家地找吧。"天诛焱说着朝前走去。

黑市某处的一间赌坊里，醉醺醺的偃流沙正在跟一群赌徒玩骰子，就在他大杀四方的时候，一个女子的声音突然从后面传来："沙公子……"

偃流沙回过头来，顿时双眼发直："清蝉……"

"喂！沙大爷，你的银子还要不要了？"庄家冲着偃流沙喊道。

偃流沙头也不回地把手上的几锭银子一并往后扔去："赏你们了。"

赌徒们一拥而上，哄抢了起来，很快一拨人为此大打出手，一时间场面混乱了起来，然而偃流沙像是没有看见一样，此时他的眼里只剩下了清蝉，他梦游般地走过来拉住她的手："清蝉，我不是在做梦吧？"

清蝉嫣然一笑："你说呢？"她说着挽住了偃流沙的胳膊。

偃流沙真切地感受到了她的温度，瞬间热泪盈眶。

在身后混乱的打斗声中，两个人挽着手朝外走去……


一个时辰后，天诛焱推开了这家赌坊的大门。

脸上挂彩的小二急忙上来迎接："几位爷,有日子没来了,想玩点什么啊?"

"我们来找偃流沙。"天诛焱直截了当地说道。

"哦,您找沙大爷啊,沙大爷刚才和一个姑娘走了。"

"姑娘? 什么姑娘?"

"挺漂亮的一个姑娘,我听沙大爷好像叫她……什么蝉……"

"清蝉?"飑问道。

"对对对,好像就叫清蝉。"小二回道。

飑和天诛焱相视一眼："看来事情没有这么简单。"

天诛焱点点头,然后问小二道："什么时候的事?"

"大概有一个时辰了吧。"

"你可知道他们朝哪儿去了?"飑问道。

"这个小的就不清楚了,当时场面太混乱了,小的没有留意。"

"你说场面太混乱了,是什么意思?"飑不太明白地看向小二。

"嘿! 别提了,还不都是银子给闹的,沙大爷走的时候,把赢的银子全部赏给我们了,可是大家抢银子的时候就打起来了,哎呀,你们是没看见,当时那场面,那家伙,真是……"小二正说得起兴,突然发现他们三个人已经走到了门口,于是他快快地撇了撇嘴,继续忙活去了。

三个人走到外边,江流儿问道："现在咱们该上哪儿找老沙哥哥?"

天诛焱像是自言自语道："一个时辰,老沙应该不会走得太远……"她说着看向江流儿,"你可以再试试看能不能感应到他的魂。"

"好。"江流儿说着闭上眼睛,集中精力……过了一会儿,他皱起眉头道："我好像感应到老沙哥哥的魂了,不过……"

"不过什么? 你快说啊!"天诛焱催促道。

"我好像还感应到另一个魂,和老沙哥哥离得很近。"

天诛焱闻言和飑对视一眼："会不会是白骨姬?"

飓摇了摇头："我想应该不会是她吧,她怎么会知道我们在这里?"

"即便不是白骨姬,也一定是莲刹的人,她可以易容成清蝉的模样,一定是有备而来,看来老沙现在的处境很危险。"天诛焱说着转头问江流儿道,"你能感应出他们的方位吗?"

江流儿再次闭上眼睛："他们离得太远了,我不是太确定……好像,是在一片树林还是竹林……"

"竹海!"天诛焱和飓异口同声道。

### (2)

一望无边的竹林里,一阵阵山风吹过,竹叶发出"沙沙"的声响,阳光透过枝叶的缝隙洒落下来,如同一束束光柱射入深邃的大海。

偃流沙缓缓地抬起眼皮,发现自己被捆绑了起来,他顿时酒醒了大半,使劲地挣扎了起来。就在这时,他突然发现旁边一双眼睛正目不斜视地看着自己,他猛然回头,一脸惊愕地看见了正在冲他冷笑的白骨姬。

"白骨姬! 怎么是你啊? 你你你……你想干什么? 快放开我。"偃流沙大喊道。

"你的心上人叫清蝉吧,呵呵,没想到你还挺痴情的啊,"白骨姬说着走到他面前,扑哧一笑,"这么紧张干吗? 我还能吃了你不成?"

"少废话! 既然落到你的手里,要杀要剐随便你,反正我也不想活了!"

"瞧你这点出息,为了一个风尘女子,至于……"

偃流沙大吼着打断她："我不许你这么说清蝉!"

"这就心疼了啊? 怎么? 难道我说错了吗?"白骨姬似笑非笑地看着偃流沙。

"你不配说她! 她一根脚趾头都能比过你千倍万倍,你有什么资格说她！你只是个没人要的老妖婆！披着一张臭皮囊的烂骨头！"

白骨姬突然脸色一变，幻化出骨锥，一把扎到偃流沙肩胛骨的位置，偃流沙忍不住大声喊疼。

"再敢出言不逊，我定将你挫骨扬灰！"白骨姬咬牙道。

"来啊！有本事你就杀了我啊！"偃流沙毫不畏惧地喊道。

白骨姬举起骨锥，狠狠地朝偃流沙流血的伤口再次扎去，偃流沙疼得仰天大叫了一声。

与此同时，正在竹林里迷失方向的三个人听到老沙的惨叫，顿时都停下了脚步。

"应该是老沙哥哥吧?"江流儿问道。

飗点点头，然后指向右手边的方向："在那边。"他说着朝那边跑去，天诛焱和江流儿也急忙跟了上去。

不消多时，三个人便来到了白骨姬和偃流沙面前。

"白骨姬，果然是你！"天诛焱说着幻化出金箍棒准备出击。

白骨姬突然用骨刀抵住偃流沙的脖子："你们再敢上前，我就先一刀割断他的喉咙。"

"你们别管我！"偃流沙大喊道。

白骨姬手上稍一用力，骨刀便刺破了偃流沙的皮肉，两滴血珠顺着骨刀滑落了下来。

"老沙！别乱动！"天诛焱停下脚步对偃流沙喊道。

白骨姬冷笑了一下，慢慢地收回手。

"白骨姬，你快放了他，我们几个联手，你根本跑不掉的。"飗说道。

"是吗？那我也得先拉个垫背的。"白骨姬厚颜笑道。

飗看着白骨姬："白骨姬，你若真想杀他，想必早就动手了，你到底想干什么，不妨直说吧。"

"果然是个聪明人。"白骨姬说着将手中的骨刀一挥，指向江流儿，"我就要他！你们把这个小和尚交给我，我就放了这个蠢货！"

"你说谁是蠢货！你才是蠢货！妖女！老妖婆！有种你杀了我啊！"偃流沙激动地叫嚣着。

白骨姬一拳打在他的脸上："再敢废话！先割了你的舌头！"

偃流沙刚要破口大骂，白骨姬一把掐住了他的脖子，他被掐得猛咳不止，一时面红耳赤。

白骨姬看向天诛焱和飚："怎么样？你们考虑好了没有？"

"我们要是不答应呢？"天诛焱怒视着白骨姬。

"不答应？呵呵，你们以为我在开玩笑是不是？"她说着举起骨刀，再一次刺进偃流沙流血的伤口，偃流沙痛苦难当，疼得惨叫了起来。骨刀入肉三分，白骨姬缓缓地转动手腕，伴随着偃流沙痛彻心扉的惨叫，白骨姬咬牙道："你们答不答应？"

"住手！我们答应你！"飚喊道。

天诛焱和江流儿难以置信地一起看向飚，白骨姬闻言，拔出骨刀冷笑了一下："最好不要跟我耍什么花样！"

飚拉过身旁的江流儿，朝白骨姬那边推了一把："我和你交换！"

江流儿回头绝望地看了一眼飚，飚急忙避开他的目光。

"飚！你干什么！"天诛焱急忙上前拉住江流儿将他保护在身后。

"我干什么？"飚突然显得异常激动，"老沙是我们从小一起长大的兄弟，我们这么多年水里火里出生入死！他曾经为了救我，几次都差点丢了性命！我不能眼睁睁地看着他死在我面前，而我却在一边袖手旁观！"

"那你也不能把江流儿交给这个妖女啊！江流儿到了她的手里还能有命吗？"天诛焱也激动地大喊道。

飚更加激动地道："可是现在还有其他办法吗！他跟我们非亲非故，难道你要为了一个外人，搭进自己的兄弟吗？你不要忘了，我们才是同类！江流儿对我们来说只不过是一个任务！"

天诛焱怒视着飔："没想到你居然会说出这样的话！我真是看错你了！好！即便江流儿就算是一个任务，我也绝不允许他在我这里出事！"她说着握紧了金箍棒。

飔这时也暗中发力，两条胳膊瞬间窜出了半尺多高的跳跃着的蓝色火焰，两个人同时向对方发起了进攻……

偃流沙见状，有些虚弱地喊道："你们两个！哎！这到底是怎么了这是！快住手啊！"

白骨姬见两人打得难分难解，于是趁机想要抓住不远处的江流儿，正当她朝江流儿奔去的时候，飔突然刀锋一转，扑向了白骨姬，此时天诛焱也很有默契地抛出了金箍棒……白骨姬知道上当，可是已经来不及了，金箍棒瞬间打在了她腹部，白骨姬应声倒地。

白骨姬倒地的同时，本能地化作一道白光逃跑，而地上又是一堆白骨。

"她已经受伤了，跑不了多远的！这次一定得抓住她！"天诛焱对飔道，"你先保护好他们，我去追！"

江流儿这时瞥见不远处一道微弱的白光，急忙对天诛焱喊道："她在那边！"

天诛焱飞身追出去的同时，飔迅速跑过来帮偃流沙松绑，绳索刚被割断，偃流沙就怒火冲天地幻化出月牙铲一同追了过去。

两个人很快就堵住了白骨姬的去路，瞬间与其战到了一起。白骨姬在拼命对抗的过程中，肩上的旧伤猛然崩裂，鲜血顿时从伤口喷涌而出，让人不忍直视……

白骨姬痛苦不堪地倒在地上，然后晕厥了过去。

偃流沙举起月牙铲就要朝白骨姬铲去，天诛焱急忙用金箍棒挡开。

"为什么拦着我？让我杀了这个妖女！"偃流沙大吼道。

天诛焱异常理性地说："她现在已经是最后的线索了。"

## （3）

傍晚时分，天空突然下起了瓢泼大雨，几个人就近躲进了一处山洞里，升起了篝火。

火堆前，飚正在小心翼翼地帮偃流沙清理伤口。被绑住手脚的白骨姬歪在角落里，仍在昏迷中。没过多久，江流儿也靠着岩壁睡着了，天诛焱轻手轻脚地起身，将一条薄毯盖在他的身上。

这时偃流沙龇着牙说："哎呦二哥，你轻点，轻点。这白骨姬下手也真够缺德的，净往一个地方狠扎。"

"别说话！你忍着点。"飚说着拿出随身携带的烈酒帮偃流沙清洗伤口。

烈酒倒在伤口上，顿时一阵阵火辣辣的钻心的疼，偃流沙咬紧牙关，强忍着不叫出来。伤口消毒以后，飚又取出金疮药，帮他将伤口包扎好。

"你今天是不是真的打算过把江流儿交出去？"天诛焱走回来坐在飚的对面问道。

飚点点头，面无表情地回道："是。如果非要我在他和老沙之间选择的话。"

天诛焱沉默了，她转过头，看了看沉睡中的江流儿。

这时，白骨姬突然剧烈地咳嗽起来，吐出一口淤血。

"你身上的伤是怎么回事？"天诛焱侧头问白骨姬道。

"问那么多干什么！落到你们手里，我就没想着活命，不过你们也休想在我这里问出什么！"白骨姬一脸倔强地回道。

"嘿！我还不信了！"偃流沙说着走到白骨姬面前，一把掐住她的脖子，"老妖婆！我可告诉你，你沙大爷可没有什么耐心，你最好还是老老实实地交代，免得受皮肉之苦！"

"来啊！有种你就下手啊！"白骨姬怒瞪着偃流沙。

偃流沙被她这么一激，手上暗暗用力，白骨姬险些窒息。这时天诛焱上前一把推开偃流沙，然后狠狠地瞪了他一眼。

白骨姬看着偃流沙，一脸鄙视地冷笑了一下。

"行！行！你这个妖女别得意！我对付不了你，等我们带你回到天都城，馆主一定会有办法让你开口的，你等着！"

"哈哈哈哈，馆主？那你得问问你老大，看她还信不信任你们的馆主了。"

偃流沙一愣："你什么意思？"

天诛焱异常惊诧地看向白骨姬："你……你怎么会知道？"

白骨姬冷笑了一下，没有回答。

飗和偃流沙纷纷看向天诛焱，一副期待回答的眼神。

"……她说的对，馆主有很多事情都瞒着我们，我们最好提防一点。"天诛焱一脸愁云地道。

"你认为，馆主和莲刹……"

天诛焱打断飗道："我并不清楚，你也别瞎猜，只是我觉得，莲刹的阴谋与我们三个人好像有一种什么说不明的，千丝万缕的关系。这些天我一直在怀疑，这一切好像就像是被什么人安排好的一样，而馆主的所作所为，已经越来越让人看不透了。"

飗和偃流沙闻言都陷入了沉思。

"想想好像还真是啊！咱们起初只是接到馆主让去救人的任务，然后就在利诱之下踏上了这条取丹之路，再然后又卷入到了莲刹那阴谋里……不对啊！怎么感觉像是在被人牵着鼻子走一样啊。"偃流沙惊诧道。

三个人都一副心事重重的模样。

过了一会儿，偃流沙看向天诛焱："那……咱们现在怎么办？"

天诛焱回头看了白骨姬一眼："她一定知道什么，我们得想办法撬开她的嘴！"

白骨姬冷笑了一下别过头去。

"我突然想到一个人，他应该能够帮助我们。"飓说道。

白骨姬闻言愣了一下，笑容突然凝固在了脸上。

天光大亮的时候，四个人便押着白骨姬上路了，一路曲曲折折、走走停停，直到暮色时分，他们来到了荒山深处的一间石屋前。

飓上前敲了一通门，里面没有回应。

"是我，我知道你就在里面，开门吧！"飓对着里面说道。

不多时，门"吱呀"一声，打开了一条缝，一双眼睛从里面窥视过来："你来干什么？这些都是什么人？"

"都是自己人。"飓说着推开门走了进去。

"你还真不拿自己当外人啊。"白胡子的老头看起来像个老顽童一样对飓吹胡子瞪眼。

一行人进入石屋，白胡子老头随手拽过飓的酒葫芦仰头喝了个底朝天后，吧唧着嘴说："嗯，好酒！好酒！可惜就是太少了，你怎么也不说给我多带点来。"他说着像顽劣的孩子一样白了飓一眼，"不对！你又来找我干什么？咱俩的事情不是早就了了吗。"

"我这次来是找你帮忙的。"飓回道。

"我帮不了你！"白胡子老头说着把酒葫芦扔给飓。

"你知道的，你若是不帮我，我是绝对不会放过你的！"飓面无表情道。

白胡子老头看了一眼飓的眼神："好了好了，算我怕了你了！唉，我这是造的什么孽啊！"

"我想让你帮我看看这个人的记忆。"飓看了看旁边被偃流沙控制着的白骨姬，对白胡子老头道。

这时天诛焱看着白胡子老头："莫非你就是……窥心老人？"

"咦？你认识我啊？"窥心老人嬉笑道，"小丫头，我们在哪里见过吗？"

天诛焱浅笑了一下："没有没有，只是晚辈久仰大名，没想到窥心老人……"

"有话直说，干吗吞吞吐吐的，是不是没想到我还活着？外边都说我早就死了对不对？"窥心老人仍旧一脸笑道，"哈哈哈，你们都被骗了吧，那是我放出去的风，哈哈哈，我可告诉你们，回去千万别说我还活着，要不然又是一堆麻烦……"

"你能不能办完正事再聊天。"飑不耐烦地打断窥心老人道。

窥心老人噘嘴道："帮你也可以，不过我有什么好处呢？"

飑随手将偃流沙身上的钱袋拽下来扔给窥心老人："这些钱够你买几坛子好酒了吧。"

"够了够了。"窥心老人笑嘻嘻地把钱袋子揣进自己的怀里。

"哎哎哎！那是我的钱啊！"偃流沙叫道。

"现在是我的了。"窥心老人笑道。

"可以开始了吗？"飑冷眼看向窥心老人。

"好好好，催什么催！你让她坐在那儿。"窥心老人说着指了指旁边的石墩。

偃流沙押着白骨姬："走！"

白骨姬反抗挣扎着不愿坐下，偃流沙不由分说，蛮横粗鲁地将白骨姬一把按在石墩上。

窥心老人看了一眼白骨姬，然后对其他几人道："你们几个谁来看啊？"

"不是……什么意思？不是你来看吗？"偃流沙一脸蒙圈的模样。

飑鄙视地瞥了偃流沙一眼："他不仅可以通过魂进入别人的记忆，也可以带着你进入别人的记忆，让你亲眼看见那些记忆发生的场景。"

"我去！这么厉害啊！我以前怎么不知道。"

"你整天花天酒地的，哪有功夫关心这些。"飑哎道。

"你们到底有完没完？"窥心老人有些不耐烦地打断他们道，"到底谁来？"

"我来!"天诛焱和偃流沙异口同声道。

两个人相对一眼,似乎在用眼神比试着内力,三秒钟后,偃流沙败下阵来,他低下头嘟囔道:"你来就你来嘛,有什么了不起的,用得着那么大声吗?"

(4)

窥心老人从长袖里掏出一个铜制的摇铃,在白骨姬面前晃了晃,白骨姬体内本能地发出一道白光挡住铜铃的声波。

"嘿嘿,有点意思。"窥心老人饶有兴致地一笑,突然瞳孔发光,直视着白骨姬的眼睛,白骨姬猛地一激灵,神智一滞,表情开始放松下来。

窥心老人站在白骨姬和天诛焱中间,分别抓住她们两人的手腕,如同一条纽带一样,将她们连接起来。

很快,天诛焱便发现自己有一种昏昏欲睡的感觉,就在这时,一股强大的气流瞬间将她的思绪卷入一个如幻如影的气泡之中,她只觉得眼前突然一片模糊,就像是被如注的雨水挡住了视线、迷住了双眼一样⋯⋯

当她再次看清眼前的景物时,发现周围的一切全变了——

这是一个朴素宁静的小山村,一群小孩子正在沙滩上玩耍嬉戏,这时他们中间一个四五岁模样的小女孩突然发出了一声怪叫,其他小朋友全部停下来看向她,他们惊愕地发现她的头上突然长出了一根锋利的骨刺。

"妖怪啊!她是妖怪!打死她!打死她!"孩子们惊恐地大喊着,捡起地上的石头砸向小女孩。

小女孩一边用胳膊保护着自己,一边哭喊着:"我不是妖怪,我不是妖怪⋯⋯"

然而,那些孩子们并没有住手,扔出的石头将她的身上砸得青一块紫一块。天诛焱见状,急忙跑过来想要保护住小女孩,可是她发现自己根本触碰不到小女孩,她就像是完全透明的一样,直接穿过了小女孩的身体。

天诛焱突然意识到了,自己现在是在白骨姬的记忆里。

就在这时,她感觉到整个大地猛烈地晃动了一下,仿佛只是一瞬间,她发现眼前的场景又变了——

午后的阳光慵懒地游走在一个小小的农家院里,此时的院子里,一个中年妇女正在春米,年幼的白骨姬鬼鬼祟祟地躲在一堵矮墙后面,向院子里窥视,她看着屋檐下悬挂的腊肠,垂涎欲滴地咽了咽口水。

天诛焱看着骨瘦嶙峋、脸色蜡黄的白骨姬,知道她早已饥肠辘辘,看样子应该好几天都没有吃东西了。

这时妇女春好米,起身回到了屋里,白骨姬趁机偷偷摸摸地走进院子,蹑手蹑脚地来到屋檐下,想要取下悬挂在那里的腊肠,可是她的个子毕竟还太小,根本够不到那么高的地方,于是她搬来旁边的凳子踩在了上面。就在她屏气凝神取下腊肠的时候,突然脚下一滑,从凳子上摔了下来。

屋里的妇女听见动静,急忙跑出来,她看见白骨姬和她手里的腊肠,怒气冲冲地喊道:"好你个小贼,敢来偷我东西! 还不快给我放下!"

年幼的白骨姬猛然受到惊吓,不自觉地浑身一哆嗦,手里的腊肠掉在了地上。妇女拿起手边的扫把欲过来教训白骨姬,就在这时,白骨姬一紧张,肩膀上突然冒出了一根长长的骨刺。

妇女顿时惊恐万分,连滚带爬地喊着:"啊! 妖女! 妖女啊! 救命啊……"她因为惊吓过度,声音抖颤得甚是怪异。

白骨姬趁机抓起地上的腊肠撒腿就跑。

她一口气跑到了村外的小河边,停下来大口地喘气,就在她以为自己已经安全的时候,手里拿着棍棒、锄头的村民们便追了上来,他们一边追一边大喊着:"抓住妖女! 别让她跑了! 打死她!"

很快,这些村民们便围住了精疲力尽的白骨姬,他们纷纷举起手中的木棍和农具,狠狠地打向年幼的白骨姬。

"打死这个妖女!"

"必须打死她!省得她长大了来祸害我们!"

"打死她!打死她!"

"看她还能往哪里跑!"

已经遍体鳞伤的白骨姬在地上痛苦地打滚,年幼的她突然感觉到了什么叫作生不如死,那一刻,奄奄一息的她觉得自己马上就要死去了。

不远处的天诛焱很想冲上去阻止他们,可是她知道,自己什么都做不了。

早已打累的村民们见地上的白骨姬已经不再动弹了,于是停了下来,一个胆大的村民壮着胆子上前探了探她的气息。

"怎么样?死了没有?"其他村民紧张地问道。

"没……没有气了。"胆大的村民哆哆嗦嗦地收回手。

"太好了!妖女被打死了!妖女死了!"村民们一阵欢呼雀跃,就像是在庆祝一场伟大的胜利一样。

天诛焱走过去,看着地上血肉模糊的白骨姬,瞬间红了眼眶。

……

滂沱大雨,电闪雷鸣,雨水像钢珠一样肆意地打在白骨姬的身上,不知道过了多久,她的手指突然在泥泞中微微地动了一下,她的身体慢慢地有了一点知觉。

似乎又过了很久,白骨姬艰难地爬起来,摸出藏在怀里的腊肠颤颤巍巍、急不可耐地吃了起来。

天诛焱噙着泪,无比怜悯地看着年幼的白骨姬,就在这时,她错愕地发现,白骨姬好像也看了她一眼。四目相对的一瞬间,天诛焱猛然感觉到自己的身体强烈地一晃……

江流儿急忙扶住险些跌倒的天诛焱:"三火姐姐,你没事吧?"他发现天诛焱满头大汗,一副无比疲惫的模样。

天诛焱看了看四周,知道自己已经从白骨姬的记忆里走出来了。她有些虚弱地摇摇头:"我没事。"

"三火姐姐,你哭了?"

"谁说我哭了!"天诛焱急忙别过头去,"眯眼睛了而已。"

窥心老人看了看天诛焱,低下头苦笑了一下。

此时白骨姬的神智还没有完全恢复,但是在她的眼中,分明有泪水滚落下来。

"还想再往下看看吗?"窥心老人问。

天诛焱对他点点头。

窥心老人再次抓起白骨姬和天诛焱两人的手腕,慢慢施法,这次天诛焱看见白骨姬的周身腾起了一个巨大的气泡,她这才知道,原来被气泡包裹的不是自己,而是白骨姬,是她通过窥心老人的法力进入了白骨姬被那个气泡包裹的记忆里。

很快,天诛焱的眼前又开始变得模糊了起来……

## (5)

碧玉年华的白骨姬已经出落得亭亭玉立,这是她一生中最好的年华,虽然没有锦衣玉带,但是一身朴素无华的装扮更显得青涩可人。

她挽着菜篮、戴着纱帽低头走过市集,就在这时,她听到身旁一群围着告示的人们在大声地交谈:

"喂,你们看,这个妖女又涨价了,啧啧,都已经一千两了!"

"是啊,要是能抓住她,那可就发大财了。"

"就凭你也想抓住她,听说她吃人不吐骨头,厉害着呢。"

白骨姬抬头看了看告示上的画像,和自己相去甚远,于是她浅笑了一下偷偷走开。

不消多时,她便来到了小巷深处这间简陋的小屋,她摘掉纱帽挂在墙上,然后走到灶台前,开始洗菜做饭。

一个多时辰后,一个书生模样的年轻人推门走进了房间,白骨姬急忙起身温柔地迎接:"相公,你回来了。"

青年"嗯"了一声,似乎有什么心事的样子。

"相公近日怎么了?总是心神不定的样子?"

"可能是最近太累了。"青年说着坐在桌前,白骨姬赶忙将碗筷端到他面前。

"娘子辛苦了。"

"我不辛苦,相公读书才辛苦。"白骨姬一脸幸福地帮青年盛饭。

这时青年从怀里摸出一对银手镯:"娘子,近日帮人抄书得了一些银子,我看你也没有什么像样的首饰,就请人打了一双镯子给你。"

"相公何必乱花钱,只要我们在一起,有没有这些身外之物又有什么关系。"白骨姬甜蜜地笑道。

"来,我帮娘子戴上。"青年说着拿起白骨姬的手,将那对银镯戴在了她的腕上。

白骨姬顺势依偎在青年的怀里,发自心底地笑了。她能够真切地感觉到自己是如此幸福和幸运,她知道,这就是她梦寐以求的生活,平淡而又幸福,简单而又美好,她多么希望这一辈子就这样过去。

然而,此时青年的眼神却是无比复杂。

两人吃完饭,白骨姬开始收拾碗筷,就在这时,她忽然瞥见窗外有一个人影掠过,她警觉地走到窗前,窥见外边已经被手持刀剑的捕快团团围住了。

白骨姬慌忙拉起青年手往卧室跑去:"相公,外面有恶人,你先躲起来,千万不要出来。"她说着将青年推进卧室关上房门。

一转眼的工夫,几个捕快便已经破门而入。白骨姬已经顾不得那么多,急忙幻化出骨刀准备御敌,不料她刚一使劲,突然两只手腕剧烈地疼痛起来,让她使不出力气。

捕快们一拥而上,将白骨姬层层包围,白骨姬本能地再次举起手中的骨刀准备反抗,然而,就在她抬手的同时,手腕处一阵钻心的疼痛让她瞬间直冒冷汗,她异常惊诧地看着自己手上的银镯。

"妖女!不要白费力气了,你是挣脱不了的,老老实实地跟我们回去领赏吧,哈哈哈!"为首的捕头大笑道。

"各位官爷,我可以跟你们走,但是求求你们不要伤害我家相公,他不是异人,也并不知道我是异人。"白骨姬痛苦地哀求道。

"他当然不是异人,要不是他帮我们套住你,我们怎能抓到你呢?哈哈哈。"

"你?你胡说!"白骨姬一副不敢相信的样子。

"我胡说?如果不是他用那对镯子抑制住了你的异能,我们现在还有命吗?"

如同晴天霹雳,白骨姬顿时觉得自己头顶上那片小小的天空塌了。

"别磨蹭了!快走!"捕头凶神恶煞地狠狠推了白骨姬一把,白骨姬跌倒在地上。

"你胡说!你们骗我!你们都在骗我!"她怎么可以相信,怎么可以说服自己去相信!他是那个曾经深情地对她说"执子之手,与子偕老"的人,他是那个曾经和她约定过一生一世、生生世世的人,他是那个她一直视为全部的人啊!就在刚才,她还在他的怀里。

"相公,相公!你告诉我,不是这样的对不对?你告诉我啊!你出来啊!"白骨姬趴在地上涕泗横流。

然而,卧室里的青年并没有出来,白骨姬被捕快们拖拽着出去,挣扎着回头朝卧室方向大喊道："相公，你为何要这样对我？你出来啊！你为什么不敢出来见我，哪怕最后一面也不可以吗？"然而，直到最后，她期待的那个人也并没有出现，那一刻，哀大莫过于心死。

天诛焱看着这一切，心里一阵阵地隐隐作痛。

……

衣衫破烂、满身血渍的白骨姬被关押在囚车里赶赴刑场，沿途的百姓们额手相庆、欢喜异常。此时的阳光很好，可是白骨姬却感觉不到一丝温暖，心若死了，活着仅仅就是还没有死罢了。

就在这时，金角和银角突然从天而降，他们幻化出武器，很快就将那些捕快们纷纷撂倒，场面顿时大乱，围观的百姓们大叫着、哭喊着四处逃窜。

银角跳上囚车，一锤将囚笼砸开，救出白骨姬。

"你们是什么人？为什么要救我？"白骨姬一副生无可恋的模样。

"我们是同类，是奉莲刹主上迦楼罗之命前来救你的。"银角回道。

"莲刹？迦楼罗？我不知道你们在说什么。"

金角笑道："主上已经注意你很多年了，你可真够命好的。"

"命好？哈哈哈……"白骨姬突然大笑了起来，笑出了眼泪，"你们知道什么叫绝望吗？你们尝过每天食不果腹、饥肠辘辘的滋味吗？你们尝过整日提心吊胆，像过街老鼠一样被人喊打的滋味吗？你们尝过被最亲最近的人出卖的滋味吗？你们尝过被整个世界抛弃的滋味吗？"

"但是，从今天开始，你的命运就会完全不一样了，你将会成为一个全新的自己，你知道这是让多少同类羡慕的机会吗？"金角道。

"羡慕？"白骨姬冷笑了一声。

"你要知道，如果不是主上，你现在已经死了，并且是以受极刑的方式惨死！那些常人会将你扒皮抽筋，会将你的皮肉丢去喂狗！你真的甘心这样吗？"

白骨姬突然沉默了,她的眼神里先是充满了恐惧,慢慢地,这种恐惧变成了愤怒和不甘。

金角继续道:"你是异人,是我们的同类!常人对我们只会是无情的杀戮和欺骗!而主上就是这个世界上唯一能消除这种不公平对待的人。白姬,除了加入我们,你没有更好的选择!你要清楚,你之所以还能站在这里,完全是因为主上,你现在的命都是主上给的!"

"白姬,你难道就不想知道你家相公得了一千两银子以后在干什么吗?"银角在一旁冷笑道。

白骨姬良久地沉默后,终于仰天大笑了起来,她泪如泉涌,然后,那些眼泪很快被风吹干。

……

纸醉金迷的风月场里,一位衣着华丽的青年搂着一位妖娆妩媚的女子走进了厢房。正当他们耳鬓厮磨的时候,白骨姬推门进入了房间,身后跟着金角和银角。

屋里的两人顿时吓了一跳,本欲发飙的女子见来者不善,慌忙衣不遮体地跑掉了。

青年看见白骨姬,显得慌了神:"白……白姬,你,你不是已经死了吗?"

"为何要这样对我?"白骨姬面无表情。

"是……是你有错在先,你既然瞒着我你妖女的身份,就莫要怪我!"

"我只想问你,我们相处这一年有余,我可曾有哪里对不住你?"

"……可是,你是妖女啊!是官府捉拿的头号女魔头!"

"这就是你出卖我的理由?"

"……谁愿意整天被生活所迫,吃糠咽菜、穷困潦倒、寄人篱下啊!"

白骨姬明白了,原来在她眼里的幸福,对他来说却是一种煎熬,她突然眼神凛冽,幻化出了骨刀。

青年见状，万分惊恐地爬过来抱住白骨姬的腿哀求道："娘子，娘子，求求你不要杀我，看在我们夫妻一场的分上，放了我吧，你的大恩大德我永世不忘……"

白骨姬突然仰头大笑了起来，她狠狠地举起骨刀，没有一点留恋地将他一刀封喉。

(6)

莲刹殿里，迦楼罗端坐在宝座上，白骨姬单膝跪在台阶之下。

"启禀主上，近日擒获了五名异人，已在凌虚子处练成了丹药，请主上过目。"白骨姬低头举着手中的盒子道。

迦楼罗抬了抬手指，白骨姬手上的盒子缓缓地飘落在他旁边的桌案上："很好，你起来吧。"

"是，主上。"

迦楼罗看着白骨姬："白姬，你以后就叫白骨姬吧。"

这时，整个空间突然从四面八方传来迦楼罗的声音："白骨姬……"

窥心老人万分惊恐地急忙松开白骨姬的手："不好！好厉害的家伙，居然能通过记忆直接来到这里，飔！你个混蛋，你想害死我啊！"

话音未落，金角和银角便已经破门而入，而他们身后，那个一袭黑衣的人，正是迦楼罗！

天诛焱等人急忙幻化出武器，准备迎战，然而迦楼罗却闲庭信步地走过来看着江流儿，笑道："小师父，许久不见啊。"

"就是他！就是他杀了我师父！"江流儿显得异常冲动，他说着就要冲上去，却被天诛焱拦了下来。

"你就是迦楼罗？"飔看着迦楼罗问道。

迦楼罗并不作答，甚至没有正眼看飔，而是慢慢转过头看向了窥心老人。

"我……我可什么都不知道!"窥心老人说着,慌忙从后门逃走。

"你们两个,去把他抓回来。"迦楼罗不紧不慢道。

"是!"金角和银角应声追了出去。

天诛焱这时也急忙对飓和偃流沙道:"你们去保护窥心!"

"你一个人在这里行吗?"偃流沙问道。

"别废话! 就算我们三个人加起来也不是迦楼罗的对手,你们快去保护窥心!"

"好! 你自己当心!"飓说完急忙飞身出去。

"你还愣着干嘛! 快去啊!"天诛焱冲偃流沙吼道。

"哎呀!"偃流沙一跺脚,"好! 我去!"

这时迦楼罗看着天诛焱笑道:"天诛焱是吧? 我知道你,可是,你知道我为什么一直没有杀你们吗? 我只是想给你们一个机会。加入我们,只有我们联合起来,异人的命运才能改变!"

还不等天诛焱回答,江流儿便使出空气盾向迦楼罗发起进攻,天诛焱想拉住江流儿,可还是晚了。

江流儿冲到迦楼罗的面前,迦楼罗随手一挥,江流儿和他身后的天诛焱便一起飞了出去,撞到了墙上。

迦楼罗不紧不慢地走到他们跟前,这时天诛焱用手背擦了一把嘴角的血,握紧手中的金箍棒,飞身打向迦楼罗,迦楼罗披风一扫,天诛焱再次撞到了墙上。

江流儿见状,急忙再次幻化出空气盾,由于他一时心急用力过猛,空气盾在形成的同时突然爆裂,一道强光伴随着强大的冲击力铺天盖地而来,迦楼罗急忙后退一步,用披风挡了一下。

"盘古之心果然名不虚传,一个常人服用后,也能有如此强大的威力,不亏是世间至宝。"迦楼罗像是在自言自语。

这时白骨姬走上来,单膝跪在迦楼罗面前:"参见主上!属下无能,不仅没有完成主上交付的任务,还险些泄露了主上的秘密,白骨姬罪该万死。"

"既然你已知罪,就容你自裁吧,放心,我会令人厚葬你的。"

白骨姬脸色大变:"主上,白骨姬死不足惜,但还望主上给属下一个将功补过的机会,我一定不辱使命!"

迦楼罗叹了一口气:"你追随我多年,尽知莲刹的机密,现在他们又找到了窥心老人,你实在不能再存活于世了。"

白骨姬绝望地抬起头看着迦楼罗,她知道,现在说什么也没用了,只要迦楼罗动一动手指,她就会当场暴毙,于是她幻化出骨锥,迟疑地向自己的胸口捅去……就在这时,已经受伤的天诛焱掷出金箍棒,一棒将白骨姬手中的骨锥打落。白骨姬难以置信地侧头看了天诛焱一眼。

迦楼罗突然变了眼神,他狠狠地抬起手对向天诛焱,天诛焱瞬间像是被人掐住了脖子一样双脚离地,痛苦地挣扎着。

"放开她!我和你拼了!"江流儿大吼着冲上来,迦楼罗猛地一跺脚,江流儿便以冲刺的状态停滞在了空中。

天诛焱感觉自己马上就要窒息了,就在她的瞳孔渐渐放大的同时,一道纯正的白光突然从天而降……

已经奄奄一息的天诛焱跌倒在地上,死里逃生。

"我就不相信你会不来。"迦楼罗对馆主笑道。

馆主并不回话,而是看了一眼江流儿:"你带三火先出去。"

江流儿急忙跑过去将天诛焱搀扶起来,迦楼罗也不阻拦,而是继续对馆主笑道:"我们有多久没见了?"

"迦楼罗,这么长时间过去了,你依然觉得自己的做法是对的吗?"馆主看向迦楼罗。

迦楼罗冷笑了一下:"哼!常人无情地排斥、迫害异人,这些你难道看不见吗？我愿用我的努力为族人开辟一方净土,难道这也有错吗?"

"蛊惑人心,报复常人,你的做法只会加深仇恨,陷同族于万劫不复之中。排除异己,不惜以同类炼丹,你的所作所为,又与那些你嗤之以鼻的常人有什么两样?"

"他们都是为大义而牺牲的! 至少,比你们这群什么都不做的人强千倍万倍!"迦楼罗怒道。

"既然这样……"

迦楼罗打断馆主道:"既然这样! 就别废话了!"他说着全身一震,幻化出威风凛凛的盔甲。那盔甲与以往任何时候的都不同,它通体乌黑,寒气逼人,那甲片如同猛禽尖锐的羽毛一般。

馆主见状,急忙双手合十,刹那间,她的身上也全副武装,那是与迦楼罗完全相反的纯白战甲,那战甲雪白锃亮,但显得无比虚幻,仿佛天上的流云一般。

两个人的身体都没有动,然而,他们已经战到了一处。这是一场势均力敌的战斗,两个人从日出打到日落,又从日落打到日出。迦楼罗幻化出一团铺天盖地的乌云欲吞噬馆主,馆主抖起衣袖发出一阵强风将乌云吹散,就在乌云散开的同时,他们身边的景色也开始飞速地变化——春天的百花、秋天的月、夏天的凉风、冬天的雪……终于,迦楼罗略占了上风,他锋利的指甲抵住了馆主的脖子:"我们的争斗是没有意义的!"

"阻止你便是意义的所在!"

"你还是这么执迷不悟!"

"和你一样执迷不悟!"

"我们共同的敌人是那些愚昧的常人! 总有一天你会明白,我是对的!"迦楼罗说完,随手一挥,遁入身后一个飞速旋转的黑洞里消失不见。

然而,这场战斗让它唯一的"观战者"白骨姬很是迷惑,因为在她看来,他们两个人只是幻化出戒装,相对而视了一眼,然后……然后,迦楼罗就不见了!

馆主收起了戒装,缓缓地看了一眼仍单膝跪在地上、一脸错愕的白骨姬。

"他……他?"白骨姬不可思议地张嘴结舌。

"他走了,但不是被我打败而走的,其实,我险些输于他。"馆主如实道。

"你们……打完了?"白骨姬瞪大眼睛问道。

馆主深知白骨姬的疑惑,莞尔一笑:"时间能快能慢,它在每一个人的手中,就看你如何运用。"

话音刚落,白骨姬突然口吐淤血倒在了地上。

"你的功力,还抵挡不住迦楼罗乌羽神甲的气场,你先好好休息吧。"馆主看着地上的白骨姬说道。


屋外树林里,窥心老人早已藏匿起来,金角和银角正在与飚、偃流沙和随后赶来的天诛焱三人恶战,双方打得昏天暗地,一时不分胜负。就在这时,迦楼罗的笑声从四面八方传来,天诛焱等人顿觉大事不妙,然而,让他们奇怪的是,不但迦楼罗没有现身,金角和银角也转身便跑。

"想跑!没那么容易!"早已打红眼的偃流沙急忙追上去,然而金角拿出紫金葫芦转身对准偃流沙,一道强有力的幽光瞬间袭来,偃流沙急忙躲开,金角和银角趁机跑掉。

迦楼罗的声音再次传来:"你们三个,不要轻信别人,用你们自己的眼睛去看清楚这个世界吧,我迦楼罗是好是坏,是善是恶,你们部落的族人或许能够给出答案。"

迦楼罗的声音久久地回荡在空气中,三个人完全愣在了当场。

这时,馆主缓缓走来,她看着天诛焱:"还在怪我瞒着你吗?"

天诛焱不说话，也不知道是不是在赌气。

馆主笑了一下继续道："如你所料，我确实是异人。我是有点功力，但是，也并不像你所说的那样，能够轻易从江流儿的体内取出盘古之心，而且能不伤害他。盘古之心比你们想象的还要重要，它是唯一可以重塑这个世界的东西。"

"那你何必瞒着我们?"天诛焱的声音。

"那是因为我不想让你们过早地陷入和莲刹的斗争。依你的性格，如果你知道真相，不等迦楼罗现身，你便会想方设法去找他的老巢，但是以你现在的能力，去了就等于送死。"

"馆主说得对啊!"偃流沙接话道。

天诛焱狠狠地瞪了偃流沙一眼。

偃流沙小声嘟囔道："本来就是嘛。"

"闭嘴!"飑也瞪了一眼偃流沙，"让馆主继续说。"

馆主笑了一下："所以，我四处打听取丹之术，希望起码能够先确保江流儿的安全后，再做打算。"

"还是馆主考虑周全。"飑看向天诛焱，"你误会馆主了。"

天诛焱脸上缓和了许多，但是仍嘴硬道："即便如此……你，你也不该瞒我们吧。"

馆主笑了笑。

偃流沙见状急忙打圆场道："这就好，这就好，皆大欢喜，本来就是一家人嘛，是不是? 哈哈哈。"他说完猛然想起什么似的问道："那接下来咱们该怎么办?"

"我会带白骨姬回天都城疗伤，希望经过此事，她能大彻大悟。"馆主道。

"这个妖女太狡猾了，馆主，你……"

馆主伸出手无声地打断偃流沙，偃流沙怏怏地撇了撇嘴，说："好吧，那你回天都城去,我们呢?"

　　馆主像是没有听见一样,并不回答。

　　天诛焱接话道:"我们得回一趟荒芜之地。"

　　"回那儿干吗?"偃流沙条件反射地问道。

　　飚回道:"你没听见迦楼罗临走的时候,提到了我们部落的族人……"

　　"没错,虽然我们已经离开很久了,但那里毕竟是我们的家,我们必须回去看看。"天诛焱说着看向江流儿,一脸歉意地道,"江流儿,我知道每耽误一天,你就会多一分危险,但是……"

　　江流儿打断道:"三火姐姐,你不用担心我,家里的事情要紧……但是,我只有一个要求,你们带上我一起去吧。"

　　天诛焱转头看向馆主,期待着她的回答。

　　"不用看我,听从你自己的内心。"馆主不紧不慢地说道。

# 第八章

## （1）

　　如火的夕阳下，草原上的游牧部落一片安宁祥和的生活气息。羊群在悠闲地吃着青草，牧羊的老者席地而坐，怡然自得地拉着马头琴。在他的旁边，一个七八岁模样的小女孩正在玩着手里的玩具木偶。不远处的帐篷旁，一位年轻的母亲正在轻轻地哼着曲子哄怀中的婴儿入睡，一位老妇人正在准备晚饭。她们身后的草场上，年轻的男子们正在套马，而女子们正在收拾草料。

　　突然间，一支利箭从远处飞来，老人应声倒下，手中的马头琴掉落在草地上，紧接着，强劲的马蹄声和冲锋的呐喊突兀地传来，打破了这里的宁静。

　　场面顿时大乱，牧民们惊慌地大叫着四处奔逃。然而，一波箭雨过后，他们一个接一个地惨叫着倒在了血泊之中。小女孩惊恐万状地撒腿跑进了帐篷，她躲进帐篷里，战战兢兢地窥视着外面的战乱场面——

　　一大群跨着战马、挥舞着弯刀的异人大肆杀戮，鲜血四溅，无数火箭射在草垛上，燃起了熊熊烈火……不消多时，草原上便已是浓烟四起、横尸遍地。

　　这时，一个身材魁梧、披着铠甲的中年男子骑着一匹黑骏马不紧不慢地穿过漫天的烟火。

　　"首领！"众人齐声施礼道。

　　首领面无表情地瞥了一眼旁边的帐篷，然后翻身下马，缓缓地走了进去。小女孩慌忙连滚带爬地钻进桌子下面,由于极度恐惧,她浑身不停地颤抖。

首领来到桌子前蹲下身,然后冲里面的小女孩微笑着伸出了手。

小女孩胆怯地退到角落里不敢出来。

首领突然脸色一变,一把将桌子掀开,小女孩早已吓得双腿发软、魂不附体。首领一把将小女孩拎了起来,掐住了她细瘦的脖颈。小女孩发出一声无力的惨叫,一直紧紧攥在手里的玩具木偶随之掉落在了地上……

与此同时,茫茫草原的另一端。

江流儿坐在天诛焱的马上,前面是各骑一匹骏马的飑和偃流沙。

偃流沙一边策马扬鞭一边对旁边的飑喊道:"二哥,回去了你可千万别跟人说我在外面的事啊。"

飑看了他一眼,嘴角含笑道:"怎么?怕丢人了?"

"呵呵,丢人?我是怕他们太崇拜我了,哈哈哈。"偃流沙说着酣畅淋漓地驰骋了起来。

飑也显得意气风发,快马加鞭地和偃流沙追逐了起来。

天诛焱看着前面童心未泯的飑和偃流沙,突然陷入了某段美好的回忆之中……


瓦蓝的天空下面是一望无边的翠绿的草原,天诛焱、飑和偃流沙各自手持皮鞭骑在马上,他们看上去也就十一二岁的模样。

"你们看,那边应该就是天边了,要不要比一比,看谁先跑到天边!"稚气未脱的偃流沙用皮鞭一指前方,豪气冲天地道。

"哈哈哈哈,天边?亏你想得出来!"飑在马背上笑得前俯后仰。

"少废话!到底敢不敢比啊?"偃流沙扬起下巴道。

"比就比！难道还怕你不成！"飓说着皮鞭一拍，"驾"的一声冲了出去。

"你耍赖！"偃流沙话音未落，发现天诛焱也冲了出去，于是急忙甩出皮鞭追赶上去。

就在这时，一个小男孩突然从后面飞奔过来，他看上去只有六七岁的模样，脖子上戴着一个银色的项圈。他一边奔跑一边冲前面大喊："姐姐，姐姐，等等我……"

天诛焱听见呼喊，缰绳一勒，停了下来。

小男孩跑过来，激动的小脸通红通红的，抬头看着她："姐姐，姐姐，带我一起玩吧。"

"你还小，不能去那么远，快回家去。"

小男孩突然嘟起嘴，一脸委屈的表情，可怜兮兮地望着天诛焱。

天诛焱看到他这般可爱的模样，笑了："好！快上来！我们可不能输给他们！"她说着弯腰伸手，一把将小男孩拽上马来。

"驾！驾驾！"天诛焱策马扬鞭，火力全开。

"哈哈哈，快点姐姐！再快点！加油啊！我们就要追上他们啦，哈哈哈……"小男孩无比开心地大喊大笑着。


回忆至此，天诛焱急忙将自己硬生生地从记忆中拉了出来。

"三火姐姐，你是在这里长大的吗？"这时江流儿发问道。

天诛焱缓了缓神，有些心不在焉地回道："是啊，穿过这片草原就快到了。"

"这里好冷啊。"阵阵秋风吹来，江流儿条件反射地缩了缩脖子。

"这里一到这个季节就是这样，不过到了夏天还是很美的。"她说着"驾"了两声，马儿开始加快速度。

一个时辰后，四个人在游牧部落一片狼藉的营地前停了下来，他们惊愕地看着横尸遍野的场面，神情异常复杂。

江流儿不忍直视，默默地双手合十，念起经文帮死者超度。

飏检查了一下众死者的伤口，然后对旁边的偃流沙说："伤口都是黑的，像是咱们的人下的手。"

偃流沙惊讶道："这里离荒芜之地还很远，难道他们都杀到这里来了？"

"我们四处找找，看看还有没有活着的人。"天诛焱面色凝重地道。

"好。"飏和偃流沙异口同声道。

三个人分头行动，一炷香的时间后，他们又在此碰面，然后相互摇了摇头。

"一个活口都没有留下，甚至连襁褓中的婴儿都没有放过！真是太没有人性了！"偃流沙愤怒道。

"咱们的人从来不会做出这样惨绝人寰的事情，难道……是其他异族部落的人？"飏寻思着。

没有人回答。

三个人面面相觑了一下，天诛焱转过头去，淡淡地说："先把他们安葬了吧。"

## (2)

夜色下的草原广阔而又神秘，一阵阵微风掠过，大片大片的青草随风摇曳，就如同波澜的海面一样，别有一番意境。

异人部落的大帐外，一只烤全羊被架在火上，此时火候正好，油脂四溢，香味扑鼻。几名年轻的女子动作利落地将全羊迅速分解，放置在各自手中宽大的盘子里，然后端着盘子快步向前面的大帐走去。

此时的大帐内,首领坐在主位上一边喝着酒一边看着面前案子上的牛皮地图,在下面的两侧,一字排开地坐着几位正在开怀畅饮的将军。

"哈哈哈哈,你们知道吗,当我准备斩杀他们的头领时,你们猜,他对我说了什么?"这时坐在前排位置的一位黑脸将军大笑道。

"说了什么?"众将问道。

"他说,只要我饶他不死,他就是为我做牛做马都可以,哈哈哈。"

"哈哈哈……"大家跟着一通大笑。

黑脸将军痛快地喝了一杯:"一群贱胚子,哪比得上牛马有用!你们说是不是?"

"哈哈哈,是,将军说的是。"

大家又是一阵哄堂大笑。

这时,首领突然放下手中的酒杯,然后拔出匕首,狠狠地插在了面前的地图上,众人见状,登时鸦雀无声地看向首领。

"为什么这个部落还在地图上?"首领拔出匕首,连带着被戳穿的地图一起扔在了地上。

黑脸将军起身捡起地图,道:"首领,他们已向我们投降了,说只要互不侵犯,他们愿意每年向我们进献牛羊一万头,骆驼五千头,上等良马三千匹,还有狐皮、貂皮、金银……"

首领不耐烦地伸出手打断黑脸将军,然后狠狠地道:"当初他们追杀我们的时候,允许我们谈条件了吗?告诉他们,我唯一想要的贡品,就是让他们永远消失!听明白了吗?"

"是!"众将急忙齐声应道。

首领拿起酒杯一饮而尽,一脸志在必得地说道:"明日一早,我们便去攻打他们!"

"遵命!"众将齐声回道。

翌日清晨,大帐外面,首领身着战袍,跨上战马,在他的身后,是一队整装待发的威武骑兵。

这时,一位年过古稀、一脸慈祥的老妇人突然拄着拐杖出现,挡在了他们面前。风吹起她额前的丝丝白发,她面容沧桑却表情坚毅。

首领见状,翻身下马,来到老人面前:"阿姆,让开吧,不要再阻拦我们了。"

"我不阻拦你,你就又要把屠刀插进弱者的胸膛,你就又要用马蹄践踏常人的尸体!"阿姆怒气冲冲地道。

首领大皱眉头:"阿姆!你怎么就不明白!我不杀他们,他们就会反过来杀我们,这么多年来,他们对待我们异人可曾有过一丝宽容吗?"

"你这样大肆地乱杀就能解决问题吗?这样除了加深彼此之间的仇恨以外,又能改变什么呢?"

"至少,这样能让我们多一分活下来的希望!阿姆,我们不能再坐以待毙了!"首领眼神凛冽,他说完一脸坚定地重新跨上战马,然后拔出弯刀,一声令下,"出发!"

顷刻间,战马纷纷从阿姆的身边奔驰而过。尘埃中,阿姆看着远去的马队面容哀戚,她眼角含泪,长久伫立在这种不可言说的悲凉气氛之中。

不知道过了多久,她突然听到身后激动的呼喊:"阿姆……阿姆……"

阿姆回过头来,看到远处朝她策马奔来的天诛焱等人,一副完全不敢相信的模样,瞬间热泪盈眶。

不消多时,天诛焱便一马当先赶到了阿姆面前,她兴奋地跳下马,一把抱住了阿姆。

阿姆欣喜地摸摸她的头,声音哽咽道:"我的孩子,你回来了。"

天诛焱像个孩子一样,瞬间变得异常柔软:"阿姆,我想你了。"

阿姆轻轻擦擦眼泪:"阿姆也想你啊,当年你一走,我这老婆子还以为这辈子再见不到你了。"

这时偃流沙也跑到走过来抱住了阿姆："阿姆，我回来了。"

"回来就好，回来就好啊，孩子。"阿姆欣慰地摸着偃流沙的头笑道。

天诛焱像是吃醋了一样，一把将偃流沙推开："去去去，阿姆是我的，轮不着你抱！"

"凭什么啊！我也是阿姆带大的，我就要抱！"偃流沙像一个胡搅蛮缠的孩子一样理直气壮地抱住了阿姆。

天诛焱刚想发作，跑过来的飚也抱住了阿姆，天诛焱顿时气得摩拳擦掌。

"哈哈哈哈……你们啊，还和小时候一样，一点没变。"阿姆幸福地大笑起来。她说着拉着他们三人，"走，孩子们，咱们回家去。"转过头，看见面带笑容的江流儿，忙看向他们寻求答案。

"阿姆，我叫江流儿，是和他们一块来的。"江流儿一点不露怯地对阿姆笑道。

"好好好，"阿姆看样子对江流儿甚是喜欢，拉住他的手，"好孩子，都是好孩子，走，咱们一起回家去。"


几个人围坐在帐篷里，阿姆拿出酒菜，一脸幸福愉悦地看着他们大口大口地吃着。

"还是家里的饭菜可口！我太久没有吃过阿姆做的菜了！"偃流沙激动得都快哭了，他一边说着，一边把自己的嘴巴塞得鼓鼓囊囊的。

"瞧你这吃相！也不怕噎着，又没人跟你抢！"飚说着夹起一块腌肉津津有味地嚼了起来。

"谁说没人跟我抢！那你们别吃啊！"偃流沙堵了一嘴食物，含糊不清地嚷道。

阿姆看着他们，不觉流出了慈祥怜爱的眼泪。

酒足饭饱后，偃流沙大摇大摆地往羊毛毯上一躺，一脸心满意足的享受模样。

这时天诛焱看向阿姆问道:"阿姆,最近有没有一个叫迦楼罗的人来过?"

阿姆惊诧地看着天诛焱:"迦楼罗!你怎么也知道这个人?"

天诛焱有些不安的神情:"他……他真的来过了?"

"唉!"阿姆长叹了一声,放下手里的杯子。

## (3)

"半个月前,那个迦楼罗来此打败了首领,后来他不知道又对首领说了什么,从那天以后,首领就开始带领族人大肆屠杀周围的游牧部落。我听说,他们甚至连老人和孩子都不放过!"阿姆说着抹了一把眼泪。

天诛焱怔了一下,问道:"首领现在在哪儿?"

"一大早就带兵出去了,也不知道又去屠杀哪个部落。唉。"

天诛焱猛地站起身就要往外走。

偃流沙急忙冲她喊道:"你干吗去?"

天诛焱攥紧拳头:"我去阻止他!"

阿姆赶紧起来拉住她:"你又不知道他去了哪里,还是等他回来再说吧。"

天诛焱看了一眼阿姆,然后无比气愤地狠狠捶了一下旁边的柱子。

……

天色渐渐地暗了下来,阿姆拿出一床崭新的被褥铺好,然后对身旁的江流儿道:"这里的夜里冷,你睡觉的时候一定要盖好被子。"

"谢谢阿姆!"江流儿孺慕地仰望着阿姆,"阿姆,你为什么对我这么好?其实,你早就看出来我不是异人吧?飚哥哥跟我说过,要是被发现了就会……"

阿姆打断他道："常人和异人有什么不一样呢？还不都是人啊。你放心，有阿姆在，就没人能伤害你。"

江流儿发自肺腑地笑了，他钻进阿姆为他铺好的被子里，感觉到了一种前所未有的温暖。

就在江流儿快要睡着的时候，外面嘈杂喧闹的马蹄声和欢呼声突兀地传来。他揉揉惺忪的眼睛，起床掀开了大帐沉重的布门。

此时的帐外，凯旋的战士们欢呼沸腾，走在马队最前面的首领此时看到天诛焱，突然在马上愣了一下，然后大皱头道："你回来做什么？"

"阻止你继续犯错！"天诛焱字字有力地回道。

首领轻蔑地一笑："阻止我犯错？我有什么错？"

"肆意杀戮不是错吗？塔克山下的部落是你们屠杀的吧？"

"是又怎么样？"

"怎么样？那可是几十条人命啊！你居然连老人和孩子都不放过！"

"闭嘴，这种事情轮不着你来教训我！我是首领，这里的一切由我来决定！"首领说着瞥了天诛焱一眼，"你滚吧，这里早就不是你的家了。"他说完缓缓地驾马离开。

天诛焱浑身发抖，紧紧地握住拳头，语气严肃地大喊道："既然这样，那么，我要挑战首领的位置！"

首领猛然拉住缰绳停了下来，但是他并没回头。

天诛焱继续冲着他的背影大喊道："就按族规来！"

所有的人都沉默了，没有人知道此时首领的心里在想什么。


草场上，手举火把的人群围成了一个巨大的圆圈，圆圈的中间升起了几团熊熊燃烧的篝火，这些篝火和火把将整片草原照亮。

首领伟岸的身躯一动不动地站在圆圈中间的火把旁，面无表情。

天诛焱这时拿出一把匕首，干净利落地将自己的手指划破，然后将热腾腾的鲜血在自己的脸上抹了一道。

一旁的飑看向她："你真的想好了吗？"

"没有别的办法了，我非战不可！"天诛焱说着挺身而出，朝首领那边走去。

江流儿拉了拉飑的衣角，紧张地问道："飑哥哥，三火姐姐要干吗去啊？"

飑望着天诛焱的背影，表情凝重道："这是我们族里的规矩，新旧首领之战，至死方休，别人不能干涉，否则杀无赦。"

"啊！"江流儿一脸惊恐道，"至死方休？你是说，他们之间必须死一个人吗？"

飑一寸一寸地点点头，目光一刻不离地看着前面的天诛焱和首领。

此时天诛焱已经来到了首领面前，她看了一眼首领，旋即幻化出金箍棒紧握在手上。

"我最后再给你一次机会，退下吧，女儿。"

"除非你放弃屠杀，否则我绝不退下！"

首领顿时大怒，浑身一震，在手上幻化出一对大斧，他迅速地用斧刃将自己的手指划破，如同天诛焱方才那样，将鲜血在自己的脸上抹了一道。

两个人几乎同时出手，大斧和金箍棒带起的劲力相撞又分开，十余个回合过后，天诛焱便已经力怯了，她一边咬牙抵挡一边对自己的父亲喊道："迦楼罗到底给了你什么？让你这么为他卖命！"

"他给了我希望！"首领继续抡着大斧砸向自己的女儿。

"你的希望就是四处杀戮吗？你这是在置部族的存亡于不顾！"

"至少我们以后不用隐姓埋名，不用活得提心吊胆，不用被逼着只能在这种荒芜之地苟延残喘！"

首领越打越凶，毫不留情，天诛焱拼命地抵挡着。

"迦楼罗说的没错！我们异人本来就该是这个世界的主宰！常人本来就该如神一样膜拜我们！"

"你疯了！就算今天你能赢几次，但是以后呢？他们有几万万人，你杀得完吗？他们的报复会将整个部族至于死地的！"

首领突然停住了手，眼神瞬间变得万分悲痛："就像，当年他们杀死我的儿子一样吗？"

天诛焱顿时也停止了抵挡，她沉默了，此时她的脑海里突然闪现出了那段不堪回首的记忆——

一望无垠的草原上，年少的天诛焱策马扬鞭，他唯一的弟弟就坐在他的前面。

"三火，不要再跑了！前面就是常人的领地了！"飓勒住缰绳朝他们大喊道。

"哈哈！怕输就直接说，不要给自己找理由！"天诛焱回头大笑道。

"胆小鬼！哈哈哈……"天诛焱的弟弟也回头对他们拌了个鬼脸。

然而，就在这时，不远处的山头上，突然毫无征兆地飞来一支利箭射中了天诛焱的弟弟，他的笑容瞬间僵在了脸上，紧接着，他便"扑通"一声跌落马下……

这猝不及防的一切让天诛焱顿时吓傻了，飓和偃流沙见状，急忙不顾安危挥起皮鞭打马过来。

天诛焱跳下马，连滚带爬地跑到弟弟跟前。她发现那支利箭已经将他的胸膛刺穿，她悲痛欲绝地爬过来，浑身颤抖着将他抱在怀中仰天长啸、失声痛哭了起来……

天诛焱迅速地抹了一把眼泪,然后愤怒地抡起金箍棒朝首领狠狠地砸去:"我知道!你一直在怪我!在你心里,早就没有我这个女儿了吧!"

首领举起打斧挡住金箍棒:"这就是你不辞而别,离开部落的原因?!"

"这是我离开你的原因!"

这时首领突然跳开,然后平稳了一下气息,说:"你弟弟的死我并不怪你,那都是常人的错。我现在所做的一切,都是为了以后不再发生这样的悲剧。"

"那也绝不能用杀戮的方式!我相信弟弟活着,也不会愿意看到你现在的样子!"天诛焱说着继续对首领发起进攻。

"冥顽不灵!"首领突然暴怒道,"那你就下去替我问问他吧!"

突然间,天空电闪雷鸣,那轰隆隆的滚雷声让人毛骨悚然。

首领一声怒吼,全力爆发,大斧雨点般朝天诛焱砸来,天诛焱举起金箍棒抵挡。但是,这大斧神力无比,似乎每一下都有千斤之力,震得她两条胳膊都不停地发抖。很快,天诛焱便低挡不住,重重地跌在地上。首领像是发了疯一样丝毫没有手软,大斧再次砸下去的同时,天诛焱的一条胳膊瞬间发出骨头断裂的声音,她惨叫一声,手中的金箍棒随之掉落,然后,她便彻底地倒在了地上……

所有的人都屏气凝神,目不转睛地看着他们。

首领再次举起大斧,狠狠地朝倒在地上的天诛焱砸去。

"住手!"江流儿突然冲进了战场,失声大喊道。

首领停住手,回头朝江流儿看去。

这时反应过来的士兵们一哄而上,想要抓住江流儿,江流儿用手一挡,一个强力的空气盾瞬间将他们撞飞了出去。

所有的人这才注意到江流儿这个不速之客,大家纷纷瞪大眼睛,错愕地看着他。

飓和偃流沙见势不妙,急忙幻化出武器过来保护住江流儿。

几乎同时,首领的四大将军也跳了出来,他们各自幻化出武器,瞬间和飓、偃流沙两人打了起来。

黑脸将军一边大打出一手边怒道:"你们难道忘记部族的规矩了吗?退下!"

"规矩是人定的,别这么死脑筋啊!"偃流沙也毫不手软地抡圆了手里的月牙铲。

"放肆! 首领之战,不死不休,擅自闯入者死!"

"我说你是不是傻! 他们可是亲父女啊!"

"哪又怎样! 谁都可以死,但是种族的规矩不能坏!"

"你可真是没救了!"偃流沙顿时暴怒,使出浑身解数,黑脸将军竟然一时抵挡不住倒在了地上。

江流儿趁他们混战,撒开腿朝天诛焱那边飞奔而去……

这时,正在与飓交手的一位女将军幻化出一把神弓,朝远处的江流儿射了一箭。

"江流儿! 小心!"飓大喊一声,想要飞身上去抓住已经离弦的箭,可是,显然已经来不及了。江流儿听见飓的呼喊,回过头来,发现那支通体带着幽光的利箭已经近在咫尺,他本能地用手一档,一个空气盾瞬间形成,而那支利箭顿时定格在了空中。所有人都看呆了,就连正在恶斗的四大将军也同时愣在了原地。

"你是什么人?"首领怒视着江流儿。

"我……我是异人!"江流儿也怒视着首领,"三火姐姐可是你的女儿啊! 你就真的忍心对她下狠手啊!"

"我们部族的事情还轮不到你插嘴!"

"我还从来没有见过像你这样狠心的父亲!"

"少废话，你今天死定了，敢坏决斗规矩者格杀勿论！"首领说着抢起大斧朝江流儿劈砍过来，天诛焱急忙用脚一踢江流儿的腿，江流儿侧倒了出去，首领的大斧落空。

首领顿时恼羞成怒，再次挥起大斧劈向天诛焱，江流儿急忙上前一步，用空气盾保护住天诛焱。

首领的大斧砸在空气盾上，却不能再往下分毫。

"你？你不是异人！"首领收起大斧，惊愕地看着江流儿。

"我既然拥有异能，怎么就不是异人！那你告诉我，常人和异人有什么区别吗？"

首领冷笑了一下，并没有理会江流儿，而是低头看向天诛焱："你保护不了自己的弟弟，现在还要靠一个不明身份的孩子来保护！你可真是越来越有出息了！"

天诛焱愤怒地看着首领，却没有握起金箍棒的力气。

这时首领猛然向江流儿发起进攻，江流儿急忙抵挡，但是很快他便体力不支，大斧正在一层层地冲破空气盾。

就在这时，天诛焱想起了自己惨死的弟弟，她像是把江流儿当成自己的弟弟来保护一样，潜力瞬间爆发。她拿起掉在地上的金箍棒，飞身一跃，朝首领砸来，首领急忙转身抵挡，金箍棒和大斧瞬间碰撞出一片耀眼的火花。

"江流儿，你退下！"天诛焱一边发力一边头也不回地继续道，"他说的没错，这是我们族人的事情，我自己解决！"

天诛焱话音刚落，天空中便下起了倾盆大雨，这雨势过于迅猛，一时间将所有的篝火和火把全部浇灭了。

滂沱大雨中，一道道气势如虹的闪电像是要将天空劈裂一样，那些接连不断的电光将整个草原映照得如同白昼。

就在天诛焱和首领打得不可开交之时，阿姆的身影突然出现在了大雨中。

部族里几位德高望重的老者在她身后,为她撑起一把大伞。

阿姆苍凉而又空灵的声音传遍草原:"住手吧,都住手!"

然而,首领和天诛焱像是没有听见一样,继续全力恶战。

阿姆忽然举起手杖,雷电的能量瞬间聚集在手杖上,她把手杖重重地砸在地上……大家一阵惊呼,因为这根手杖是他们部族一代代传下来的圣物,是每一个族人不惜用生命来保护的东西。

手杖砸在地上的同时瞬间断裂,一时间,电光四射,雷声震天。

所有的人都被这声响雷震慑了,首领和天诛焱也同时住手了,大家纷纷一起看向阿姆。

"你们看看你们都在干什么! 你们难道忘了,我们当初为什么聚集在一起? 难道忘了,我们为什么躲到这荒芜之地来? 不就是为了团结在一起生存下去吗? 可是现在呢? 我们当初约定的互相保护、绝不背叛都哪儿去了? 现在你们拿起屠刀对准了自己人,这就是你们想要的部族吗? 如果是这样,那么我退出!"阿姆说完,剧烈地咳嗽起来。

飑和老沙走到了阿姆身旁,江流儿搀扶着受伤的天诛焱,也走到了阿姆身旁。

首领压抑住怒火:"你们知道自己这么做意味着什么吗?"

说话间,又有几个人走过来站在了阿姆的身后,他们面对首领凛冽的注视,并没有丝毫的怯意。

"好! 很好!"首领咬牙道,"还有没有愿意退出部族的?"

没有人回答。

似乎过了很久,依然没有人回答。

首领看向阿姆那边的十数个人,狠下心道:"从此以后,你们再不是我异人部族的人! 你们即刻在我眼前消失,若是再让我看到你们,格杀勿论!"他说完别过头去,魁梧的身体在这一刻看上去笼罩着一种莫名的孤独。

"我们走!"阿姆坚定有力地说完,转过身,老泪纵横。

(5)

远方牧人的歌声苍凉断续,只剩下悲怆的音节在风中飘荡。

天诛焱、飑、偃流沙和江流儿伫立马前,阿姆和几个族人前来为他们送别。

"阿姆,跟我们走吧,即使他放过你们,那些常人们也不会放过你们的,没了部落的保护,你们……"

阿姆摇了摇头,打断天诛焱:"阿姆老了,习惯了草原上的生活,不想再四处颠簸。草原很大,总有我们的容身之处,不用担心我们。"

天诛焱能够想象出来,阿姆他们以后的处境会很凄凉,但是,她又无法真的带上他们一起走,因为她深知,他们将要面对的事情会更加危险。

天诛焱拥抱着阿姆,将头久久地依靠在她的肩上。

"孩子,阿姆相信你们,有你们在,我们的部族就还有希望。"她说着拍了拍天诛焱的背,"好了孩子,你们该走了。"

这时,飑、偃流沙、江流儿依次过来和阿姆拥抱。

他们久久地伫立着,不愿离去,因为他们心里都清楚,这一别,真的不知道还能不能再见。

"孩子们,你们的路还很长,不用牵挂阿姆,你们……保重。"阿姆说完,转过身坚定地迈开了脚步。

"阿姆! 你也要保重!"天诛焱大声地哭喊道。

"阿姆! 保重!"

"阿姆! 保重……"

他们的声音一遍遍地回荡在草原的天空,他们的目光一刻不离地看着渐行渐远的阿姆,直到那小小的一队人消失在他们看不到的天边……

似乎又过了很久以后,四个人才翻身上马,然后一言不发地狂奔了起来。

一路马不停蹄地奔驰了大半日,他们来到了草原边缘的一座小镇,就在他们刚刚进入小镇,打算稍作休息的时候,天空中突然飞来一只信鸽落在了飚的手上。

飚取下信鸽带来的字条,偃流沙忙凑过来问道:"上面写的什么啊?"

飚快速地看完,说:"馆主已经治愈了白骨姬的伤,她说,让我们尽快赶回天都城,白骨姬愿意帮助我们去找取丹的办法了。"

偃流沙叫道:"这妖女的话哪能信啊!"

天诛焱声音沙哑地说:"不能信也得信,我们必须想尽一切办法阻止迦楼罗,绝不能让他的野心得逞! 这已经不仅仅是我们几个人的事情了!"

"对! 这已经关乎整个异族和常人接下来的命运了! 就算我们的力量再微弱再渺小,我们也必须全力以赴!"飚感觉到了自己肩上背负的重量。

"好!"偃流沙也顿时像打了鸡血一样,"即便死! 我老沙也要死得轰轰烈烈,死得有价值才行!"

"呸呸呸! 乌鸦嘴! 你才不会死呢! 我们都不要死! 都要好好地活着!"坐在飚马前的江流儿说道。

"哈哈哈,我发现我是越来越待见你了!"偃流沙哈哈大笑。

江流儿对他笑了笑,然后说:"我们还是尽快赶回天都城吧。"

"你的身体还受得了吗? 要不要休息一下?"飚问道。

"不用,你看,我好着呢。"

"好! 那咱们走!"飚说着挥起皮鞭"驾"的一声冲了出去,天诛焱和偃流沙急忙紧随其后。


子夜时分,四个人一路风尘仆仆地停在了红绡馆的门口。

此时红绡馆里的客人已经寥寥无几,正在忙着收拾打扫的小二见他们过来,急忙上前,压低声音道:"快随我来!"

"干吗啊!搞得这么鬼鬼祟祟的!"偃流沙嚷嚷道。

"嘘!沙大爷,您小声点,仔细别人瞧见你。"

"瞧见就瞧见,怕什么!不就是官兵要捉拿我们吗!来啊,让他们全部过来啊!"偃流沙大声道。

一个客人看见偃流沙,像是撞见鬼一样,慌忙跑掉。

小二看了那人一眼,全然没有当作一回事,然后对偃流沙赔笑道:"您瞧您说的,官兵哪敢来咱们红绡馆抓人呀,再说就您这身手,多少官兵他也不行啊。我这不是想,咱们在明处,指不定有什么人在暗处使坏,多一事不如少一事嘛,"

"哈哈,几天不见,你小子变聪明了哈,说话都一套套的。"

小二憨厚地笑笑,刚想再说什么,这时一位素衣侍女缓缓地从二楼走下来,对他们施礼道:"几位楼上请,馆主已经恭候多时了。"

飔对素衣侍女绅士地点点头:"有劳姑娘了。"

素衣侍女在前面带路,四个人跟着她来到了馆主的房间。

此时的馆主正在房间里和白骨姬相对而坐,品着茶,白骨姬一副大病初愈还没有完全恢复的模样。

"坐吧。"馆主并没有抬头,而是亲自拿起茶壶,往左右两边早就准备好的四个茶盏里倒茶。

四个人坐下来,同时朝白骨姬看了一眼。

"你们一路辛苦了,先吃杯热茶。"

偃流沙不客气地端起茶盏牛饮了一口,然后笑道:"还是馆主体贴,知道我们一路奔波,连口水都没有顾得上喝。"

"饭菜估计马上就好了,一会儿你们回客房慢慢用。"

"哎呀!哈哈,还是馆主讲究啊。"早已饿得前胸贴后背的偃流沙无比感激道。

馆主浅笑了一下，拿起茶壶往偃流沙的茶盏里续茶，偃流沙受宠若惊地道："还是我自己来吧。您……您真是越来越客气了，我都有点不适应了。"

"以前是我对你们太过严苛，也关心太少，"馆主笑道，"所以才让迦楼罗有可乘之机。"

馆主话音未落，四个人又同时看向了白骨姬。

"有什么话但说无妨，不用避讳。"馆主说完又往茶壶里添水。

"馆主，你放心，我们是绝不会轻信迦楼罗的！"飚这时表态道。

"就是！他想挑拨我们，门儿都没有！"偃流沙铿锵有力地道。

馆主看向天诛焱，天诛焱抿了一口茶，说："我不知道迦楼罗现在已经发展了多少异族部族，这次回去荒芜之地，发现一切都变了，很多人都被迦楼罗蛊惑了，他们坚信只有大肆杀戮常人，才是我们异人唯一的出路。"

"所以，我们要尽快找到取出盘古之心的办法。"馆主说完，缓缓地看向对面的白骨姬。

"我可以带你们去奎木狼以前研究异丹的地方，据我所知，他在那里留下了大量的资料，"白骨姬顿了顿，"但是，我不敢保证一定能找到取出盘古之心的办法。"

"万一你骗我们怎么办？"偃流沙怒视着白骨姬。

白骨姬略显无力地冷笑了一下："那就随便你们了，正好我也不愿意冒这个险呢。"

"如果你敢骗我们，我这次……"

馆主对偃流沙使了个眼色打断他，偃流沙怏怏地低下头，抓起茶盏又是一饮而尽。

这时天诛焱看向馆主："馆主，我一直有一个疑问，不知当问不当问？"

"我知道你想问什么。"馆主微笑了一下，"迦楼罗有没有取出盘古之心的办法我并不清楚，但是，我想奎木狼肯定是有什么事情隐瞒了迦楼罗，这也是他当年离开莲刹的主要原因。你们仔细想想，奎木狼逃出莲刹那么多年，迦楼罗若真想杀他，他又能活多久呢？"

馆主说完，所有的人都陷入了沉思。

# 第九章

## (1)

"我们这都已经走了五天了,到底还有多远啊?"偃流沙擦了一把额头上的汗问道。虽然已经立秋了,可是正午的天气依然炎热。

"翻过这座山头,就是车迟国了,"白骨姬回道,"过了车迟国,再有两三日的路程就到了。"

"还有两三日啊?"偃流沙一脸烦躁的表情。

"这已经是最近的路了。"白骨姬看向偃流沙,"看你的体格还算可以啊,没想到原来这么虚。"

"……嘿! 你你你,你怎么说话呢?"

白骨姬并不理会偃流沙,视而不见地从他面前走过。偃流沙回过头看,看见在后面偷笑的三个家伙。

"你这么生气干吗? 她说错什么了吗?"飓似笑非笑地从偃流沙的面前走过。

"她说的没错啊。"天诛焱也从偃流沙的面前走过。

"阿弥陀佛。"

"阿你个头!"偃流沙一把拉住正偷偷地笑着准备从他面前走过的江流儿,狠狠地攥紧拳头,"你信不信,她要是再敢出言不逊,我一定打得她满地找零件!"

"我信,我信。"江流儿趁他不备猛地挣脱,跑过去追上了天诛焱。

偃流沙又擦了一把脸上的汗,边朝前走边小声地嘟囔了一句:"哼!

开什么玩笑,就我这体魄怎么可能虚呢!"

一行五人穿过荒山的羊肠小道,涉过山涧的凉爽小溪,终于在一个时辰后,来到了车迟国的城门外。

偃流沙看着不远处的城门,高兴道:"真不容易啊,总算要进城了,这些天荒山野岭、风餐露宿的,我都快饿成柳条了。"

"你离柳条还有一棵柳树的距离。"飚在一旁笑道。

"什么意思?你们是不是一天不拿我寻开心就不行啊!"

"是啊。"天诛焱在一旁笑道。

偃流沙气得一跺脚,朝前走去。

没想到白骨姬突然挡在了他的面前。

"你干吗?难不成你也想拿我寻开心?"偃流沙怒道。

白骨姬白了他一眼:"你若不听我说,兴许饭还没吃上,就先被吊起来烤了。"

"你……什么意思?"

"车迟国对异人格外排斥,如果他们抓到异人,都会施以火刑。"白骨姬道。

"啊?这么狠啊!"

"你以为呢!所以我们进城以后,一定要小心行事,万不能被发现是异人。"白骨姬说完,自顾自地朝前走去。

一行人进了城,发现这里一片繁华景象,沿街的各色店铺门庭若市,好不热闹。

"这里挺不错啊,跟天都城都有一拼。"偃流沙看着熙熙攘攘的场面,感慨道。

"是啊,这里变化真大,我几年前曾来过此地,但是当时远没有这样繁荣。"白骨姬满眼不敢相信的样子。

"别管这么多了,走走走,咱们先去找家酒店,好好地吃喝一顿再说。"

偓流沙乐呵呵地道。

"一定要小心他们的食物,这里的常人惯于在食物里做手脚来对付异人。"白骨姬提醒道。

"我去!这么卑鄙歹毒啊!"偓流沙大皱眉头道。

说话间,一匹快马在前面的街道上飞驰而来,马上的人一边大喊着:"让开!快让开!"一边猛用皮鞭抽打马。

沿街的小贩和行人顿时慌慌忙忙地往两边躲开让路。有两个小贩因为躲闪不及,竹筐里的水果滚落了一地,混乱中,一个三四岁模样的小男孩突然摔倒在了路中间,他大哭着呼喊自己被推搡挤散的亲人……

"小虎!小虎!"一个少妇惊慌失措地大喊着冲过来抱住自己的孩子,可是,就在这时,马蹄已经近在咫尺。

江流儿没有丝毫犹豫地飞身上前,双手在空中用力一推,一个强劲的空气盾形成的同时,人仰马翻。

人们诧异地看着江流儿,包括刚刚被他救下来的那对母子。

"不想被吊起来烤就快跑!"偓流沙说着就要拉住江流儿跑掉。

就在这时,人们突然纷纷跪在了地上,顶礼膜拜地对着他们大喊:"神使万福!神使万安!"

"什么情况?"偓流沙一脸蒙圈的表情。

其他四个人面面相觑了一下,然后一脸迷惑地摇了摇头。

"白骨姬,什么叫'吊起来烤',你给我翻译翻译!"偓流沙兴师问罪道。

"以前他们真的不是这样的啊,我也奇怪,这到底是怎么回事?"白骨姬一副百思不得其解的模样,"他们为什么突然称呼异人为'神使'?这几年这里到底发生了什么?"

这时,刚才被救的那位少妇对江流儿连连磕头道:"多谢神使救命之恩,多谢神使救命之恩!"

"你快起来吧,我不是什么神使。"江流儿上前想扶起少妇。

少妇并不起身，依然跪在地上："你就是神使，我们刚才都看见了，你就是神使。"

"神使万福！神使万安！"人群依然跪在地上高呼着。

五个人站在一地跪拜的人群中，一脸诧异、迷惑和不知所措。

就在这时，一队士兵整齐有序地小跑着赶过来，他们停在五人面前，高高地举起手中的长矛："呼哈！呼哈！呼哈！"

五个人顿时戒备，做出随时开战的准备，然而就在这时，除了为首的军官，他身后的士兵们突然齐齐地跪在了地上。

"我去！这又是什么阵势啊？"偃流沙瞪大眼睛道。

为首的军官这时走上前来，满脸堆笑道："几位神使，请随我进宫面见陛下。"

天诛焱看着军官："你说我们是神使？"

"是啊！刚才几位神使使用神力救人，这里所有的百姓都看见了，神使莫要推辞啊。"

天诛焱看看白骨姬，白骨姬显得很是无奈地对她摇摇头。

这时偃流沙对军官道："你们家陛下干吗要见我们啊？"

"神使可能有所不知，我们车迟国，但凡有神使驾临，陛下必会亲自接见。神使若是愿意留下，陛下定当委以重任；神使若是另有良图，陛下定会热情款待，金银相赠。"

"哦？居然还有这样的好事，莫非你们陛下……"飐说到这里，故意不再说下去。

军官仍满脸堆笑道："神使们莫要生疑，请随我进宫便知。"

五个人互相看了一眼后，天诛焱对军官点点头："那好，有劳带路。"

"请！"军官做了一个"请"的动作。

这时，一直跪在地上的士兵们纷纷起身，让出一条路来。

## （2）

富丽堂皇的宫殿里，年轻英俊的国王亲自走下玉阶来迎接他们，在国王的身后，寸步不离地跟着一位身披软甲的壮年大将军。

"欢迎神使。"国王看着他们热情地笑道，"神使一路辛劳，快随我来殿内坐下说话。"

一行人走进宫殿，相互见礼后坐了下来。

"三火姐姐，国王和他身后那个家伙，都是异人。"江流儿偷偷发动异能看到了他们体内的魂，然后小声地对身旁的天诛焱道。

"稍安勿躁，静观其变。"天诛焱轻轻地动了动嘴唇回道。

"不知几位神使从何处而来啊？"国王含笑问道。

"天都城。"飑回道。

"久闻久闻。"国王顿了一下，"鄙国虽是偏远小国，不及中原大国物产丰富，但是本王一向仰慕神使，不知几位神使可否留下来与本王一起共襄大业？"

"那可不行！我们还忙着呢。"偃流沙回道。

"放肆！你……"国王身旁的大将军怒道。

国王伸出手打断他，然后依然面带笑容地对他们道："在我们车迟国，神使可居高官、住华厦、享尽荣华，几位身怀神力，定能在此大展宏图。"

"神力？"天诛焱直言道，"你说的是异能吧？"

国王淡定地回道："异能和神力只是说法不同而已。"

"据我所知，百年来，车迟国抓到异人就会施以火刑，而如今也就几年的工夫，这里就是异人的天下了，你们到底用了什么手段？"白骨姬冷笑道。

"放肆！吾王广施神恩，以理服人，世人理当尊敬有加，哪来的什么手段之说！你们看看如今的车迟国，至吾王登基以来，安居乐业国泰民安，放眼四海,哪里能有这样的太平祥和!"大将军厉声道。

飓看了一眼国王:"但是,你们对百姓说异人是神使,怕是有些不妥吧?"

"是神使还是异人,百姓又如何能够分辨?只是叫法不同罢了。"

"哈哈!你这个国王倒是有点意思!"偃流沙笑道,"这就对了,早该如此了,凭什么老子给他们做了那么多好事,还要天天像做贼一样抬不起头!真该让天都城那帮老小子们好好学学这里的法度!"

"神使所言极是。"国王继续道,"如果几位神使想留在此地,本王定会双手欢迎;如若几位不愿屈尊,也不妨多住几日。鄙国虽小,但也有一些景致可看一二。"

"我现在饿得都快不行了,哪有什么心情看景啊,"偃流沙口无遮拦道,"我说这都聊了大半天了,你也不说准备些酒菜什么的。"

"实在抱歉,恕我,恕我,净顾着和神使们聊天了……"国王一脸歉意地说着,扭头看了一眼旁边的大将军。

大将军一拍手:"来人!为神使们准备国宴!"

"我去!国宴!这,这待遇可以啊!"偃流沙无比激动道。

"咳,矜持点,别这么没见过世面行不行,亏你还是当过几天国王夫婿的人。"飓在一旁小声笑道。

"你能不提这茬吗?"偃流沙狠狠地白了飓一眼。


酒足饭饱后,国王亲自送至殿外,大将军亲自带着他们五人去驿馆休息。

途径闹市街道,沿路的百姓看见他们,无不纷纷跪地行礼,五个人都觉得诧异,而大将军却是一脸自得。

这时江流儿看见街边一个摊位前挂满了竹雕的饰品,甚是喜欢,于是拿起一件问跪在地上的老板:"这个多少钱?"

老板诚惶诚恐道："不敢不敢，神使喜欢就尽管拿去。"

江流儿看了一眼跪在地上都不敢抬头的老板，心事重重地将竹雕默默地放回去。

穿过闹市，他们便来到了驿馆，江流儿发现驿馆的管事也是一个异人，大将军对他交代了几句，然后便告辞了。

五个人分别进了房间，偎流沙倒在松软舒服的床铺上，心情舒畅地伸了个懒腰道："哈哈哈，这里的日子过得真是太舒服了，不用躲躲藏藏，还被称为神使，受人景仰。如果我留在这儿，肯定大把大把的姑娘排着队要嫁给我，嘿嘿嘿……"

"老沙哥哥，你又做梦娶媳妇呢？娶媳妇就真的那么好吗？"

"你个小和尚，想娶还娶不了呢！"

"娶媳妇就真的那么好吗？"

"这里的乐趣和妙处你是不会懂的，哈哈哈……"偎流沙哈哈大笑道。

"我才不稀罕呢！"江流儿一撇嘴，"我今天要和飗哥哥一起睡！"

"去吧去吧，我正想一个人睡呢。"偎流沙说着打了一个大大的哈欠。

江流儿推门走进旁边的客房，发现天诛焱、飗和白骨姬都在里面，他们见江流儿进来，并没有停止对话。

"几年前格杀勿论，如今新王不过粉饰包装一番就顶礼膜拜，常人就是这样愚昧无知，只会自欺欺人。"白骨姬像是在自言自语。

飗在一旁接话道："不过，这也不失为一种维持和平的方法，能让异人与常人相安无事，这国王也确实厉害。"

白骨姬讥笑道："不过是骗局而已！甚至或许就是残忍的手段！"

"听你的意思，你还挺看不上他们的啊，你们莲刹不也是这样做的吗？"天诛焱甚至在心里怀疑，车迟国的现状和迦楼罗到底有没有什么直接的关系。

"我们才不会粉饰太平！我们一向是最直截了当的，异人本该就是这个世界的主宰!”白骨姬回道。

天诛焱猛然站起身,摔门而出。

白骨姬眼神迷惑地看向飚:“她这是怎么了?”

“没什么,”飚不紧不慢地回道,“你只是说了句她父亲说过的话。”

(3)

夤夜时分,当所有人都进入梦乡的时候,一个黑衣人悄悄地翻过了驿站的围墙,鬼鬼祟祟地进入天诛焱的房间。

天诛焱听见动静,但是假装没有察觉。

黑夜人轻手轻脚地摸索到床边,举起手中的匕首,对准天诛焱狠狠地刺下……

早有防备的天诛焱一把抓住了黑影人的手腕,匕首顿时停留在她的眼前,再不能向下半寸。天诛焱迅速地从床上一跃而起,同时一脚踢在了黑衣人的胸口,黑衣人后退了两步,拉开阵势,和天诛焱打斗了起来。几招过后,黑衣人便已深知不是对手,于是他急忙卖了个破绽,朝天诛焱扔一枚飞镖,破窗而逃。

天诛焱迅速追出,在驿站的院子中拦住了黑衣刺客。

“你是什么人?”天诛焱挡在黑衣刺客的面前,“为何要行刺我?”

黑衣刺客并不回话,举起匕首大叫一声,朝天诛焱杀来。

天诛焱赤手空拳,没几下就将黑衣刺客打倒在了地上。

这时,被惊醒的飚也飞身来到了院中。黑衣刺客见逃脱不了,不甘地咒骂道:“你们这些肮脏的异人!我就是做鬼也不会放过你们!”

天诛焱和飚相视一眼:“先把他带回屋里吧。”

飚反剪了黑衣刺客的胳膊,扭押着他朝客房走去,黑衣刺客很不配合地挣扎着,一脸的顽强和不屈。

回到客房，天诛焱点上灯，飑将黑衣刺客被绑在了椅子上。这时，江流儿、白骨姬和偃流沙也前脚跟后脚地跑了过来。

偃流沙一副被扰了好梦的不爽表情，问道："什么情况？"

"刺客。"飑回道。

"哎呦！胆子不小啊！"偃流沙走到黑衣刺客面前将他从上到下打量了一番，"就凭你也敢过来行刺？"

"哼！"黑衣刺客一脸鄙视地别过头去。

"嘿，还不服是不是？"偃流沙说着举起手就要打他，天诛焱一把拦住，然后看着黑衣刺客问道："你到底是什么人？"

"要杀你们的人！"

"横什么横！"偃流沙厉声道，"态度放端正点！我们与你无冤无仇，你前来行刺，还有理了是不是！"

"哼！无冤无仇？等你们接受了官位，就也会和他们一样，肆意凌虐车迟国的百姓！"

五个人闻言，互相看了一眼。

"我看现在车迟国安居乐业……"

飑还没说完，黑衣刺客便突然大笑了两声打断他道："哈哈哈哈，安居乐业？稍有怠慢就会被关进监牢，监牢关不下了，就成批成批地处决！这也叫安居乐业？"

此时江流儿的脑海里突然回想起了白日里那个买竹雕的小贩，江流儿当时便能够看出来，那小贩的眼神里分明不是崇敬，而是深深的畏惧。

"你说他们凌虐百姓，可有证据？"天诛焱问道。

"证据？地牢里关押的每一个人都是活生生的证据！"黑衣刺客情绪突然变得异常激动，"我们的老国王也被他们关押在地牢里受尽折磨，生不如死！"

天诛焱犹豫了一下："你所说的地牢在何处？"

"就在皇宫的后面!"

"走!现在带我们去!"天诛焱说着,挥刀将黑衣刺客身上的绳子砍断。

"你们……"黑衣刺客不敢相信地看着他们。

"我们是异人,但是,不是所有的异人都像你想象的那样。"


年久失修的地牢里阴暗潮湿、虫鼠遍地,可能是因为早就没有人敢来此捣乱了,所以这里的防卫早已形同虚设。

一行人砸开地牢的门锁,便很容易地进来了。

这时,两个醉醺醺的狱卒听见动静,急忙各自幻化出一条钢鞭和两柄小刀冲了过来。

"呵呵,还有两下子嘛!"僵流沙说着浑身一震,大吼一声,月牙铲已经凭空出现在了手上。

两个狱卒见状,急忙停来下。

手持小刀的冲僵流沙嘿嘿笑道:"原来是自己人啊!神使好神力!"

手持钢鞭的先是一愣,随后像是反应过来了:"你们,深夜来此干啥?"

"救人。"飚冷冷地回道。

正在两人发愣之际,飚便已经用他们肉眼难以看清的速度来到他们面前。

两个狱卒顿时大惊,来不及作出任何反应,就已经被飚抓起脑袋,相互猛地一撞。然后,他俩慢悠悠地晕倒在了地上。

黑衣刺客在后面看得目瞪口呆。

飚拍了拍手朝前走去,其他的人紧随其后,跟着他走进了前面的甬道。

昏暗狭窄的地牢甬道两旁,是一间间铁笼一般的低矮牢房,这里关押着无数遍体鳞伤、骨瘦嶙峋、奄奄一息的常人,他们看见有人进来,抱成一团瑟瑟发抖。

僵流沙见状,举起手中的月牙铲就要将牢笼打破,这时天诛焱突然拦了他一把。

"你干吗？为什么阻止我放出这些人？"偃流沙疑惑地看着天诛焱。

"我拦你自然有拦你的道理,老沙,你放心,我们早晚会将他们解救出来,不差这一天半天的。"

"你到底什么意思啊？有什么话就直说啊!"偃流沙皱着眉头说道。

"我觉得,现在的国王可能根本不知道这里的事情,我想让他亲眼过来看看。"

"你怎么知道他不晓得这里的事情？他可是国王啊! 这些人还不是他下令关在这里的?"

"未必。"天诛焱看着偃流沙的眼睛,"你就听我的吧。"

"……好吧。"偃流沙有些不情愿地回道。

这时,黑衣刺客在最里面一间囚笼里发现了满身伤痕、蓬头垢面、身上戴着手镣脚镣的老国王。

"陛下？ 陛下,是你吗?"黑衣人跪在铁笼外面,眼含热泪地喊道。

老国王听见呼喊,看着黑衣刺客:"……大统领？是你吗?"

"是我,陛下,臣无能! 让陛下受苦了!"大统领说着悲痛地大哭了起来。

"真的是你啊!"老国王激动得泪流满面,"我听说你前两年为了营救我,惨死在了他们的手里,没想到你居然还活着!"

"臣还活着! 臣无能! 臣无能啊! 这些年,我们想尽一切办法希望能够营救出您,无奈那些可恨的异人太强大了……臣无能啊!"

君臣二人隔着囚笼锈迹斑斑的铁栏抱头痛哭了起来。

这时,偃流沙举起手中的月牙铲一把将铁锁砸开,老国王见状,急忙连滚带爬地躲到角落。

大统领慌忙爬进铁笼,拉住老国王的胳膊:"陛下! 陛下莫要惊慌,他们是来救你出去的。"

"他们……他们是异人啊!"老国王的眼神里充满了恐惧。

"对,他们是异人,但是,他们和那些异人不一样。"大统领一脸坚定地回道。

(4)

驿站的客房里,梳洗过后的老国王换上了一身干净的衣服,恢复了一些昔日王者的气度。

"你为什么会被他们关起来?"天诛焱问道。

老国王突然露出了悲凉的神情,过了好一会儿,他才慢慢地开口道:"五年前,我车迟国闹了一场瘟疫,这场瘟疫致使整个国家黎民涂炭、哀鸿遍野。就在举国上下束手无策的时候,一位年轻的后生毛遂自荐,说他有办法治愈百姓、根除瘟疫。本王起初并不是太信,但又实属无奈,只能让他试试,然而让我喜出望外的是,不过一个月,瘟疫便真的彻底消失了,于是,我就册封他为国师……后来,他就向我举荐了一个人,说此人武艺高超神勇无比,我亲自测验了以后发现果然属实,于是便册封他为大将军。可是没想到,半年后,他们便露出了真面目……"

"然后他们就篡位夺权了?"偃流沙问道。

"我年已老迈,退位本也无妨,只是他们夺权以后,恢复了残暴的本性,自称神使,还将质疑他们的百姓或杀或抓,我车迟国百姓遭此大难,都是我一时失察之过!我有罪啊!"老国王声泪俱下。

"不!不是这样的!"大统领失声喊道,"陛下当时册封他们的时候,便已经察觉到他们是异人,只是陛下爱民如子、心地仁厚,才会受了那恶贼的蒙骗!"

"真的是这样吗?"江流儿问道。

"是的!当时陛下就已经萌生了接受异人的念头,甚至想过要传位于国师，"大统领说着突然咬牙切齿道，"可是没想到，他们居然如此急不可耐，心狠手辣！"

老国王拉住大统领的手，流下眼泪："别说了，别说了，都是我的罪过！"

"现在说这些有什么用！"偃流沙插话道，"还是想想怎么把你的王位夺回来才是正事！"

老国王叹了一口气："唉……谈何容易啊，那个国师还好对付，可是他手下的大将军，异能高强，我们根本不是他的对手啊。"

这时大统领突然跪倒在几人面前："若是几位异士肯出手相助，那个所谓的大将军，定然不是对手！"

"我们可都是异人，为何要帮助你们去杀戮族人？"飑面无表情地道，"当初你们为何视异人为恶魔，抓到就残忍地施以火刑？"

众人顿时全部看向老国王，老国王并没有丝毫慌张，只是微微地叹了一口气，说："我车迟国地处边疆要道，来往繁忙，虽不算富饶，但起码安宁祥和，外边若是得知我车迟国容许异人存在，想必大批疆外异人定会蜂拥而至。若是均像你们这样的善者，自然是百姓之福、国家之幸，可若是心术不正、心狠手辣的异人呢？那样的话，百姓将会面临什么？在异人面前，我们都是待宰的羔羊啊！"

"只是担心少数异人作乱，你们便不分青红皂白地将他们统统杀掉，还不是为了自己的利益！又何必说得如此冠冕堂皇！"飑大声道。

这时大统领插话道："其实早在几年前，陛下就有心废除对异人的刑罚，只是当时朝中所有大臣没有一个同意的，包括我。"他说着，惭愧地低下头去。

这时天诛焱犹豫了一下，看了一眼国王和大统领："如果车迟国真的能建立起异人与常人和平共处的新秩序，这或许也是天下异人的一个希望。"

"你是想帮他们夺权吗？"飔冷冷地问道。

天诛焱像是思考了很久，然后重重地点了点头。

白骨姬在一旁冷笑道："呵呵，我就不明白了，现在异人为王，统治常人，这样有什么不好吗？难道就因为这个常人不知道能否兑现的承诺，你就要和自己人作对？"

"可是这样的现状毕竟不是长久之计，哪里有压迫哪里就有反抗！"

"反抗？那就把他们统统杀掉，看他们还如何反抗！"白骨姬狠狠地道。

天诛焱突然释然一笑："这就是我们和你们莲刹的区别。"

宫殿的书房内，国王正在灯下批阅奏折，这时天诛焱突然推门进来，出现在了他的面前。

国王先是一惊，然后笑道："不知神使深夜前来，所为何事？"

"哼！"天诛焱冷眼道，"你肃清异己、倒行逆施，还敢在此惺惺作态！"

国王皱起眉头道："阁下什么意思，本王有些听不懂，现在国内常人与异人和睦相处，可谓是前所未有的太平盛世，阁下何出此言？"

"你不会真的被自己的谎言说服了吧？"

"本王哪里做的不好吗？你为何一再污蔑！"

"污蔑？那我问你，地牢里的旧王，和那些关押的无辜百姓你怎么解释？"

国王又是一惊，然后叹了口气道："我确实将旧王软禁了起来，可是那也并非地牢，而是城外的行宫啊，我也一再嘱咐过，要善待于他，至于你说关押什么无辜百姓，本王真的不知道你在说什么。"

天诛焱看着国王的眼睛："既然你这样说，那你可敢随我去地牢中看看吗？"

国王点点头："说实话，我都不知道地牢在什么地方，神使请带路。"

不消多时，两个人便来到了宫殿后面的地牢。

210

国王看着眼前的场景,顿时震惊了。

"……这些人,都犯了什么罪?"国王看着在铁笼里抱成一团胆战心惊的人们问道。

这时,囚牢里一个认出国王的人跑过来跪在地上连连磕头道:"神君! 神君,小人之前出言不慎,小人知错了,求神君开恩啊!"

顷刻间,地下跪了一大片,他们哭喊着求国王开恩。

在一片哭喊中,突然一个声音撕裂地传来:"你们醒醒吧! 不要求他了! 他是不会放过我们的……你个暴君! 衣冠禽兽! 还我车迟国! 还我妻儿! 我活着杀不了你,就是做鬼也不会放过你的!"

紧接着,跪在地上的人一个接一个地站了起来,他们大声地咒骂着国王,恨不得食其肉寝其皮,将他大卸八块也不解心头之恨。

"这就是你所谓的和睦相处、太平盛世?"天诛焱直直地看着国王,厉声问道。

国王顿时感觉一阵头晕目眩,他急忙伸手扶住墙,一副受到惊吓的模样:"不! 不是这样的,这不是真的,我的国家不是这样的!"他说着看向天诛焱,"你要相信我,这绝不是我所希望的!"

天诛焱点点头,突然异常冷静地说:"我相信你。因为我早就看出来,这些你应该真的并不知情。"

"哦? 何以见得?"

"因为人的心和眼睛才是这个世界上最纯净的东西,很多事情是装不出来的,你的本质并不坏。"

国王无比感激地看着天诛焱,竟一时不知道该说什么。

"你能告诉我这一切到底是怎么回事吗?"天诛焱问道。

国王似乎犹豫了良久后,才缓缓地开口道:"我生于战乱,从小便在父母的言传身教下学会了用魂疗伤的异能。七年前,我不堪重负逃来车迟国,小心翼翼地隐藏自己异人的身份,后来,我终于过上了常人的生活,甚至还娶妻生子,享受了从未享受过的安宁日子。可是……好景不长,两年后,这里瘟疫横行,我的妻儿纷纷染病,我……我实在没有办法,就施展异能救活了他们……"他说着哽咽了起来,"可是谁曾想,当得知我是异人以后,我的妻子顿时将我当作魔鬼一样看待,没过几日,她竟带着我的儿子离开了我……从那日起,我便立誓要改变这个国家,改变他们对异人的成见和因为自己内心的恐惧而发动的攻击和报复。"

"所以你就篡位夺权了?"

"不!起初我并没有想篡夺王位,是……是大将军告诉我,只有我身居高位,才能真正地实现我们心中的抱负。"

"我早看出来,是他在幕后一手操控。"天诛焱面无表情地道。

国王沉思了良久,然后看向天诛焱:"不知道旧王现在何处?"

"昨夜我们已经将他从这里救了出来,并且已经安顿好了。"

国王对天诛焱深施一礼道:"还请明日带旧王入朝,我已经想好了,我会做自己该做的事情。"

天诛焱对国王点点头:"你确实是个好人。"

(5)

清晨的阳光蔓进皇宫明亮而又一尘不染的地面上,此时的宫殿里,群臣分列两排,齐齐地站在大殿内。坐在宝座上的国王不时地朝殿外张望着,像是在等待着什么。

"陛下,大臣们都已经等了很久了,您到底有什么重要的事情宣布?"这时站在国王身旁的大将军问道。

国王一反常态地没有理会大将军,大将军看了一眼国王,心里犯起了嘀咕。

大约又过了半柱香的时间,天诛焱等一行五人拥护着老国王走进了大殿里。

大将军一看见老国王，急忙走过来拦住他们怒吼道："大胆！你们竟敢劫狱！来人啊！将他们给我拿下！"

殿外的士兵们闻声举着长矛一哄而入。

"放肆！全都给我退下！"这时国王猛地站起来，朝冲进来的士兵们大喝道。士兵们一时不知该听谁的，他们齐刷刷地看了看国王，又齐刷刷地转头看向大将军。

"你们看着我干什么！你们聋了吗？国王让你们退下！还不退下！"大将军有些气急败坏地吼道。

士兵们退下以后，国王走下玉阶，站在大殿中央对众人道："旧王是我请来的，今日召集各位前来就是为了宣布一件事情——从今日起，我将退还王位。"

"啊？退还王位？"

"这……这到底是怎么回事啊？"

"是啊，怎么突然就要退还王位了？"

"谁知道啊？"

"谁知道啊？"

群臣们顿时一阵交头接耳，窃窃私语。

"国王！万万不可啊……几年来，您苦心经营，为的不就是让异人能在车迟国有一席之地吗？如今您却要将王位拱手让出，岂不是功亏一篑！"大将军情绪激动地道。

国王并没有理会大将军，而是径直走到老国王面前，然后对他深深地鞠了一躬："国王，当初我治愈瘟疫篡位夺权，一心认为身居高位才能改变国家的秩序，可是没想到，无意间犯下如此大错，然而更可笑的是，我自己却毫无察觉，还在沾沾自喜所谓的功绩。"

"当初你治好瘟疫，我便得知你就是异人。"老国王看着国王说道。

国王顿时一惊，一脸诧异的表情。

"那时候，我其实就有心想要传位于你，我知道你本心地善良，又拥有异能，是个可以托付的人选，可是没想到……"老国王深深地叹了一口气，"罢了！罢了！既然你现在能够回头是岸，就依然是我心中当年那个纯善的青年。"

国王再次向老国王深深地施礼，然后转头目光冰冷地看向大将军："大将军，事已至此，你难道不应该给我、给车迟国的百姓们一个交代吗？"

大将军并不回话，怒火在他心中激烈地翻滚。

国王继续道："大将军，当初我们一起发誓要改变这个国家，不就是为了能够创造出一个常人与异人和平相处的国度吗？如今你欺下瞒上，暴虐成性，又和当初那些我们唾弃的常人有何区别？"

"我只是为了维护秩序，不得已而为之！狱中之人，皆有叛逆之心，如果我不将其收拿，他们日后定会纠集起来叛乱，到时候还不是要将他们统统杀掉！"

国王像是看陌生人似的看着大将军："我们从小被视为异类，被毒打，被追杀，每天活得提心吊胆。后来，你奋发图强苦练异能为了保护自己、保护家人，希望能够改变这个世界，但是，你的做法已经完全和我们当初所希望的背道而驰了你知道吗？"

"哈哈哈！你怎么还是这么天真！你以为单凭几句话，常人就可以和异人和睦相处了？大家就可以不用相互杀戮了？醒醒吧！这些都是需要血的代价来换取的你知道吗？你真以为如今的车迟国是你广施神恩的结果？如果不是我，你的梦想，根本什么都不是！你要明白，是我在帮助你，完成我们共同的梦想！"

"如果我早知道是这样的，我就是死也不会答应的！"国王满含热泪地看着大将军，"收手吧，我们都错了，我们应当为自己做的事情负责！"

大将军怒不可遏道："不！你可以收手，但是我绝不可以，我不能让这些年的努力全部化为灰烬！"他怒吼着,浑身一震,幻化出一把虎头大刀紧握在手上。

偃流沙和飐见状,也急忙幻化出武器,同时朝大将军飞身而去。

场面顿时大乱,群臣们大叫着,连滚带爬地朝外逃命,殿外的士兵们闻讯冲到大殿门口,但是看见里面的架势,也都急忙扔掉手上的武器逃命去了。

三个人顿时打成一团,飐负责攻上路,偃流沙负责攻下路,没几个回合,大将军便有些招架不住了。

"嘿嘿,没想到你还挺能打！"偃流沙说着加快速度,大将军已经完全招架不住,急忙逃开。

就在飐的钢刀眼看就要刺中大将军的时候,国王突然冲上来挡在了飐的面前,飐急忙收回手退了一步。

国王大声道:"别打了！都别打了！大将军,我们已铸成大错,为何你仍要执迷不悟？"

"哼！执迷不悟？我看是你愚昧至极才对！常人如豺狼一般无情！你又不是不知道！然而,你的仁慈能改变什么呢？它保护得了你的同胞吗？你真是太令我失望了！我万万没有想到,你居然为了这些常人,不惜与我决裂！"大将军说着一声暴怒,浑身通红起来。

"不好！他要噬魂了！"飐大喊道。他想拉回挡在他们中间的国王,可是已经来不及了,大将军瞬间释放出的巨大能量将他们三人一起震飞了出去。

国王倒在地上,吐了一口鲜血,他还没有来得及爬起来,大将军的大刀已经近在眼前了,与此同时,一直在旁边悠闲观战的天诛焱急忙飞身上去。千钧一发之际,天诛焱挥出金箍棒,一棒撞开了大将军手中的虎头大刀,但是已经进入噬魂状态的大将军毫发无损,大刀撞开的同时,他顺势横刀一扫,飞身朝天诛焱劈砍过来。天诛焱急忙举棒相迎,大刀和金箍棒碰撞出一片火花。

两人战了十余个回合后,天诛焱便被能力完全释放的大将军一脚踢飞了出去。

"快收手吧!你这样毁灭性的噬魂,是自取灭亡!"受伤的国王对大将军大喊道。

然而,早已神智不清、进入癫狂状态的大将军继续拼命地释放着体内最后的能量,此时的他可能意识不到,如果再这样下去,不过一盏茶的工夫,他体内的能量便会撑破身体,使他内脏爆裂而亡。

早已杀红眼的大将军大吼着举起手中的虎头大刀朝受伤倒地的天诛焱劈砍过去,与此同时,江流儿急忙挺身上前,一个强大的空气盾将已是强弩之末的大将军瞬间撞飞出去。

大将军受到这致命的一击,顿时觉得五脏六腑如同全部被震碎了一样,他在空中口吐鲜血,然后重重地撞到了大殿的柱子上。


两日后。

依然巍峨庄严的皇宫正式迎来了它阔别已久的主人,老国王重新登基,重新穿上龙袍,重新坐在了宝座上。

然而,仅仅一墙之隔的皇宫外,却是另外一个截然不同的场面。套着囚衣的年轻的国王如释重负地一笑,然后一脸坚毅地走上了面前的囚车。

"既然你是被蒙骗的,老国王也特赦你了,你又何必执意如此?"天诛焱看着把自己关进囚车的年轻国王道。

"是啊,"假流沙也在车旁道,"你这不是自取其辱吗?"

"我此前身为一国之君,却让那么多的无辜百姓白白丧命,只有如此,方可赎一点我犯下的罪行啊。"年轻的国王说完,对前面的人点点头,示意他们起行。

囚车缓缓前行,士兵在前面敲锣大喊:"异人篡位,欺压百姓,我王仁厚,驱逐出境……"

百姓聚拢在街道两旁,看着囚车上年轻的国王,却都不敢说话。

这时一个老妪突然冲上来,跪倒在囚车前痛哭流涕道:"神君,神君……五年前的瘟疫,是您用神术救回了我们一家老小五口人的性命,为什么您这样的好人,会被当作阶下囚啊?"

"什么神术!都已经公告了,那是异能,他是异人!"前面敲锣的人对老妪大声道。

老妪闻言,如同被电击一般,顿时瘫坐在地上:"不可能……不可能,神君是我们的救命恩人,他怎么可能是异人呢?异能怎么可以治愈瘟疫呢!不可能……这绝不可能!"

囚车继续慢慢前行,围观的人群开始渐渐地骚动起来,这时,不知道是谁捡起地上的石块朝囚车扔去:"打死这个骗子!打死异人!"

人群沉默了片刻后,突然瞬间沸腾了起来,围观群众们一边振臂高呼"打死他!打死万恶的异人!"一边拿起石头块、土块、水果、馒头、烂菜叶子朝囚车里的人砸去……

在他们身后的城墙上,随处可见老国王刚刚颁布的"废除对异人施以火刑、常人异人和睦同处"的新令。

天诛焱等人看着混乱不堪的场面,脸色凝重。

这时白骨姬冷笑了一声:"哼!你们看见了吧,我早说过,什么共生之道、和平相处,还不都是骗人的!这些常人排斥异人的思想根深蒂固,不论我们做了什么,哪怕是救了他们的性命,到头来,他们非但不会感激我们,还会无情地将我们置于死地!呵呵,你们竟然还想要去感化他们,真是可笑之极!"

"……所以,我们更不能轻言放弃!"天诛焱突然意识到,前面的路还很长很长,任重而道远。

白骨姬先是愣了一下,然后极其不屑地摇了摇头。

"我们还是快点走吧,看这架势,说不定一会儿我们也要被关进囚车里了。"飑说着转身便走。

　　天诛焱这时看向旁边的江流儿,含笑道:"江流儿,如果你是国王,你会怎样选择?"

　　"不知道,好像怎么做都不对……"江流儿说着陷入了沉思。

　　"好了,别想了,我们快走吧。"天诛焱说完,转过身,异常坚定地迈开了脚步。

# 第十章

## (1)

一行人又走了三日后,来到了一座边陲小镇。

"过了这个小镇,再走两三个时辰就到魔鬼城了,奎木狼当年炼丹的地方就在那里。"白骨姬对他们四人说道。

"魔鬼城?"偃流沙讥笑道,"呵呵,瞧这名字取的,真是挺适合你们啊。"

白骨姬没好气地白了偃流沙一眼。

天诛焱看了看一脸疲累的众人,说:"走到这么长时间,大家也都累了,今日天色已晚,我们就在这小镇住宿一晚,明日一早再赶路吧。"

"早该歇歇脚了,这一路荒山野岭的,真是受够了!"偃流沙伸展了一下身体,"待会儿一定要找个好点的客栈,我得好好地泡个澡。"

"这里只有一家客栈。"白骨姬说着朝前走去。

"什么? 只有一家客栈?"

"行了! 你就别抱怨了,这样的小镇能有一家客栈就不错了,走了。"飑说着快步跟上白骨姬。

五个人来到小镇唯一的客栈,一进门,偃流沙就朝小二喊道:"小二,好酒好菜全部拿出来!"他说着摸出一锭金子抛给小二。

小二接住金子,顿时两眼发光,完全不敢相信的样子。

"我跟你说话你听见没有? 怎么? 只认钱不认人吗?"偃流沙不爽道。

小二急忙赔着笑,合不拢嘴道:"好嘞! 客官您稍等片刻,好酒好菜这就给您端上来!"

五个人坐下,偃流沙环视着四周:"这里怎么连一个人都没有,不会是家黑店吧?"

"怎么? 你害怕了?"白骨姬略带轻蔑地笑道。

"我害怕? 开什么玩笑,我偃流沙走南闯北……"

白骨姬讥笑了一下打断他道:"那你之前来过这里吗?"

"这……"偃流沙一撇嘴,"这鸟不拉屎的地方,我没事吃饱撑的来这里干什么?"

说话间,小二便端着两盘大肉块上来了:"几位客官,这是咱们小店的招牌酱牛肉和酱驴肉,几位先吃着,我这就去给你们拿酒。"

"好好好,多拿些多拿些!"偃流沙欢天喜地道。

"小二!"天诛焱突然叫住他,"这位小师父吃素,你……"

小二回过头笑着打断道:"您稍等,厨房正在炒菜。今天几位客官随便吃,随便喝,有什么需要随时叫小的。"

"哈哈,你还挺懂事。"偃流沙笑道。

"当然了,你给了他足足二十两金子,都够买下他十间客栈了。"飐说道。

"唉,"偃流沙叹了一口气,"我也没办法啊,那已经是最小的金锭了,算了,便宜他了。"

"我就知道,你肯定偷偷接受了国王的赏赐。"天诛焱说道。

"你说我们帮他夺回王位,还为此差点连小命都搭上了,受他点恩惠不应该嘛!"偃流沙理直气壮地说完,夹起一大块酱牛肉吃了起来。

"你不怕这是黑店了?"白骨姬看着偃流沙。

偃流沙看看他们,都没有人动筷子。

白骨姬讪笑了一下,然后拿起筷子吃了起来。

酒足饭饱后,五个人分别回到客房睡下。

第二天早上，飏起床洗漱完毕，然后晃了晃还没睡醒的江流儿："起床了，江流儿。"

江流儿没有反应，飏再次晃了晃他："江流儿，醒醒了，该起床了。"

江流儿迷迷糊糊地从床上坐起来，揉着眼睛打了一个大大的哈欠后，又懒洋洋地倒在了床上。

飏见状，笑了一下："你今天是怎么了?"他说着拉住江流儿的胳膊，"起床吃饭了，他们都在下边等咱们了。"

江流儿眯缝着眼，一副没有睡醒的样子，跟着飏走出了客房。

五个人坐在桌子前，天诛焱看着江流儿一副昏昏沉沉的样子，问道："怎么了你? 无精打采的，没睡醒啊?"

江流儿哈欠连天地点了点头，突然又趴在了桌子上。

飏又一次晃了晃他："好了好了，都睡了一晚上了，怎么还没睡醒啊! 快点吃完早饭，咱们还要赶路呢。"

江流儿强打起精神坐下来："今天感觉好困啊。"他说着又打了个长长的哈欠。

这时小二端着饭菜上来，偃流沙看着面前的几个小菜和两盘馒头，皱眉道："怎么这么清淡，连点肉都没有吗?"

"你可真是无肉不欢啊! 这一大早的，就不能吃点清淡的吗?"飏说着给自己倒了一杯热茶。

"行了，你就别挑了，赶紧吃完，咱们还要赶路呢。"天诛焱说道。

偃流沙看着眼前的小菜和馒头，似乎没有什么食欲。

小二这时忙赔笑道："客官，实在对不住，小店里的肉昨天已经让你们全部吃光了，咱们镇子偏远，每逢集市才有肉卖，还望您多担待点啊。"

"你们店里的肉一顿就吃光了? 你骗谁呢?"偃流沙大瞪眼睛道。

小二一脸惶恐无奈道："哎呀客官，小的所言句句属实啊。昨天晚上，光您一个人就吃了十几盘肉，最后我还把家里唯一一只下蛋的老母鸡给您炖了吃了,您是不是喝多了不记得了……"

倔流沙一拍桌子:"胡说!我什么时候喝多过!你……"

"好了老沙!"飐打断倔流沙,瞪了他一眼,"别难为人家了!"

倔流沙怏怏地低下头去不再说话了。

飐对小二挥挥手:"这样就挺好,你不要管他,忙去吧。"

"多谢客官。"小二对飐施礼后转身退下。

"你等等。"飐叫住小二。

小二回过头来,含笑道:"客官,您还有什么吩咐?"

"帮我们多备些干粮和水,待会儿另有银子打赏你。"

"好嘞!小的这就去给您准备。"小二笑呵呵地说完,撩开布帘走进了后厨。

四个人拿起筷子吃了起来,天诛焱看了看并不动筷子的白骨姬:"你怎么不吃啊?"

"我不饿。"白骨姬说着也给自己倒了一杯热茶喝了起来。

倔流沙突然停住筷子:"你不会在这饭菜里做了什么手脚吧?"

"放心吃吧,这饭菜是干净的。"飐说着大口地吃了起来。

## (2)

一望无边的荒原上土地干裂、碎石遍地、植被稀少,这里的空气闷热干燥,没有一点生机的样子。

"我突然意识到,昨天我错了。"倔流沙汗流浃背地喘着粗气。

"哦?"飐侧头看向他,"此话怎讲?"

"这里才真正是鸟不拉屎的地方!那个小镇简直就是荒漠里的绿洲。"

飐被倔流沙逗乐了。

这时白骨姬停下脚步道:"这里就是魔鬼城了。"

"城呢？城在哪儿呢？"僵流沙放眼望去，一片荒原。

白骨姬伸出手："这整个区域都是魔鬼城。"

"奎木狼炼丹的地方在哪儿？"飐问道。

"就在前面。"白骨姬说着朝前走去。

四个人急忙跟上，江流儿一路都是浑浑噩噩，像是在梦游的样子。

半个时辰后，僵流沙靠在荒原一块孤零零的巨岩上，一副虚脱的模样问道："到底还有多远啊？"

"就在前面了。"白骨姬停下来，拿出随手携带的水壶喝了一口。

"大家都补充点体力，原地休息一下再赶路。"飐说着把行李打开，取出干粮分给大家。四个人纷纷接过飐手中的馒头和馕饼，唯独白骨姬表示自己没有胃口。

"还是将就吃点吧，你这大半天都没有吃东西了。"飐对白骨姬道。

白骨姬摇摇头："谢谢，我真的没有胃口……太干了。"她说着又喝了一口壶里的水。

"挑肥拣瘦也得看看时候嘛，现在就这些东西，不吃你就只能饿着肚子了。"僵流沙冷笑道，"二哥，人家不吃，你就不要硬塞了，拿来给我！"

飐转身朝僵流沙走去，就在这时，他注意到这块已经风化严重的巨岩上有一个人工刻出来的符号，他仔细地观察了一下，默默地记下了这个如同古老图腾一样的符号。

稍作休整后，天诛焱看向大家，说："走吧，我们得赶路了。"

大家缓缓起身前行，走在稍后一点的白骨姬趁他们不注意，悄悄放慢了脚步……

四个人绕过巨岩，转身突然发现白骨姬原地蒸发似的不见了。

天诛焱和僵流沙急忙回返追了过去，而飐则是飞身来到了巨岩上，他放眼四望，目所能及的地方一片空旷，根本不见白骨姬的影踪。

"你们看看，这巨岩四周有没有什么机关？"飐站在这块十米见方的巨岩上,朝下面的天诛焱和偃流沙喊话道。

三个人围着这块巨岩上下左右搜寻了十几遍,都没有发现有什么破绽,然而让他们奇怪的是,白骨姬就这样在他们的眼皮子底下消失了。以他们的功力,不应该觉察不出来啊。

"这怎么可能?"飑思索着,"这里面肯定有蹊跷!"

"我就知道她肯定会耍花招!"偃流沙愤愤道,"早跟你们说,要绑着她,你们还不听,现在可怎么办?"

"临行前,馆主特意交代过,不必紧盯着白骨姬,她有选择的权利。"天诛焱也像是在思考着什么。

偃流沙狠狠地锤了一下巨岩:"真不知道馆主是怎么想的!"

"好了,别管她了。"天诛焱看看他们道,"奎木狼炼丹的地方应该就在附近,我们四处找找。"

"这一片荒凉的,连个方向都没有,我们上哪儿找去啊?"偃流沙没好气道。

"现在只能继续往前走了。"天诛焱说着率先朝前走去。

偃流沙极不情愿地拖着疲倦不堪的身体跟上他们。

"江流儿,你没事吧? 怎么看你晕晕乎乎的?"飑边走边问身旁摇摇晃晃的江流儿。

"我也不知道,就是感觉好困,好想睡觉……"江流儿说完又打了个哈欠。

飑以为江流儿这些天太累了,于是也没有太过在意。

就在这时,天诛焱突然发现前面又有一处和刚才大小几乎一样的巨岩,她停下来,用手一指:"你们看。"

三个人抬眼看去,偃流沙不以为然道:"不就是一块和刚才差不多的大岩石嘛,有什么好看的?"

"这两块岩石也太像了吧?"

"你是说……"飚看着天诛焱,"我们又绕回来了?"

天诛焱并没有回答,而是朝那块巨岩飞奔而去,其他三人也急忙跟上。

来到巨岩跟前,他们才知道刚才是自己吓唬自己,这块巨岩虽然和刚才那块极为相似,但毕竟不是同一块。

飚发现这块巨岩上也有一个人工刻出来的符号,于是他又默默地将这个符号也记了下来。

"我就说嘛,这怎么可能! 我们明明是往前走的,怎么可能绕回去呢? 你是不是太累了,精神太紧张了?"偃流沙看向天诛焱。

"可能是吧。"天诛焱心不在焉地回道。


四个人继续朝前走去,他们依次又路过了几处和之前形状大小都差不多的巨岩。

这时飚看着眼前这块巨岩上的符号,面无表情地道:"别走了,我们果然是在这里兜圈子。"

"什么? 怎么会呢? 我们明明是一直在向前走!"偃流沙看着飚,"你是不是也太精神紧张了? 这些巨岩只是看上去差不多而已,你怎么就说我们是在这里绕圈子呢?"

飚摇摇头:"这就是我们路过的第一块巨岩,你们看那边的符号,我们一共路过九个这样的巨岩,这九个巨岩上分别刻有一个不同的符号,我早已熟记于心,而这个,就是我们路过的第一个巨岩。"

偃流沙听完身体一晃,急忙扶住岩体。

"这里面肯定暗藏着什么玄机。"天诛焱沉思道。

飚拿出匕首将每一个巨岩上的符号画了出来,他独自研究了大半天后缓缓道:"这里的路应该都是相通的,这些符号应该就是路标,除非知道它们的排列顺序,不然的话只能一条一条地去试。但是,只要走错任何一个路口,最后还是会走回到这里的。"

"那……如果都走一遍的话,需要多久啊?"江流儿问道。

"按照今天这个速度,少说得需要十天。"

"啊?"偓流沙叫苦道,"那咱们就算不被累死,也要被渴死饿死了!"

天诛焱沉默了良久后,深深地提了一口气对大家道:"好了,大家也累了一天了,现在已经太晚了,咱们就在原地过夜吧。"

早已眼皮子打架的江流儿慢慢扶着岩壁坐了下来,也就一转眼的工夫,他便已经迷迷糊糊地睡熟了……

## (3)

"江流儿,醒醒了,该起床了。"飈摇晃着江流儿的身体。

江流儿迷迷糊糊地从床上坐起来,然后揉着眼睛打了一个大大的哈欠……他突然感觉好像什么地方不对,于是惊慌地睁开眼睛,发现自己居然是在小镇的客栈里。

"我们不是在魔鬼城吗? 怎么又回到这里了?"江流儿瞪大眼睛看着床边的飈。

"你在说什么呢? 是不是睡迷糊了?"

江流儿在心里嘀咕:这不是在做梦吧? 有这么真实的梦吗?

"快起床吧,大家都在等你呢,吃完早饭咱们还要赶路呢。"

"飈哥哥,来,你打我一下。"江流儿拉起飈的手。

"是你有病还是我有病啊?"飈看怪物似的看着江流儿。

"你就打我一下吧,求求你了!"

"啪!"飈一巴掌打在江流儿的脑袋上,"这还不简单,成全你了。"

江流儿明确地感觉到了疼,喃喃自语道:"看来这不是在做梦。"

"这当然不是在做梦! 快点起来了!"飈说着朝外走去。

江流儿急忙翻身下床，穿上鞋跟上飕，然而，一到外面，江流儿顿时就愣住了，因为眼前的场景他完全经历过，就在昨天。

偃流沙此时正看着桌子上的几个小菜和两盘馒头，对面前的小二道："怎么这么清淡，连点肉都没有吗？"

"你可真是无肉不欢啊！这一大早的，就不能吃点清淡的吗？"飕说着给自己倒了一杯热茶。

偃流沙看着眼前的小菜和馒头，似乎没有什么食欲。

小二这时忙赔笑道："客官，实在对不住，小店里的肉昨天已经让你们全部吃光了，咱们镇子偏远，每逢集市才有肉卖，还望您多担待点啊。"

江流儿简直不敢相信自己的眼睛，他出神地看着昨天发生过的场景在自己眼前回放，他们的动作、对话以及表情，和昨天完全一模一样，唯一不同的只是他还没有坐到自己的位置上。

这时他默默地坐回自己昨天坐过的那个位置，然后拉了拉旁边天诛焱的衣角，小声地对她道："三火姐姐，刚才的事情，我好像经历过。"

天诛焱看着他一笑："我有时候也会有这种错觉，不用这么大惊小怪的。"

"不是！我昨天明明经历过这些的。"

"你是睡迷糊了吧？好了，快吃饭吧，吃完我们还要赶路呢。"天诛焱说着给江流儿拿了一个馒头，而江流儿却完全沉默在了那里。

这时偃流沙一拍桌子瞪着店小二："胡说！我什么时候喝多过！你……"

"好了老沙！别难为人家了！"飕的声音。

偃流沙怏怏地低下头去不再说话了。

飕对小二挥挥手："这样就挺好，你不要管他，忙去吧。"

"多谢客官。"小二对飕施礼后转身退下。

"你等等。"飕叫住小二。

小二回过头来，含笑道："客官，您还有什么吩咐？"

"帮我们多备些干粮和水,待会儿另有银子打赏你。"飚和江流儿异口同声一字不差地说道,只是江流儿是在心里说的。

这时江流儿站起来拉着飚:"飚哥哥,你陪我出去一趟。"

"干吗啊?"飚不明白地看着江流儿。

"我有一件很重要很重要的事情要告诉你!"江流儿一脸认真地道。

客栈外面,飚靠在墙壁,耐着性子听江流儿说完,然后含笑道:"行了,你是不是这几天太累了? 精神太紧张了?"

"我是认真的! 咱们进入魔鬼城以后,白骨姬跑了,咱们在那里迷路了,绕了一天! 你别这样看着我,我说的都是真的啊。"江流儿努力地回忆了一下,说,"好,我告诉你,我记得,咱们刚进入魔鬼城的时候,老沙哥哥说,他意识到昨天他错了,然后你就问他何出此言,他说,这里才是鸟不拉屎的地方……"

飚对江流儿笑笑:"好了江流儿,咱们快回去吃饭吧。"

"你怎么就不相信我呢?"江流儿捂着脸无奈地叹气道。

飚看着他笑了一下,转身返回了客栈。

三个时辰后,一行五人来到了茫茫荒原。

偃流沙汗流浃背地喘着粗气说:"我突然意识到,昨天我错了。"

飚条件反射地刚想接话,却突然停住了。

偃流沙自言自语的地:"这里才真正是鸟不拉屎的地方! 那个小镇简直就是荒漠里的绿洲。"

飚像是完全被吓住了一样,他转头看旁边的向江流儿,江流儿小声对他说:"现在信我了吧。"

飚把江流儿拉到一边,然后小声地问道:"我记得你说,白骨姬跑了,我们在这里迷路了,是吗?"

"是啊,待会儿我们会路过一块巨岩,白骨姬就是在那里跑掉的,就像是平地蒸发了一样。"江流儿低声回道。

"好,我知道了。咱们跟上他们吧。"

"嗯。"江流儿点点头,和飗一起加快脚步追上前面的三人。

半个时辰后,他们便来到了巨岩前,飗警惕地注意着白骨姬。

就在白骨姬放慢脚步,准备转身的时候,飗突然一把抓住了白骨姬的胳膊。

"哎呀!"白骨姬猛然一惊,然后对飗嘟起嘴道,"你干吗?你把人家抓疼了。"

"你想去哪儿?"飗直直地看着白骨姬的眼睛。

白骨姬显然慌神了:"我……我没想去哪儿啊。"

"什么情况?"偃流沙回身过来。

"拿绳子,把她绑起来,免得她要什么花样!"

"得嘞!我就说嘛,早该把她绑起来了。"偃流沙说着迅速地拿出绳子就要绑住白骨姬。

这时天诛焱阻拦道:"不用绑她。"

"为什么?你就不怕她跑了?"

天诛焱还没有回答,江流儿就说出了昨天她说过的话:"临行前,馆主特意交代过,不必紧盯着白骨姬,她有选择的权利。"

天诛焱有些疑惑地问江流儿道:"怎么?馆主对你也说了?"

江流儿瑶瑶头:"馆主并没有对我说过这些。"

"那你怎么会知道?并且还一字不差?!"天诛焱一副不敢相信的模样看着江流儿。

"是你昨天说的。"江流儿说完,天诛焱顿时惊呆在了原地。

……

白骨姬被绑了起来,天诛焱看着她道:"最好不要要什么花样,乖乖地把正确的路线说出来,免得受皮肉之苦!"

"哼！来啊！动手啊！"白骨姬不服道。

"迦楼罗都放弃你了，要杀你了，你为何还这般执迷不悟？"飚说道。

白骨姬不说话了，这时江流儿看着她，一字一句地说："这里有九座巨岩，每一个巨岩上都有一个符号，我们只要……"

"够了！"白骨姬显得有些崩溃，"既然你什么都知道，干吗还要我带路呢？"

"我只知道这些，并不知道正确的路线。"江流儿如实道，"但是，即便你不说，我们也会一条一条地试出来，而你也别想着逃跑，反正浪费的都是大家的时间。你想想吧，到底是你带路呢，还是我们一条一条地把这些路线全部试一遍呢？"

（4）

在白骨姬的引路下，一行人七拐八拐地又走了半个时辰后，眼前突然凭空出现了一座废旧不堪的城池。

"这魔鬼城还真是邪性啊！"偃流沙感慨道。

飚点点头："是啊！如果不是白骨姬带路，咱们恐怕半个月都找不到这里。"

就在这时，江流儿突然对他们喊道："不好！这里有异人！"

说话间，金角和银角便凭空出现在了他们面前，三个人急忙幻化出武器准备迎战。

"欢迎来到魔鬼城，"金角对他们嫣然一笑。在看到这个笑容的同时，所有的人顿时觉得时间仿佛在这一刻突然静止了。

天诛焱急忙用强大的毅力将自己从这诡异的气场中拉出来，"是笑魔幻咒！大家不要看她！"

"哈哈哈，既然来到这里了，你们就别想活着离开！"银角大笑着，抢起手中的八棱乌金锤,飞身朝停留在空中的飑和偃流沙砸去……

银角落地的同时,飑和偃流沙也从空中掉了下来,重重地摔在了他的脚边。

天诛焱看着倒在血泊中的飑和偃流沙,当场惊呆了,她几乎是爬着过去的,她爬到他们的身边,浑身剧烈地颤抖。她伸出手摇晃着已经完全没有了生命体征的两个人,哭喊道:"不!这不可能!这怎么可能!你们怎么会这样轻易地就死了?不!"

"呵呵,很不可思议吗?你们三个在外边或许还能和我们过几招,但是来到这里,你们的异能会被削弱十倍,而我们的异能则会增强十倍。"金角笑盈盈地看着天诛焱道。

"为什么?为什么会是这样?"

没有人回答。

这时金角走到白骨姬的面前,抽出匕首一把将她身上捆绑着的绳子割断:"主上说,可以再给你一次机会,但是你必须得证明自己的忠心。"他说着把匕首仍给白骨姬,"你知道该怎么做。"

白骨姬看着地上失声痛哭的天诛焱,眼神里充满了犹豫。

这时天诛焱拿起地上的金箍棒站了起来,她看着犹豫不决的白骨姬,回想起了馆主临行前特意交代过的话:"……不必紧盯着白骨姬,她有选择的权利。"

"白骨姬,你想跑,就是不想让我们来到魔鬼城吧?"天诛焱双眼通红地看着白骨姬。

"……现在说什么都晚了!是你们急着要来送死,我有什么办法!"

"白骨姬,"金角冷笑了一声,"我还真是小瞧你了,你居然对他们起了善念。"

白骨姬犹豫了一下,然后急忙单膝跪倒在金角的面前:"是我一时糊涂!还请赎罪!"

"那就要看你的表现了。"金角说完,得意地笑了起来。

白骨姬握紧手中的匕首,眼睛里瞬间结满了一层厚厚的冰霜……天诛焱来不及作出任何反应,白骨姬便已经来到了她的面前,两人四目相对的一刹那,白骨姬举起了手中的匕首,狠狠地插进了她的胸膛……

与此同时,刚刚从笑魔幻咒中挣脱出来的江流儿恰好看见这一幕,他伸出手大叫着:"不要啊!"

……

"不要啊!"小镇客栈里,趴在桌子上的江流儿突然大叫着站了起来。

围坐在桌前的四个人看怪物一样地看着他。

"你干吗呢?吓我一跳!"偃流沙没好气道。

江流儿定了定神,惊奇的发现自己又回到了小镇客栈的餐桌前。

"你怎么了?"飚看着江流儿,"不会趴一下就睡着做噩梦了吧?"

这时小二端着饭菜上来,偃流沙看着面前的几个小菜和两盘馒头,皱眉道:"怎么这么清淡,连点肉都没有吗?"

"你可真是无肉不欢啊!这一大早的,就不能吃点清淡的吗?"飚说着给自己倒了一杯热茶。

江流儿一脸迷惑地看着这样的场景又一次在自己面前回放,他缓缓地伸出手在自己的腿上狠狠地拧了一把。

"啊!"江流儿突然大叫了一声,把旁边的四个人吓了一跳。

"江流儿!你一惊一乍的干什么呢?想吓死我啊!"偃流沙捂着扑扑直跳的胸口大喊道。

"怎么了江流儿?"飚问道。

江流儿并不回答,他知道他又得重新跟他们解释一遍了。

"行了,赶紧吃饭吧,咱们待会儿还要赶路呢。"这时天诛焱说道。

"不能去!"江流儿突然大声道。

"你今天到底怎么了?昨天还好好的,怎么睡一觉起来变得这么不正常了?"颿大皱眉头对江流儿道。

江流儿警惕地看了一眼白骨姬,然后对他们三人道:"走,我们去外面说。"

……

"你说什么? 我们三个人都死在了魔鬼城?"三个人听江流儿讲完,天诛焱问道。

江流儿点点头。

天诛焱笑了:"你刚才说,同样的场景,同样的事情,经历了两次,但是,又是结果完全不同的两次? 是这个意思吗?"

江流儿点点头。

天诛焱又笑了:"江流儿,你这几天长途跋涉的,是不是太累了?"

江流儿一脸正色道:"我知道这很难相信,所以,我刚才用魂探测了一下四周,我们现在是在一个……'一瞬'空间里。"

"什么?"天诛焱的笑容瞬间凝固在了脸上,"你确定?"

"我确定! 包括之前说的那些话,都是真的!"

天诛焱看着江流儿的眼睛,然后对他点点头。

"我们之前进入过馆主的'一瞬'空间,但是,馆主是不会伤害我们的。"天诛焱沉思道,"我想,除了馆主以外,还能制造出'一瞬'空间的人,恐怕就只有迦楼罗了。"

颿接话道:"要想制造出一瞬空间,需要本体用魂在其中维护,所以,如果这是迦楼罗的'一瞬'空间的话,我们唯一能够出来的办法就是……找到他的本体,然后打败他,解除这个'一瞬'空间。"

"打败他? 你开什么玩笑! 就凭我们几个还想打败迦楼罗? 你没听见刚才江流儿说,我们是被金角和银角一下子就干掉的!"偃流沙叫道。

天诛焱沉思了片刻,突然握紧双拳道:"……即便是这样,那也得去!"

偃流沙叹了一口气："唉，这不是去送死吗？"

　　"没有人逼着你去，"天诛焱一脸认真地看着偃流沙，"我是认真的，如果你现在退出，我绝不拦着你。"

　　偃流沙愣了一下，然后说："你……你这叫什么话！要死大家一起死！"

　　天诛焱眼神坚定地拍了拍偃流沙的肩膀。

　　这时飚看向江流儿："你刚才说，我和老沙是被银角一招致命的对吗？"

　　江流儿点点头。

　　"这怎么可能？就凭他也想杀死我们，还一招致命，简直是笑话！"偃流沙道。

　　"的确是这样的……我好像听到金角说，进入魔鬼城以后，你们的异能就会削弱十倍，而白骨姬、金角、银角的异能就会增强十倍。"

　　"竟然还有这样的事？"偃流沙叫到。

　　江流儿点点头，发现他们三个人都陷入了沉默。

　　"是气场。"飚这时说道，"只有气场才可能会这样。"

　　"什么？气场？"天诛焱不解道，"既然我们在同一个气场里，为什么我们的异能会削弱到十分之一，而他们的异能反而会增强十倍？"

　　"因为我们身上有金银钱财这些常人经常接触的身外之物，在某些特定的气场内，这些东西会严重抑制我们的异能，所以，我们去之前，不能带这些东西。"

　　"啊！"偃流沙叫道，"不是吧？"

　　"是命重要还是钱重要？"天诛焱瞪了偃流沙一眼。

　　偃流沙一副难以选择的摸样。

　　"这还用想啊？"天诛焱鄙视道。

"可是……命和钱都重要啊!"偃流沙一脸纠结。

"老沙哥哥,又没有说让你把钱扔了,你可以藏起来,等回来再来取啊。"

偃流沙突然大笑道:"哈哈哈,是啊,吓死我了,我还以为是让我把钱都扔了,这不是要我的命嘛!哈哈哈,果然还是和尚灵光啊。"

天诛焱这时看向飑:"你还没有说他们呢?他们的异能为什么会增长十倍?"

飑摇摇头:"我也不知道。"

"啊?"偃流沙顿时垂头丧气道,"这么说,还是得死啊!"

## (5)

四个人回到客栈,齐齐地走到白骨姬的面前看着她。

白骨姬被他们看得心里发毛:"你们这样看着我干吗?害怕我跑了啊?"

天诛焱摇摇头:"并不是。我们决定,不带你去了。"

白骨姬冷笑了一声:"魔鬼城是个迷宫,没有我带路,你们是根本进入不了的。"

"我知道,只要按照岩石上那些符号的排列顺序走,就能到达魔鬼城。"江流儿说。

"你?"白骨姬叫道,"你怎么会知道这些?"

话音未落,偃流沙就在后面一掌将白骨姬打晕,然后将她五花大绑了起来。

"你先把她藏在房间里,我让小二给咱们留间客房。"飑对偃流沙道。

"好!正好也可以把咱们的钱藏起来。"偃流沙嘿嘿笑道。

天诛焱和飑默默地取下腰间的钱袋,一并交给偃流沙。

"哎哟,你俩不是一向视钱财如粪土嘛,怎么身上还带着这么多,也不怕熏着你们高贵而又纯洁的心灵吗?"偃流沙阴阳怪气地讽道。

"我们错了还不行吗?"天诛焱难得认错道。

偃流沙难以置信地,惊奇、惊喜地看着天诛焱。

"行了,你快把她锁楼上去吧。"飔说着朝后厨走去,"我去和小二交代一声。"没走两步又转头回来,从偃流沙的手里拿过自己的钱袋,掏出了几块碎银。

一切安顿妥当以后,四个人又重新坐在了桌前,偃流沙拿起筷子便要吃菜,江流儿像是猛然想起什么,急忙拦住他:"老沙哥哥,等等!"

偃流沙迷惑地看着江流儿:"你干嘛啊?"

"等等,你先别吃,让我想想……我好像记得,白骨姬在去魔鬼城之前,没有吃任何东西,只是……喝了些水。"江流儿一边回想着一边说。

"这……这什么跟什么啊?"偃流沙盯着眼前的饭菜,"难道这饭菜里有什么问题?"

"我早就看过了,饭菜是干净的。"飔说着像是突然想起了什么,"……我知道了!"

"你知道什么了? 快说啊!"天诛焱心急道。

"我知道为什么他们的异会增强十倍了!"

"你是说,这些饭菜出自常人之手,所以……"

"对!"飔对天诛焱点点头。

"哦!"偃流沙一副恍然大悟的模样,"这就是所谓的空乏其身吧。"

"我记得经书上说,日当正午,乃受饮食,若日过午一瞬,则不当食。"江流儿道。

"这么说,早饭还是可以吃的嘛。"偃流沙嘿嘿笑道。

"那只是一般的修行而已，我们还是不吃为好。"天诛焱道。

"对对对，也是啊，别为了贪吃把小命都给搭上了。"一向好吃的偎流沙说道。

飚这时一边沉思着一边说："我不明白的是，如果我们现在就在迦楼罗的一瞬里，他可以随时让我们死掉，为何他却不下手呢？"

四个人面面相觑了一下后，天诛焱起身道："是福不是祸，是祸躲不过，走吧！"

……

在江流儿的带路下，他们很顺利地穿过荒原，然后跟着巨岩上的符号指示，七拐八拐地来到了魔鬼城。

"大家都不要看金角！"一进入魔鬼城，江流儿就喊道，"老沙哥哥，银角要从你的面前过来了！"

"没想到，没有白骨姬，你们也可以找到这里。"金角突然出现，然后对着他们嫣然一笑。四个人急忙避开金角的目光，这时偎流沙抢起月牙铲朝面前的空气用力一挥，只听"叮"的一声，月牙铲和乌金锤碰撞出了一团火花。

金角被震得退了两步，一脸始料不及的模样看着他们。

"你们……"金角突然收住了笑容。

"你以为，在这里，只有你们的异能会增长十倍吗？"偎流沙得意道。

金角难以置信地看着他们。

这时天诛焱、飚和偎流沙三个人并肩站好，准备大战。

"撤！"金角话音未落，已经和银角化作两道光影逃走了。

飚拦了一把想要追上去的偎流沙，对他摇摇头。

四个人朝前走去，看见了一座用泥土和骷髅堆砌而成的城门。

"呵呵，还真是魔鬼城！"偎流沙有些不屑地道。

"他们真是太残忍了！阿弥陀佛。"

"走吧，我们必须尽快找到奎木狼当年炼丹的地方。"天诛焱说着朝前走去。

半个时辰后，一行四人误打误撞地碰触到了机关，然后来到了一间密室。

四个人鱼贯进入昏暗的密室，迎面看见一个飘浮着的泛着幽光的石棺。

江流儿像是梦游一般走到石棺前，伸手摸着石棺。他边用魂感应着边喃喃道："这里面死过成百上千的异人，我能感应到他们残留的魂附着在石头棺里……还有他们的愤恨和不甘。"

就在这时，飖发现石棺上泛起了密密麻麻的文字，他急忙上前仔细看着。

"二哥，这上面写的都是什么啊？"偃流沙也凑了过来。

飖边看着边说："上面记载着奎木狼曾经做过的每次实验，还有各种取丹的办法。"

"那你快看看，有没有取出盘古之心的办法？"偃流沙激动道。

飖摇摇头，脸色凝重地道："这些被实验的人，没有一个活下来的。"

"有什么收获吗？"这时，迦楼罗的声音突兀地传来，这声音显得真切而又缥缈，仿佛来自遥远的疆域，又仿佛近在咫尺。

"不好！"三个人同时幻化出武器装备迎战。

迦楼罗闲庭信步地现身："喜欢我为你们制造的'一瞬'空间吗？"随着他话音传出来的波动，天诛焱、飖和偃流沙突然不受控制地缓缓飘浮在了空中。

江流儿见状，大喊着冲向迦楼罗，迦楼罗缓缓地转头看了他一眼，他便像是撞在了一道透明的墙上一样摔倒在地。

江流儿拼尽全力想要冲出这道无形的屏障,可是他发现自己根本做不到,他就像是被困在一个无形的牢笼里,但是他又能够真真切切地看到他的同伴们。

这时江流儿看见迦楼罗慢慢地伸出手,漂浮在空中的三个人的魂瞬间便脱离了他们的肉体……江流儿哭喊着,眼睁睁地看着他们的魂在迦楼罗的手里慢慢地扭曲、变形。然而,与此相对应的是,依然飘浮在空中的三个人的身体也随之开始扭曲变形起来,他们骨头断裂的声音噼啪作响,他们个个发出生不如死的惨叫……

迦楼罗把玩了一会儿他手里浓缩的,如同三个手指一样大小的魂,然后突然失去耐性似的用力一握……飘浮在空中的三个人瞬间骨骼粉碎、脑浆迸裂而亡。

江流儿一直哭喊着、大叫着,可是他什么也做不了,只能眼睁睁地看着他们这样惨死在自己面前。

这时迦楼罗轻轻地拍了拍手,然后走到江流儿面前笑道:"怎么样?看到了吗?"

"你这个恶魔!我和你拼了!"江流儿一声怒吼,整个密室都随之颤动了一下。

"好强大的能量。"迦楼罗依然笑着,"只可惜,你是不会使用盘古之心的,若不然,我怎敢这样站在你的面前。"

江流儿似乎用尽了全力,仿佛眼看就要冲出面前无形的屏障了,可是每次都只差了那么一点点。

"干吗这么愤怒?你看……"迦楼罗说着转身指去。

江流儿看到刚才明明已经惨死的三个人又重新飘浮在了空中……

"你?"江流儿红肿着眼睛看向迦楼罗。

"只要你答应跟我走,我就放了他们。"

"你休想!"江流儿怒视着迦楼罗,"我是不会让你得逞的!"

"那好吧。"迦楼罗摊了摊手,"不过,你知道吗,如果我愿意,我可以让他们死去无数次,每一次都会比你刚才看见的更惨……"他说着用手在江流儿面前一挥,江流儿瞬间就看到了无数遍他们三个人惨死的画面——他们血肉模糊,他们支离破碎,他们被豺狼活生生地撕咬、扯烂、啃碎头骨,直到疼死;他们被架在烈火上炙烤,体无完肤,发出野兽一般的惨叫……这些画面一遍遍地在他的脑海里真切地出现。

　　"看到了吗?他们死过多少次了?二十次?三十次?如果你愿意,他们可以在这里无穷无尽地死去!当然,你也可以在这里无穷无尽地看着他们死去,直到你麻木了,习惯了……"

　　"够了!你赢了!我跟你走!"江流儿涕泪横流地大喊道。

　　"好!我们都要说到做到。"迦楼罗说着在江流儿面前将手一挥,江流儿便昏昏沉沉地倒在地上睡着了……

　　再次睁开眼睛,江流儿发现自己又回到了小镇客栈,而此时的夜色正浓,飓正熟睡在他旁边的床上;熟睡在他们还没有进入魔鬼城的三天前。

　　江流儿泪流满面地看着飓,在心里说:"飓哥哥,再见了……三火姐姐、老沙哥哥,再见了……"

　　江流儿轻手轻脚地穿好衣物,然后偷偷地走出房间,走出客栈,走向了魔鬼城……

(6)

　　魔鬼城的密室里,江流儿被困在迦楼罗的法阵里,随着迦楼罗缓缓地向江流儿的体内输送真气,法阵四周那些有序排列的字符依次亮了起来。

　　"小和尚,你的死将会改变整个异族的命运,我们永远都会像供奉神一样供奉着你。"迦楼罗说着,双手发出的真气变成了一团浓烈的黑烟,瞬间将江流儿包裹在其中。

江流儿痛苦地挣扎着,就在这时,他的双眼突然射出两道纯正的金光,将那些黑烟瞬间冲散。

"怎么会这样?"迦楼罗脸色大变,他发现江流儿缓缓地飘浮了起来,同时身体包裹在一圈耀眼的金光里。

"佛光一瞬?"迦楼罗惊呼道,"难道真的有佛光一瞬?"他说着犹豫地伸出手,但是当他碰触到那层金光时,却瞬间被弹了出去。

"佛光乍现时,盘古之心出……看来,就是现在了!"迦楼罗说着伸出手对准江流儿,"哈哈哈,从今以后,异人受常人压迫的日子将不复存在了!"

此时的江流儿,感觉自己正置身在一道由光线组成的空间里,那光线笼罩着他飞速地前行,他发现自己此时身在车迟国的上空,而在他的身下,街道两旁的百姓们正拿着石块、土块、水果、烂菜叶子朝囚车里的异人国王砸去。江流儿随手一推,一个巨大的空气盾挡住了那些朝囚车飞去的东西,一时间,围观群众错愕当场,片刻后,他们大喊大叫着四处逃窜……江流儿看着囚车里的异人国王,浅浅一笑。

跟随着那道光线,江流儿来到一处隐蔽的山洞,午夜的山洞外,大雨还在下着,而山洞里,天诛焱、飑和偃流沙已经睡着了。江流儿走过来,将天诛焱身上滑落的毯子小心翼翼地盖在她的身上,他回过头,发现角落里被捆绑着的白骨姬正在看着他。

他走到白骨姬的跟前,轻声对他说:"白姬姐姐,我知道你之前遭受过很多的不公,我还知道,你被心爱的人出卖,很痛苦……"

"你?你这么会知道这些?"白骨姬不敢相信地看着江流儿。

江流儿急忙对她做了一个"嘘"的手势,然后小心地回头看看睡着的三人。

"我还知道,迦楼罗已经对你起了杀心,自始至终,他都不过是将你当成一个棋子,不管你再怎么忠心,他也会视你为草芥。"

白骨姬愣了一下,然后缓过神来怒斥道:"哼,主上待我恩重如山,如同再造！我白骨姬的命都是主上给的，岂是你能轻易挑拨的！"

"我只希望，当你发现我说的是对的时候，你能下决心离开他。"江流儿说完，毫无征兆地凭空消失了，留下白骨姬惊呆在当场。她甚至怀疑刚才的那些对话，是不是一场梦，到底有没有发生过？

然而，这时的江流儿，已经在那道光线的带领下来到了天都城的红绡馆。

红绡馆的客房内，江流儿发现另一个自己被包裹在一个巨大的气泡之中，这时天诛焱突然冲进了房间。

她想救出江流儿，可是，被包裹在气泡中的江流儿突然张开眼睛，对她说："三火姐姐，不要过来，不要过来……"他眼中含着泪笑着，"三火姐姐，你虽然有时候对我很严厉，甚至还会对我发脾气，但是我知道，在这个世界上，除了师父，就是你对我最好了。我还知道，有时候你是拿我当作你的亲弟弟一样对待的……姐姐，再见了……"

天诛焱顿时泪如雨下："你等等！你为什么这样理直气壮地叫我姐姐？你怎么会知道我有一个弟弟？等等！小和尚……等等……"

在天诛焱的呼喊声中，江流儿走出了房间，他突然发现这时的红绡馆好像不是他第一次见到时的模样，再回过头看时，他发现刚刚走出来的那扇门变成了一道墙……

就在这时，他看见清蝉姑娘正微低着头走下红绡馆的楼梯，而醉醺醺的偃流沙正扶着栏杆往二楼走来。偃流沙抬起头，顿时被眼前的清蝉惊呆了，清蝉与他擦肩而过的时候，他很想上去打招呼，可是又明显没有勇气的样子。

这时在楼上凭栏而立的江流儿随手一挥，清蝉突然脚下一滑，顿时从楼梯上跌落了下来，与此同时，偃流沙急忙伸出双手，在空中旋转着抱住清蝉，然后潇洒地落在了楼梯中间相对开阔的平台处。

清蝉在偃流沙的怀里无限娇羞地低下头："……多谢公子。"

偃流沙温柔地看着怀中楚楚动人的清蝉："敢问姑娘芳名？"

"清蝉。"清蝉的声音温柔如水。

这时偃流沙突然像是感觉出了什么，他不由自主地抬头朝江流儿站着的方向看去，然而，那里却空无一人。

……

与此同时，另一个空间里的魔鬼城。

天诛焱、飓、偃流沙和白骨姬几乎同时醒来。

"我们怎么会在这里？"天诛焱看着前面魔鬼城用泥土和骷髅堆砌而成的城墙，"这是哪里？"

白骨姬顿时惊住了："这是魔鬼城，我们怎么突然来到这里了？ 这到底是怎么回事？"

"是啊，我们不是应该在小镇的客栈吗？ 怎么一觉醒来，就到这鬼地方了？"偃流沙揉着发疼的脑袋道。

"江流儿呢？ 江流儿在哪儿？"天诛焱这时发现江流儿不见了，她一把抓住白骨姬的衣领，"江流儿呢！ 你把他弄到哪儿去了？"

白骨姬不耐烦地掰开天诛焱的手："我怎么会知道！ 要是我把他弄走的话，我还会在这里吗？"

这时一直没有说话的飓突然道："不对！ 这一切，我好像经历过……前面祭坛下是不是有一个密室，机关就在祭坛中间的一个石头上？"

"你……你怎么知道？"白骨姬瞪着双眼，一副不敢相信的样子。

"……我记得。"飓边回忆着边说。

天诛焱急忙看着飓："你还记得什么？"

飓摇摇头："好像就记得这些。走，我们先去那里看看。"他说着飞身朝前面奔去，三个人见状，也急忙跟上了他。

飓轻车熟路地打开了密室的机关，然后和他们一起走了进去。

"我怎么觉得这里……我好像也来过啊！"偃流沙看着四周，不太确定地说道。

"我也是……好像我们……"天诛焱说着停了下来。

"在这里死过很多次对不对?"飓道。

白骨姬更加迷惑地看着他们,然后缓了缓神道:"哼,反正你们来到魔鬼城,就都得死,这可是你们自找的。"

就在这时,地上突然亮起了许多密密麻麻、错综复杂的金色光线。

"小心!"白骨姬喊道,"这是金角布置的结界,她是布置结界的高手,你们过去的时候一定要当心。"

天诛焱回头看了一眼白骨姬,她感激地看到了白骨姬眼中的一丝善念。

"白骨姬,这就是你对主上的忠心?"金角的声音突然传来,然而,他们都没有发现金角到底身在何处,但是,他们却发现了地面上的那些金线正在慢慢地收拢……

地上的那些金线瞬间缠绕住了他们的身体,使他们挣脱不开,就在这些金线快要勒入他们的身体、割断他们的皮肉时,一道纯正的白光飘然而至……

馆主缓缓落下的同时,地面上那些金线如退潮一般散去了,紧接着,一声声如同琴弦断裂的声音伴随着金角的惨叫瞬间传来,久久地回荡在密室里。

"江流儿就在那扇门后的阵法里,你们快去救他。"馆主对他们说道。

"好!"三个人异口同声地说完,朝前面的石门跑去。

白骨姬看了一眼馆主,馆主对她浅浅一笑,白骨姬犹豫了一下后,也跟着他们三个人跑进了那扇石门。

此时的阵法中,周身散发着微弱金光的江流儿正盘腿禅坐在法阵的中心,而迦楼罗的双手像是被吸附在那层金光上了一样,无数闪电般细小的光线连接着迦楼罗的双手和江流儿的身体,不知道是迦楼罗在施法取出盘古之心,还是江流儿在稀释他的异能。

"江流儿!"天诛焱说着就要冲过去。

飚急忙拦了她一把:"先别过去,江流儿应该是在'一瞬'里,迦楼罗应该伤害不到他,他现在是安全的。"

天诛焱犹豫了一下:"这样不是更简单了?"她说着挥出金箍棒朝迦楼罗砸去。

迦楼罗被牵制着双手,于是抬起脚,一脚将天诛焱踢飞了出去,天诛焱后退几步,擦了一把嘴角的血,突然笑道:"他现在的异能已经很有限了,我们一起上!"

话音刚落,三个人便一起大喊着抡起武器朝迦楼罗冲了过去,迦楼罗猛地一跺脚,三个人顿时被震飞了出去。然而,就在迦楼罗放下脚的同时,躲在他们三人身后的白骨姬举着骨锥,直朝迦楼罗的头部刺来……

察觉到什么的迦楼罗猛然回过头来,白骨姬的骨锥这时正好不偏不倚地扎进了他的眉心,骨锥勉强地穿过他的皮肤后,再难进入丝毫。

片刻后,迦楼罗的眉心突然流出了一滴鲜血……


于此同时,另一个空间里,江流儿跟随着那道光线来到了金山寺。

此时的金山寺里,迦楼罗已经将方丈打倒在地,他以胜利者的姿态站在那里看着地上的方丈道:"现在,我是也不是?"

方丈深深地提了一口气,一脸不屈的表情回道:"不是!"

"哼! 你已经没有机会看到我是怎样带领着我的族人完成这希望了!"迦楼罗说着朝方丈冲去,就在此时,门外一只木桶朝迦楼罗砸来,迦楼罗侧脸看清飞向自己之物,随手一挥,木桶瞬间变成粉末,纷纷扬扬地飘落在地上,站在门外的江流儿一身金光地出现了。

迦楼罗顿时愣在了原地。

"江流儿,你回来了?"方丈努力地站起来,微笑着看着江流儿。

江流儿对方丈深施一礼,眼眶湿润:"师父,我回来了!"

话音刚落,师徒二人便很有默契地同时对迦楼罗发起进攻,此时的方丈已经感觉到,江流儿在奔跑的过程中,已经将所有的能量转换到了他的身上,这也是他们无形间的默契,因为现在迦楼罗的注意力全部放在江流儿身上。

"一念慈心,万物皆善,没有慈悲之心,又怎能带来希望!我只为那些我认识的和不认识的,受你所害的常人和异人,找你讨这段因果!"

在迦楼罗转身抵抗江流儿的时候,方丈突然从天而降,迦楼罗条件反射地抬起头看向他……电光石火间,方丈缓缓地伸出食指,在迦楼罗的眉心轻轻地点了一下。

迦楼罗的眉心突然流出了一滴血……

两个空间里的迦楼罗同时大叫了一声:"啊!"

就像是凭空蒸发了一样,两个时空里的迦楼罗瞬间消失不见了。


金山寺里。

方丈突然跌落在地上,吐血不止。

江流儿急忙抱着方丈:"师父!师父!怎么会这样?你这是怎么了?"

方丈缓缓地说:"江流儿,师父只能陪你到这儿了,你要记住,一念慈心,万物皆善,无论你以后多强大,都要心怀慈悲!"

"师父,迦楼罗已经被我们打败了,一切都可以回到从前了,我们以后不会再分开了,师父……"

方丈慈祥地笑道:"一切都不可能重来,也远没有结束,我们只是封住了迦楼罗的轮脉,三年内,他再也无法使用异能。不过,他是不会就此罢手的。"他说着,再次吐血不止。

"师父,你别说话了师父,我带你去找馆主,她一定有办法救你的,你坚持坚持!"江流儿说着就要扶起方丈。

246

方丈拦住他,再次微笑道:"生必有灭,无须悲伤……"

"师父!"江流儿仰天哭喊着。

就在这时,他发现的那道光线突然开始飞速地旋转起来,那些因快速旋转而形成的斑驳光点顿时眯住了他的眼睛,让他感到一阵头晕目眩……

再次看清楚的时候,他发现自己禅坐在魔鬼城密室的法阵里,馆主、天诛焱、飑、偃流沙和白骨姬正目不转睛地看着他。

"江流儿! 你感觉怎么样了? 怎么你一睁开眼,身上的金光就消失了?"是偃流沙的声音。

江流儿并没有回答偃流沙,而是哽咽着说:"师父在我面前又死了一次,我还是救不了他!"

"很多事情本来就是这样,我们往往以为,如果一切可以重来,那些遗憾就可以挽回,可是,就算真的再来一次,也未必就能做到。"馆主叹了一口气,"冥冥之中,自有天意,缘来不拒,缘去不留,不必强求,也强求不来,就好比盘古之心固然强大,却也不能将死者复生。江流儿,你可懂了吗?"

江流儿流着眼泪点点头。

这时天诛焱看着馆主道:"馆主,我们一直信任你,但是,我总觉得你有很多事情瞒着我们……"

馆主微笑着打断她道:"你们共同经历了磨砺和考验,是到了该告诉你们真相的时候了。"她说着长袖一挥,一个飞速旋转的白色旋涡状的洞口瞬间凭空出现在了他们面前。

"你们随我来吧,"馆主说着缓缓地朝前走去,"白骨姬,如果你愿意,也可以一起过来……"